UITTREESTRATEGIE

'N KATERINA CARTER-MISDAADROMAN

COLLEEN CROSS

Vertaal deur
LOUISE BRAND

SLICE THRILLERS

OOK DEUR COLLEEN CROSS

Katerina Carter bedrog-misdaadromanreeks

Uittreestrategie

Spelteorie

Uitbarsting

Uittreestrategie: *'n Katerina Carter-misdaadroman*

Gepubliseer deur by Slice Thrillers

UITTREESTRATEGIE

'n Katerina Carter-misdaadroman

Katerina Carter bedrog-misdaadromanreeks

Diamante, gevaar, verdwyning en bedrog...
'n Katerina Carter-misdaadroman

Bedrogspeurder, Katerina Carter, het geen benul wanneer om die handdoek in te gooi nie, en dit laat haar dikwels in deurmekaar en gevaarlike situasies beland. Noudat die werk skaars is en haar geld vinnig opraak, het Kat kliënte nodig; anders sal sy noodgedwonge op haar knieë moet terugkruip na haar hokkie by die firma waar sy gewerk het. En vir Kat is hierdie lot erger as skuld.

Wanneer Liberty-diamantmyn se uitvoerende hoof, Susan Sullivan haar dus huur om Liberty se verdwene finansiële bestuurder en 'n groot bedrag verduisterde geld op te spoor, is sy baie gretig om die werk te aanvaar. Rampsalige armoede is goeie motivering om moeilike sake aan te vat, maar haar opwinding verander gou in angs toe twee werknemers van die maatskappy brutaal vermoor word. Kat besef dat die ondersoek dalk gevaarliker is as wat sy verwag het.

En asof dinge nie ingewikkeld genoeg is nie, ontdek sy 'n sinistere skakel tussen Liberty, bloeddiamante en georganiseerde misdaad. Sy moet net bewyse kry en uit die moordenaars se pad bly om die ware misdadigers aan die kaak te stel. Met die hulp van haar vriende en 'n eksentrieke oom, moet Kat bontstaan of haar eerste saak is moontlik ook haar laaste...

HOOFSTUK 1

Buenos Aires, Argentinië

K lara se slaapkamerlig gaan skielik aan en die volgende oomblik spat haar wêreld uiteen. Drie mans in stoeimaskers bars by die kamer in en omsingel die bed soos 'n aflosspan in 'n stoeikryt. Sy kyk na Vicente, maar haar man se rug is na haar gekeer.

Karnaval-dansgroepe paradeer onder in die straat verby, die hele Buenos Aires onbewus van die drama wat in haar slaapkamer ontvou. Die klank van snaardromme en simbale dryf boontoe soos wat *murga portenos* die laaste note van die uitgangslied, Despididia, uitspeel.

Die fris een storm op Vicente af met 'n bofbalkolf en bring dit met 'n dowwe plofgeluid op sy bene neer. Clara sidder toe die matras onder die impak meegee. Vicente gee 'n snorkgeluid, maar hy roer nie. 'n Miljoen beelde jaag deur haar kop: haar ma; al haar pa se vroeëre trawante; sy teenstanders. Al daardie verdwynings het heel waarskynlik só begin.

Draai om. Sy voel hoe haar man die gedagte na haar oorsein toe sy lyf langs hare verstyf. Hy laat gly sy hand na hare en vat dit vas onder die laken sonder om na haar te kyk. Sy druk sy hand in antwoord en veg om haar skarrelende gedagtes onder beheer te kry. Hul haarfyn beplanning het beslis nie ingesluit om gevang te word nie.

Die man draai na Clara. Hy dra 'n banale groen masker met dik rooi kringe om sy oë en mond. Sy oë boor in hare in en daag haar uit. Sy klou met haar ontblote hand styf aan die moerbeisydeken vas en trek dit boontoe. Die materiaal bewe met elke slag van haar bonsende hart.

Die diamante. Haar pa het geweet van die plan.

"Wat is jou prys? Ek sal betaal." Haar woorde ontsnap in 'n fluisterstem.

Hulle't hulle ontsnapping met twee dae uitgestel, gewag op betaling vir die laaste diamantbesending. Vicente het teëgestribbel, en aangedring daarop dat 'n jaar se voorbereiding nie in een dag ongedaan gemaak kon word nie. Maar Klara wou die laaste peso uit haar pa wurg om hom te ruïneer, om hom te laat betáál. Sy wou bewys dat sy hom kon uitoorlê, soos wat sy vir die laaste twee jaar gedoen het. Maar hul ontsnapping is nou besig om lelik skeef te loop. Hoe het hy uitgevind?

"Jy kan my nie koop nie, Klara." Rodriguez doen nie eens moeite om sy stem te vermom nie – of hy's te dom of te verwaand om hom daaroor te bekommer.

"Hoekom nie? My pa het. Hoeveel wil jy hê?" Sy hou haar stem gelykmatig terwyl die gal in haar keel opstoot. Haar pa het met opset vir Rodriguez gestuur, omdat hy weet hoe sy hom verag.

Vicente druk weer haar hand – syne nou klam van die sweet. Die ander twee mans bly staan aan die voetenent van die bed, AK47's op hulle gerig.

"Dis nie geld wat ek wil hê nie." Hy trek die masker af, en die lig van bo blink op sy goue tand. "Jy kan nog steeds vir my kies. Ek het ten minste 'n toekoms."

Die lang, rankerige een in die Wolfman-masker lag en verskuif sy wapen.

Vark. Sy is nie 'n prys wat weggetrou kan word nie. En Rodriguez mag dalk dink hy is in haar pa se binnekring, maar Klara weet van beter. Dit kon net sowel Rodriguez gewees het wat nou voor die loop gestaan het. Soos kreef in 'n tenk sal sy beurt ook vroeër of later aanbreek.

Vicente skiet uit die bed uit op. "Los haar hier uit!"

Klara trek aan Vicente se voorarm. Selfs sy weet van beter as om vir Rodriguez kwaad te maak. Hy staan nie verniet as die laksman bekend nie.

"Bly stil." Rodriguez stamp Vicente met die geweerkolf terug op die bed.

"Bel my pa. Dis 'n misverstand." Sy kan die diamante wegpraat en hom oortuig van nóg groter winste. Om met gewere en ammunisie handel te dryf in ruil vir bloeddiamante was háár idee, wat enorme bedrae kontant vir die organisasie ingebring het, maar haar pa kon haar nie eens 'n 'dankie' spaar nie. Toe besluit Klara en Vicente om hulself aan 'n deel van die wins te help – van die bokant af. Hulle het dit verdien!

"Dis te laat. Hy's uit die land uit - buite bereik."

"Leuenaar! Bel hom, Rodriguez. Ek beveel jou — doen dit nou dadelik!"

Rodriguez is net 'n bietjie meer as 'n verheerlikte bullebak wat in haar pa se organisasie opgang gemaak het omdat hy bereid is om enigiets te doen – enigiemand dood te maak. Hy wou nie daaraan byt dat haar pa van plan was om die daaglikse bestuur van die kartel aan Vicente oor te dra nie. Of dit is wat hy gesê het. Sy en Vicente het saam met hom by Resto, haar gunstelingrestaurant geëet – skaars ure gelede. Het haar pa sy bullebakke gestuur terwyl hulle besig was om te eet? Nee, hy het waarskynlik die aandete en die straf etlike dae vroeër reeds beplan, en gewag vir die beste oomblik om wraak te neem. Hy sou hom verlekker het in die ironie.

"Ek volg nie instruksies van bedorwe brokkies nie."

"Bel hom op die daad!" Klara sit amper regop, haar naaktheid onder die lakens skoon vergete.

"Nee. Dis tyd dat ek 'n bietjie kry wat ek wil hê." Rodriguez stap stadig om na haar kant van die bed. Wolfman en El Diablo bly by die muur staan, gewere op haar en Vicente se koppe gerig. Vicente verskuif op die matras langs haar en sy voel hoe hy weer haar hand onder die lakens druk.

Klara probeer 'n ander aanslag.

"Asseblief – ek móét met my pa praat."

"Praat met hom by Vicente se begrafnis." Rodriguez draai om en stap met lang treë terug na die ander mans. Hy wink hulle nader met 'n vinnige beweging van sy gewrig en verdwyn by die badkamer in.

Die mans laat sak hul gewere effens terwyl hulle Klara onbeskaamd onder die lakens beskou - van haar voete af totdat hulle haar direk in die oë kyk. Sy het nie nodig om hul gesigte te sien om te weet wat hulle dink nie. Sy voel dit.

Klara ril terwyl sy aan die deken trek. Wolfman lag haar uit en kom nader. Duidelik een van haar pa se lakeie, maar nie een wat sy herken nie.

Hy haak die loop van die geweer onder die beddeken se rant in en trek dit stadig af. Sy oë bly sardonies op haar gerig. Klara bewe, maar waag dit nie om te beweeg nie.

Vicente verstyf langs haar.

Die fyn gordyne waai effens op toe 'n ligte windvlaag by die kamer inkom. Die pretmakers is weg en dit is amper dagbreek. Sy hoor reeds die veraf klanke van die verkeer op die Avenida Libertador soos wat wetsgehoorsame *porteños* hul voorspelbare werksdag aanpak. Wat sou sy nie nou wou gee vir sulke gewone dinge nie.

"Maak oop die deur," sê Wolfman en beduie gang se kant toe vir El Diablo, maar sy oë bly vasgenael op Klara s'n.

Dan kom hy nader met die geweer steeds op haar kop gerig. Hy stink na ou sigare. Hy gaan sit op die rant van die bed tussen Klara en die oop venster. Die kamer voel skielik versmorend en klostrofobies.

Rodriguez kom uit die badkamer uit en die man staan vinnig op.

"Nie nou nie," sê Rodriguez, terwyl hy beduie Wolfman moet terugstaan teen die muur. Hy draai na Vicente. "Staan op, poepol."

Vicente laat haar hand los. Sy voel hoe sy hand opskuif na die kussing waar hy sy rewolwer hou.

"Niks van daardie kak nie. Draai om. Hande uit of ek sny hulle af."

Rodriguez geniet die mag wat hy oor Vicente het.

"Staan op! Stadig!" Vicente gehoorsaam.

Klara kan nie Vicente se gesig sien nie, want sy rug is steeds na haar gedraai.

"Gee my 'n oomblik," sê hy.

"Ek gee jou niks, moroon! Doen dit nóú."

Vicente strompel uit die bed, nakend. Hy hou sy arms in oorgawe op.

"Badkamer toe! Nóú!" Rodriguez stamp Vicente hard met die geweerloop teen die rug en druk hom vorentoe.

"Nee!" Klara gryp die waterglas van die bedkassie af en slinger dit in Rodriguez se rigting. Sy gooi mis en dit versplinter teen die muur.

Vicente draai om en kyk haar in die oë.

"Mi amor, nuestro sueño. Nunca olvides."

Hy struikel toe Rodriguez hom weer met die geweerloop in die rug stamp. Sy gesig is in haar geheue ingeëts toe die skietery begin.

Ons droom. Moet dit nooit vergeet nie.

Nóóit nie.

Die gedagte word verdring deur die staccato van geweervuur.

En alles word eensklaps swart om haar.

HOOFSTUK 2

Vancouver, Kanada

Daar is twee soorte diewe. Die eerste beroof jou, dreig jou met 'n vuurwapen en soms maak hulle dood. Forensiese rekeningkundiges soos Katerina Carter reken af met die tweede soort. Hulle dra nie wapens nie, uiter nie dreigemente nie, en vra niks van jou nie behalwe jou vertroue. En hulle is goed daarmee om dit te kry. Finansiële hoof, Paul Bryant, pas gemaklik in die tweede kategorie. Hy steel helder oordag.

"Verdomp! Ek het nog altyd 'n gevoel gehad oor Bryant. Maar vyfmiljard dollar? Onmoontlik!"

Susan Sullivan, uitvoerende hoof van Liberty Diamantmyne sit op die punt van Bryant se lessenaar en gluur na Kat vanuit haar verhewe posisie. Sy het sjokoladebruin Prada aan haar voete en 'n vyandige uitdrukking op haar gesig.

Kat trek aan haar romp en probeer die agtsentimeter-leer in haar kous wegsteek. Haar tone soek onder die lessenaar rond vir haar effens-te-klein Jimmy Choos, en sy wens sy het eerder plat skoene aangetrek.

"Dis hier byderhand." Kat trek die leningsdokumente uit die lêer.

Waarom het Susan nie 'n groter firma gehuur in plaas van 'n klein vissie soos sy nie? Haar grootste saak tot op datum, 'n halfmiljoen-dollar bingo-bedrog, lyk vaal in vergelyking met Liberty. Sy soek meestal vir versteekte bates in netelige skeisake of sy help verseke-ringsmaatskappye om vals eis-uitbe-talings te vermy. Selfs daardie werk het met die resessie opgedroog. Sy is nie eens seker dat haar sakrekenaar genoeg nulle het om die somme te maak nie.

Kat leun terug in Paul Bryant se stoel en streel met haar vinger-punte oor die sagte kalfsleer van die armleuning. Nou moet sy koelkop bly en 'n veilige afstand van Susan af handhaaf. Sy het vanoggend vroeg by Liberty aangekom na 'n paniekerige oproep van Susan af. Dit is nou al ná vyf op 'n reënerige Vrydagaand. Hulle het al vir meer as 'n uur dieselfde gesprek oor en oor en Liberty se uitvoe-rende hoof is steeds in ontkenning.

"Liberty het nie daardie soort kontant nie. Hoe kon hy in die eerste plek daardie soort geld steel het? Susan steek haar Mont Blanc-pen met geweld in die lessenaar se inkblotter en split die punt in twee.

Kat deins terug toe die edelsteenbedekte pen in die vilt insny en ink oor die lessenaar uitspuit. Die spatsels mis die bankoordrag en leningsdokumente met 'n haarbreedte. Dis die enigste bewyse van Bryant se bedrog, en sy raap hulle uit die spervuur op.

"Met hierdie." Kat hou die papiere op terwyl sy haar PaperMate bekyk, dankbaar vir haar eenvoudiger smaak. "Kontant van die lening."

Hoe kon dit twee hele dae neem om so 'n massiewe bedrog te ontdek? Dis soos om 'n middagete-kunsdiefstal by die Louvre mis te kyk. Sy gaan nie 'n reguit antwoord uit Susan kry nie. Narsistiese hoofde blameer altyd iemand anders.

Niemand het vir 'n oomblik gedink dit is eg nie. Die debiete en krediete het, na alles, op 'n nul netto neergekom, en Liberty is nie groot genoeg om miljarde in 'n enkele transaksie uit te betaal nie. Die boekhouer wat die bedrog ontdek het, het gewag om vir Paul Bryant, wat op 'n sakereis weg was, in kennis te stel. Toe Bryant nie terugkom nie, was dit pynlik duidelik waarom nie.

"Watter lening? Daar moet 'n fout wees."

Paul Bryant het Liberty tot die limiet gemanupileer met onderpri-makrediet, die korporatiewe ekwivalent van 'n betaaldaglening. Toe verdwyn hy, geld inkluis. Kat het minder as 'n uur gelede opgefrom-melde afskrifte van die drie bankoordragte in Bryant se lessenaar gekry.

"Hier." Kat wys na die laaste bladsy van die dokument. "Beide jy en Bryant het die leningspapiere geteken."

"Gee hier!"

Susan gryp die papiere uit Kat se hand en verblind haar met 'n monsteragtige solitêr wat in die halogeen kantoorligte glinster. Dis ten minste drie karaat, waarskynlik uit een van Liberty se myne.

"Vanselfsprekend vervals. Dink jy regtig ek sou jou bel as ek betrokke was?"

"Nee." Kat hou haar stem gelykmatig. "Ek moet net verifieer of jy —"

"Katerina, elke sekonde wat ons op nietighede mors, gee Paul Bryant meer tyd om weg te kom."

Susan staan op en gooi haar pen met 'n spiesgooipoging na die vullisdrommetjie. Dis mis en Kat moet haarself bedwing om dit nie op te tel nie. Die tweeduisenddollarpen sal net mooi die minimum-betaling op haar kredietkaarte dek.

Kat probeer 'n ander hoek. "Wanneer laas het jy vir Bryant gesien?"

Susan stap na die venster toe, haar rug na Kat gedraai.

"Laas week miskien? Ek kan nie onthou nie." Susan draai om en vou haar arms. "Ek kan nie sien wat dit met enigiets uit te waai het nie."

Kat se BlackBerry vibreer. Sy kyk na die oproepskermpie en laat dit na stempos oorgaan. Haar huisbaas bel alweer oor die agterstal-lige huur.

"Elke detail help en jy het vir twee jaar elke dag saam met hom gewerk. Het jy niks verdag opgemerk nie?"

"Sou ons hierdie gesprek gehad het as ek het?" Susan laat sak haar arms en kyk af na haar hande. "Ek het nooit kon droom dat hy die maatskappy so sou ruïneer nie."

"Het hy enige verslawings? Dobbel, dwelms? Geldelike probleme?"

"Hoe de hel sal ek weet?"

Kat hoor 'n ligte aksent deurslaan soos wat Susan meer geïrriteerd raak, maar sy kan dit nie plaas nie. "Was hy gegrief oor iets? Oorgeslaan vir bevordering of enige so-iets?"

"Nee. En psigo-analise gaan nie die geld terugkry nie."

Die meeste witboordjie-misdadigers moet iets voed: óf 'n verslawing óf hul ego. Maar volgens Susan het Bryant geen probleme gehad nie.

"Ek sal waarskynlik die geld binne 'n paar dae opspoor." Om dit terug te kry, is 'n ander storie, maar sy kan nie langer tyd mors deur met Susan te redekawel nie. "Het die polisie enige leidrade?"

"Hulle is nie betrokke nie. Ek het eerder vir jóú aangestel."

Kat se mond val oop.

"Jy het hom nie as vermis aangegee nie?"

"Beslis nie. As dit moet uitkom, gaan die aandeleprys val."

"Maar Liberty is 'n openbare maatskappy — jy moet ten minste 'n persverklaring uitreik voor die markte Maandag heropen. Dis wet. En ek spoor geld op, nie mense nie. Selfs as die geldspoor na hom toe lei, is dit 'n saak vir die polisie. Ek kan nie —"

Susan vee 'n onsigbare stoffie van haar wolromp af.

"*Kan nie* is nie in my woordeskat nie. Ek betaal jou goeie geld. Wil jy die saak hê of nie?"

Susan draai om en marsjeer uit die kantoor uit sonder om vir 'n antwoord te wag.

HOOFSTUK 3

K at slaan die notaboek briesend toe. Susan het haar mislei en nie die misdaad aangemeld nie. G'n wonder Susan het háár aangestel in plaas van een van die Groot Vier boek-houfirmas nie. Hulle sou nie hul reputasies op die spel plaas met iemand wat so blatant die sekuriteitewette ignoreer nie. Het Susan regtig gedink sy sou hare op die spel plaas?

Sy druk die dokumente in haar aktetas. Die Hermès-handsak was 'n impulsiewe aankoop wat sy gemaak het voordat sy afgradeer is verlede jaar, 'n herinnering van beter dae voor die finansiële krisis toegeslaan het. Net toe sy wonder waarvoor sy die sak op eBay sal kan verkoop, haak haar nael in die ritssluiter vas en breek af. Sy op die lessenaar rond vir 'n skêr, toe sy die foto raaksien.

'n Groep mans en 'n vrou staan voor 'n Quonset-hut. Die sneeu lê kol-kol oor die bar landskap, waar net 'n klompie immergroen dwerg-boompies te siene is. Die gebou se verbleikte bord lees *Liberty Diamantmyn —Mystic Lake*.

Kat bestudeer die foto. Sy herken die voorsitter, Nick Racine, uit Liberty Diamantmyne se jaarverslag. Hy staan in die middel, glimlag-gend met 'n blou lint in die een hand en 'n skêr in die ander. Goue letters op die lint sê *Mystic Lake Heropening.*

Susan staan aan sy regterkant, met Paul Bryant wat langsaan bo-oor haar troon, so naby dat hulle amper aan mekaar raak. Twee groot mans rond die prentjie af. Almal dra jeans en Gore-Tex-baadjies - 'n ligte sneeulagie op hul skouers.

"Waarna kyk jy?"

Kat kyk op en sien 'n oorgewig, bles man in die deur. Sy kyk weer na die foto en plaas dit terug op die lessenaar. Dieselfde man.

"Mystic Lake. Jy's in die foto."

"Alex Braithwaite — ek's 'n aandeelhouer."

Sy woorde tuimel in kort, rasperige asemstote uit terwyl hy nader skuifel en Kat se hand skud. Dan val hy in die stoel oorkant haar neer, en die boonste deel van sy lyf vloei oor op die armleunings.

Volgens Liberty se aandeelhouersrekords, hou die Braithwaite-familietrust ongeveer 'n derde van Liberty se aandele. Saam met die ander groot aandeelhouer, Nick Racine, se aandele, besit hulle genoeg aandele om die maatskappy te beheer.

Toe hy die foto optel, sien Kat dat hy sy naels byt.

"O, ja. Twee nuwe kimberlietpype in 'n myn wat ons op die punt was om tydelik toe te maak. Die groei was sedertdien eenvoudig feno-minaal." Hy sug. "En nou het Bryant alles bederf."

Hy plaas die fotoraam terug op die lessenaar en leun terug in sy stoel.

"Enige leidrade sover?"

"Niks defnitief nie. Ek het die geld sover nagespoor na drie genommerde rekeninge in Bermuda en die Kayman-eilande. Maar om die sluier van geheimhouding in belastingmekkas te lig, is nie maklik nie."

Nie dat dit saak maak nie. Sy gaan in elk geval die saak bedank. Sy moet net vir Susan sê.

Braithwaite leun vorentoe en fluister: "Wees versigtig met wie jy hier rond praat. Daar is mense wat nie wil hê dat jy die geld moet opspoor nie."

"Soos wie?"

"Wie dink jy?"

Braithwaite lig sy wenkbroue en bestudeer haar. Toe knoop hyssy verkreukelde baadjie toe en staan op.

"Ek wil nou nie enigiemand beskuldig sonder bewyse nie. Kom sien my as jy meer te wete kom."

Hoekom moet almal hier so verdomp kripties wees? Kat is effens geïrriteerd to haar Blackberry vibreer. Sy laat val amper die foon toe sy dit uit die houer lig om vinnig na die skerm te kyk. Jace se e-pos bevat net drie woorde:

Ons het dit!!

Jace en Kat se belaglike bod op 'n bouvallige Victoriaanse huis op die stad se verkope uit belastingbeslagleggings, is aanvaar. Hulle het op die ingewing van die oomblik 'n bod ingesit, geweet die kans is skraal, selfs in 'n resessie. Mense kry dit altyd reg om hul eiendoms-belasting op die laaste oomblik te betaal, veral as dit beteken hulle gaan hulle huise verloor. Die ekonomie is seker erger as wat sy gedink het.

Kat se maag maak 'n draai. Waar gaan sy die geld vandaan kry? Haar Liberty-retensiegeld is bedoel om haar agterstallige kantoor-huur te dek. Sy bly die afgelope maand in die geheim daar vandat sy haar woonstel opgegee het.

Was.

Sy sal haar huur nou op 'n ander manier moet betaal.

Om 'n huis saam met 'n eks-kêrel te koop, is nie die vreemdste ding wat sy al aangevang het nie. Buitendien, hulle het beter vriende geraak die afgelope twee jaar as wat hulle ooit as 'n paartjie was. En die huis is net 'n belegging, herinner sy haarself. Dit gaan net 'n paar maande neem om dit reg te maak en teen 'n wins te verkoop. Sy sal die geld op een of ander manier in die hande kry. Sy tik:

Wanneer moet die geld betaal word?

Môre 2 nm. Ek het als onder beheer.

Onmoontlik.

Sy hoop sy's nie te laat nie. Sy tik vinnig Jace se nommer in. Daar is nie 'n ander uitweg nie – sy sal hom moet sê sy't nie 'n duit op haar naam nie.

Hy tel met die eerste lui op.

"Oor die huis – ek kan nie die—"

"Jy gaan my in die steek laat, né?"

"Jace, ek wil regtig. Ek sal net die geld bymekaar kan kry nie."

"Kat. Moenie dit aan my doen nie. Kom hierheen en ons praat daaroor."

"Ek kan nie – ek's besig." Oor 'n uur sal sy al die tyd in die wêreld hê.

"Is jy met 'n saak besig?"

"Soort van." Maar ek's op die punt om te onttrek." Sy vertel Jace van Liberty, Susan en Bryant.

"Onttrek?" Dis mal. Jy onttrek altyd as dinge rof raak."

Sy kan nie eintlik stry nie.

"Dis anders dié – dis oneties."

"Verbreek jy persoonlik enige wette?"

"Nee – maar om geassosieer te word met iemand wat dit wel doen, maak my net so skuldig."

"Wat van prokureurs wat hul kliënte verdedig? Selfs skuldige mense verdien ten minste 'n kans op verdediging. Susan het jou gehuur om die geld terug te kry, dan nie? Jy help die aandeelhouers. Dis nie jou skuld dat sy nie die misdaad wil aanmeld nie."

Jace het 'n punt beet. Kat lui af.

Sy weet Susan gaan nie 'n persverklaring uitreik nie, selfs al stem sy nie daarmee saam nie. Die aandele gaan oornag waardeloos raak, wat die aandele-opsies wat Susan en die Libertybestuur het, ook waardeloos sal maak. Aandeleprys is die enkele waardebarometer vir die meeste hoofdirekteure, insluitend Susan.

Maar vertel hulle alles? Haar sesde sintuig sê vir haar die amptelike weergawe is omtrent so waarskynlik soos sneeu in Desember.

HOOFSTUK 4

K at se selfoon bring haar gedagtes terug tot die hier en nou.

"Kat, hulle het my die sleutels gegee. Ek's nou by die huis. Kom jy?"

Niemand sou Jace langdradig kan noem nie. Soos 'n windhond op 'n spoor kry niemand hom gestop as hy 'n doelwit in die oog het nie. As 'n vryskutjoernalis beteken dit dikwels die verskil tussen die *scoop* of geen storie hoegenaamd nie.

Sy trek haar asem in. Sy kan net sowel vra.

"Wat was die prys toe uiteindelik?"

"Tagtigduisend. 'n Bietjie moeite en ons verkoop hierdie babatjie vir vyf keer soveel."

Kat se skouers sak. Dit was nou wel 'n *bargain*, maar waar gaan sy veertigduisend dollar vandaan kry?

"Jace, daar's iets wat ek jou moet sê." Sy kan nie eens 'n breukdeel van daardie bedrag bymekaar kry vir die minimum betaling op haar kredietkaarte nie.

"Kom vertel my self. Jy moet hierdie plek sien. Onthou jy daai bed-en-ontbyt op Salt Spring-eiland – die een met die erkers? Die hoofslaapkamer het dieselfde vensterbank."

Hul eerste naweek saam iewers heen. Hulle is skaars uit die kamer uit. Net gaan eet. So baie het verander in twee jaar. Sou sy regtig 'n huis kon *flip* saam met haar eks?

"Daar's nog iets. Ons het nie net die huis gekry nie. Ons het al die meubels ook gekry. Die eienares het blykbaar soos mis voor die son verdwyn. Dis nog nie skoongemaak vandat dit in die mark geplaas is nie."

"Verdwyn? Het sy nie familie nie?"

Hy antwoord nie.

"Jace? Is jy daar?"

"O!"

"Wat is dit?" Kat hoor 'n harde geraas en die foon wat aan die ander kant val.

"Jace? Wat's daardie geraas?"

Daar's 'n – eina! Die trappe het aandag nodig. Die wat nog heel is, bygesê."

"Is jy oukei?"

"Ja. Net my enkel verswik. Dis moeilik om te sien met die krag wat af is. Wanneer kan jy kom?"

Kat kyk op haar horlosie. Nadat sy Bryant se ID en wagwoorde buite werking gestel het, het sy sy hele rekenaar en elke stukkie papier in die kantoor nagegaan. Na tien ure het sy met niks vorendag gekom behalwe die bankoordragdokumente in Bryant se lessenaar-laai nie. 'n Verandering van omgewing mag dalk net haar kop skoon kry. Dan kan sy môre van voor af begin.

"Ek moet net eers by die kantoor stop. Oor 'n paar uur?"

Soos sy vir Jace ken, het hy al klaar 'n doenlys, geprioritiseer met benaderde tye vir elke taak. Sy's haastig om te sien wat op hulle wag. Miskien kan sy dit maak werk. As sy die saak gou oplos, sal sy ten minste 'n deel van die kontant hê om vir Jace te betaal. Hoe moeilik kan dit nou wees om bankoordragte na te spoor?

Kat gryp haar beursie en aktetas en stap na Ontvangs, waar 'n reuse rotsplaat met 'n diamant-aar die fokuspunt in die vertrek is. Toe sy verbystap, hoor sy die stemme in die hoekkantoor al harder praat. Geld wat verlore is het 'n manier om dit te veroorsaak.

Kat loop op haar tone in die gang af na Susan se kantoor toe. Sy wieg gevaarlik op haar viersentimeter-hakke, en probeer hard om haar balans te behou en nie ontdek te word nie.

"Is jy ernstig?" vra Susan. "Die polisie het al klaar 'n lang lys bedrogsake waaraan hulle werk. Ons het iemand nodig wat geheel en al gefokus is om Liberty se geld terug te kry. Dink jy Liberty sal die polisie se eerste prioriteit wees?"

Nog steeds. Om dit nie eens aan te meld nie?

"Hulle het ten minste 'n bietjie mag. Wat gaan Katerina doen as sy die geld opspoor? Sy is magteloos om dit terug te kry."

Wie is die mansstem? Kat herken hom nie, maar duidelik ken hy háár.

"Miskien. Maar as sy eers die voetwerk gedoen het, kan ons die owerhede inroep. Dit maak die tydlyn korter en omseil al die juris-diksie-rompslomp. Hoe meer tyd verloop, hoe onwaarskynliker dat ons die geld terugkry."

"Komaan, Susan, kom ons wees nou realisties. Carter & Associ-ates is niks meer as derderangse agentskap nie."

Wie dit ook al is – Kat hou al klaar niks van hom nie. En Susan se verwagtinge is heeltemal onrealisties. Maar as sy op die punt is om afgedank te word, sal sy eerder bedank voor dit gebeur.

"Ons mors tyd. Sy kan nie so 'n ingewikkelde saak hanteer nie. Hoekom het jy nie een van die groot firmas aangestel nie? Hulle het baie meer ondersteuningskrag as sy. Dis 'n internasionale probleem dié, my magtag! Katerina is plaaslik. Die groot firmas het mense regoor die wêreld wat die geldspoor kan volg."

Kat sluip nader en spits haar ore.

"Sy kom hoog aanbeveel, Nick. Solank as wat ek uitvoerende hoof is, gaan ek nie hier sit en wag vir iets om te gebeur nie. Ek maak dinge gebeur! Toe jy my aangestel het, het jy gesê ek sal die bestuur hanteer sonder inmenging van die raad, en nou wil jy my bevraagteken? Jy moet my vrye teuels gee hiermee. Ek weet wat ek doen."

Kat rek haar nek. Nou kan sy sien. Nick Racine, Liberty se uitvoe-rende hoof staan in die deur, sy rug na Kat toe. Albei sy arms is teen die deurraam gedruk, soos 'n klein diertjie wat vir die effek groot probeer lyk. Nick het ongetwyfeld 'n bietjie van die kleinmannetjiesindroom. Ongeag die mag wat hy as voorsitter en seun van Morley Racine, medestigter van Liberty, uitoefen, kan hy nie wegkom van die feit dat hy 1.6 meter kort is nie. Sy pakke word waarskynlik spesiaal vir hom gemaak, nie uit spandabelrigheid nie, maar uit noodsaak. Sy is nou minder as drie meter van die deur af. Daar is nie meer omdraaikans as sy uitgevang word nie.

"Dit was voordat vyfmiljard dollar spoorloos verdwyn het. Dit het onder jou toesig gebeur, Susan. Natuurlik is ek bekommerd. Jy het in die eerste plek verdomp toegelaat dat dit gebeur het!" Nick se stem raak harder soos wat hy met sy vuis teen die muur slaan.

Skielik is daar 'n kuggie agter haar. Sy is uitgevang! Kat skrik en val amper van haar hakke af. Oorkant haar in die gang staan die opsigter. Hy beskou haar met 'n mengsel van nuuskierigheid en geamuseerdheid terwyl sy sukkel om vertikaal te bly in 'n bisarre weergawe van 'n eenbeen-krygerjogaposisie.

Kat fokus direk voor haar, ignoreer hom en bid dat hy niks sal sê om Nick, wat steeds in die deur staan, se aandag te trek nie. Sy wil net hoor wat hulle oor haar sê. Sy herwin haar balans en soek in die gang na die opsigter, maar hy is nêrens te vinde nie. Haastig grawe sy vir haar selfoon. Sy kan voorgee dat sy gestop het om 'n oproep te beantwoord as sy raakgesien word.

Kat loer by die kantoor in en sien Susan by die venster staan. Haar rug is na Nick gedraai, arms voor haar gevou, en haar skraal figuur omlyn deur die donkerte buite die 22ste vloer se venster.

Susan draai om en kyk na Nick. Haar stem styg en daar is 'n desperate klankie wat Kat nog nie van tevore gehoor het nie.

"Kyk, Nick, ek belowe jy sal jou geld terugkry. Gee my net 'n bietjie ruimte om asem te skep en 'n bietjie—"

"Niks meer van jou bliksemse beloftes nie, Susan! Ek wil resultate sien teen hierdie tyd volgende Vrydag! As die geld nie opgespoor word nie, is jy uit!"

Kat kan nie help om na haar asem te snak nie. Susan se dertigdaespertyd is erg genoeg. Om Bryant en die geld binne 'n week te kry, sonder enige huidige leidrade is onmoontlik, selfs al werk sy dag en nag.

Nick draai skielik om en storm by die kantoor uit, sy gesig rooi van woede. Kat storm weg in die gang af na die ontvangstoonbank en maak haastig 'n lêer oop, gee voor dat sy verdiep is daarin terwyl sy op haar hakke wieg en amper 'n enkel verstuit in die proses.

Kat kry haar balans en dwing haarself om rustig asem te haal. Sy loer in Nick se rigting. Hy kyk haar openlik vyandig aan en storm na die hysbak. Sommige dinge moet 'n mens liewer ongesê laat. Nota aan self: Kry die geld, en kry dit gou!

HOOFSTUK 5

Kat maak dit teen sesuur uiteindelik tot by die kantoor. Sy laat rus haar oë vir 'n oomblik op die klein, goue naamplaatjie met die swart letters, *Carter & Vennote,* daarop.

In werklikheid is sy vennootloos, behalwe as sy Harry Denton bytel, wat die kantoor op 'n *pro bono*-basis beman. Oom Harry soek altyd 'n verskoning om 'n draaitjie by Kat te maak, en sy het toe gedink sy kan dit net sowel amptelik maak sodat sy 'n ogie oor hom kan hou. Wel, semi-amptelik.

Sy haal diep asem en maak die deur oop.

"Kat – waar de dinges was jy heeldag? Het jy laat geslaap of iets?"

Harry se growwe stem kom van iewers onder die ontvangstoonbank uit. Sy loer oor die blad en bespeur 'n paar sterk bene in 'n overall wat onder die lessenaar uitkom.

"Ek het 'n nuwe saak. Wat maak jy?"

Harry rol uit van onder die lessenaar, sy bleskop blink van die sweet. Hy trek 'n sneesdoekie uit sy hemp se sak en vee sy voorkop af.

"Kyk na die kragpunt. Die rekenaar is stukkend."

"Kan ek nie eerder die gebou se opsigter bel nie?"

Vrye tyd is 'n uitnodiging vir 'n ramp met Oom Harry, wat dikwels eers doen en later dink. Al is hy nie op die personeel nie, beskou hy homself as deeltydse kantoorbestuurder, opsigter en algemene bode. Sy ure is buigsaam, ingepas tussen oefen, rolbal speel, brugklub en tuinverantwoordelikhede.

"Seker," sê Harry en trek homself op. "Nog 'n skeisaak?"

"Nee. Groter." Sy verander die onderwerp. Hoe minder Harry weet, hoe beter. "Hoe gaan dit andersins hier? Buiten die rekenaar?"

"Redelik woes, Kat. Ek kry dit darem reg om die fort te hou."

"Lui die telefoon onophoudelik?"

"Wel, nie besig om dáái manier nie. Maar, ek moet al die liasse-ring oordoen. Jy het nie 'n stelsel nie, Kat. Ek kry niks hier nie." Harry swaai sy arms in die algemene rigting van die metaal-liasseerkabi-nette, oorblyfsels van die vorige huurder, 'n tandarts. "En die wasbak is verstop. Dis 'n goeie ding dat die telefoon nie lui nie. Daar is klaar te veel om te doen."

Kat sug. Die laaste dink wat sy nodig het, is deurmekaar lêers. Harry se stelsels is nooit hoofstroom nie.

"O, en daai ou het weer gebel. Hy wil jou darem baie graag sien, en hy klink oulik. Miskien moet jy net met hom uitgaan en klaarkry."

Hoekom jaag die verkeerde mans haar altyd? Haar sogenaamde vryer is van 'n insamelingsagentskap wat dreig om haar geraamte in die kas te onthul as sy nie betaal nie. Dit sal 'n groot ramp wees as haar vol kredietkaarte geblok word.

"Goed. Ek sal hom m As Oom Harry maar net die waarheid besef het. Forensiese boekhouers wat nie hul eie geld kan bestuur nie, sal nie sommer nuwe kliënte lok nie. Haar Bingo-gate –saak is 'n maand gelede afgehandel en Kat was op die punt om the ligte af te skakel toe Susan Sullivan se oproep inkom. Haar bankrekening is leeg, en onge-lukkig haar yskas ook. Carter & Vennote is geheel en al bankrot en die ironie ontgaan Kat glad nie.

"Jy moet dit gou doen, Kat. Die ou gaan jou nie vir ewig jaag nie."

As dit maar net waar was.

Harry is reg oor een ding – sy moet haar skuldkrisis trompop loop en dit agter haar sit. Dit is die advies wat sy haar kliënte gee. Maar dit beteken erken dat sy 'n mislukking is, iets wat sy nog ver van gereed is om te doen.

Sy kan waarskynlik die bloedhond invorderaars nog vir 'n week van haar af weghou. Sy sal die Liberty-saak gou oplos, betaal word, en uit die rooi uit wees.

"Jy word ook nie jonger nie. Jy het 'n ou wat in jou belang stel en jy gee hom die koue skouer."

"Oukei." Dertig plus en Oom Harry laat haar steeds soos 'n klein kindjie voel.

"Kat, hoekom is Buddy en Tina hier by die kantoor?"

Sy kon haar rusbank en ander meubels wegredeneer, maar om 'n rede uit te dink vir haar Siamees en mannetjieskat is 'n bietjie van 'n ander saak.

"Ek spandeer te veel tyd by die kantoor, en hulle het bietjie alleen geraak by die huis. Dis soos 'n klein vakansietjie vir hulle."

Dit lyk asof die verduideliking Oom Harry tevrede stel.

"Sal Oom vir hulle kos gee, asb.?" Dis in die kombuis."

"Natuurlik. Terloops, Kat. Ek het daai Liberty jaarverslag gelees wat jy op jou lessenaar gelos het. Wed jy't nie geweet dat ek 'n aandeelhouer is nie."

Kat het nie. Nog 'n dilemma. As Susan die persverklaring wou uitreik, dan sou Harry geweet het. Andersins sou sy haar kliëntevertroulikheid skend. Maar as sy hom nie sê nie, dan kyk sy nie na sy beste belange nie. Wat moet sy doen?

"Enigiets interessant raakgelees?"

"Niks wat ek nie reeds geweet het nie, behalwe as jy die astronomiese groei in ag neem. Natuurlik is dit hoekom ek in die eerste plek belê het. Ek het verlede jaar 'n goeie slag geslaan. Is dit jou nuwe saak?"

"Dít is." Sy staal haarself vir die onvermydelike toe Harry se selfvoldane uitdrukking verdwyn.

"Wat is dit?" Binnehandel? Bankrotskap?"

"Jy sal vir Maandag se persverklaring moet wag." As daar een gaan wees. "Jy weet hoekom hierdie maatskappye my huur. Daar is bedrog betrokke. Ek kan jou niks anders vertel nie, maar die aandeleprys sal waarskynlik val na die persverklaring Maandagoggend. Jy sal minste 'n bietjie van jou winste verloor."

Kat dwaal na die kombuis, snuffel deur die kaste en kom vorendag met mikrogolf -springmielies en ou koffie.

Sy maak haar tuis in haar kantoor, haal die inhoud van haar aktetas uit en rangskik dit in hopies op haar lessenaar terwyl sy die laaste paar springmielies klaarmaak. Sy bekyk die hopies. Wat is daar wat sy miskyk? As Finansiele Hoof het Bryant toegang tot die mees private en sensitiewe inligting, en die banke sal nie opdragte van sy kant af bevraagteken nie. Tog is sy steeds verbaas oor hoe blatant die misdaad uitgevoer is. Geen ingewikkelde internettransaksies wat fiktiewe fakture, aflandige entiteite of finansiering van die balansstaat af behels nie.

Die bedrog is uitgevoer met drie bankoordragte, en niemand het daaraan gedink om alarm te maak nie. Bryant het dit, na alles, afgeteken. Die hele ding kom net te eenvoudig voor. Waarom het Bryant bewyse van die bankoordragte op sy lessenaar gelos – daar waar dit maklik gekry kon word? En hoe kon so 'n kolossale bedrogspul twee dae neem voor dit raakgesien is?

Buite begin die daglig wyk terwyl die reën saggies teen die daghoogte vensters trommel en die ligte regoor Coal Harbor in streperige blertse verander. Sy drink haar koue koffie en gooi die leë springmieliesak in die vullisdrom. Waarom is alles 'n tweesnydende swaard? Sy kry haar grootste klient tot op datum, maar ontdek op dieselfde dag dat hulle bankrotskap in die gesig staar. Sy en Jace kry 'n huis teen 'n afslagprys, maar sy het nie geld om daarvoor te betaal nie.

Kat gaan sorgvuldig deur die laaste dik bankoordraglêer, op soek na 'n patroon. Bedrieërs wat 'n massiewe verneukspul beplan, toets gewoonlik eers die water met kleiner transaksies. As Bryant probeer het en nalatig was daaroor, kan sy moontlik 'n deurbraak maak. Na vier uur het sy egter niks om te wys vir haar pogings, behalwe ooreiste oë en 'n kopseer nie.

Kat kyk vinnig na die uitstaande aandele-opsielys. Een naam vang haar oog. As uitvoerende hoof vir tien jaar, het Bryant 'n groot hoeveelheid aandele-opsies bymekaargemaak, meer as Susan in haar kort periode as uitvoerende hoof. Dis interessant dat hy dit nie uitgeoefen het nie, hoewel hy kon en dit baie geld werd is. Kat maak 'n vinnige berekening. Teen sluitingsprys vandag was hulle 'n koel driehonderd twee-en-twintig miljoen werd. Dit maak nie sin nie. Hoeveel geld het een persoon nodig? Waarom sou Bryant vyfmiljard dollar steel, maar driehonderd twee-en-twintig miljoen agterlaat?

HOOFSTUK 6

Die ou Victioriaanse trappe kraak onder Kat se voete terwyl sy afklim na onder op pad na die loodglas-voordeur. Die huis het beslis herstelwerk nodig, maar in die daglig kan Kat die potensiaal baie beter raaksien as met gisteraand se toer by flitslig.

Weerskante van die trappe is 'n paar reuse rhododendrons, met kleiner azaleas en ander struike wat die voortuin versier. Al wat die tuin nodig het, is 'n goeie snoei om alles weer op standaard te kry. Die huis, met sy verf wat afdop en versierde rante, laat haar dink aan 'n uitgebleikte gemmerbroodhuis. Dit kort net 'n paar herstelwerkies. Maar herstelwerk kos geld.

Dit is eintlik Jace se huis, herinner sy haarself. Sy gaan nooit die veertigduisend wat sy hom skuld nie bymekaarkry nie. Selfs al los sy die Bryant-bedrog vinnig op, sal sy nog vir maande nie 'n salaristjek huis toe bring nie. Sy moes in die eerste plek nooit ingestem het om saam met Jace te belê nie, selfs al was die kans dat hulle die bod kon wen, klein.

Kat draai die deurknop en gaan in. Die oggendson stroom deur die portaal en vang die stofdeeltjies in sy straal. Die huis lyk heeltemal anders as wat sy dit voorgestel het gisteraand. Veral die meubels, waarvan die meeste net so oud soos die huis voorkom. Goed-opgepaste antieke meubels wat onverklaarbaar oorgegee is aan die stad se belastingverkoping.

"Jace?" Geen antwoord nie.

Sy gaan staan by die tafel by die ingang na die gang en tel 'n paar briewe op wat bo-op die hoop vouviljette en koerante lê. 'n Telefoon-rekening en 'n elektrisiteitsrekening is altwee geaddresseer aan Verna Beechy en gemerk as 'Finale Kennisgewing.' Nog 'n koevert wat honderde dollars in koeponbesparings beloof, is geaddresseer aan 'Huidige inwoner'. Sover Kat kan sien, is daar niks persoonlik nie. Wie is Verna, en wat het met haar gebeur?

Toe sy die geaddresseerde briewe terugsit op die tafel, sien sy 'n antiek esdoringkas net binne die voordeur staan. Sy maak die deur oop en loer binne-in. Verskeie damesjasse hang op hangers, met dienlike skoene en stewels wat netjies in pare daaronder staan. Rock-ports, Cole Haan plat skoene, en 'n paar Hush Puppy-enkelstewels. Stapskoene. Skoene sê baie oor iemand. Verna is 'n praktiese vrou met 'n oog vir gehalte. Verstandige vroue soos sy verlaat nie die wêreld met onbetaalde rekeninge, of verloor nie hul besittings met 'n belastingverkoping nie.

Kat verwag amper dat Verna enige oomblik in die deur gaan vers-kyn, terug van 'n uitstappie winkel toe, om twee vreemdelinge in haar huis aan te tref. Kat maak die kasdeur vinnig toe. Sy voel soos 'n oortreder.

"Kat? Hierbinne."

Sy volg Jace se stem na die eetkamer. 'n Swaar eikehouttafel is teen die muur gestoor, met ag stoele daarop gestapel. Die gordyne is geknoop om hulle van die vloer, wat bedek is met 'n paar sentimeter water, te lig. Die water staan opgedam waar die vloer skuins afloop. Emmers is op strategiese plekke in die vertrek geplaas en op 'n groot eikehout-vertoonkas.

Jace, met opgerolde pype en rubberstewels aan, staan gebukkend oor stofsuier. Sy breë skouers vorm 'n V, en sy spiere speel onder die wit katoen T-hemp rond toe hy die houer leegmaak. Eks-kêrel of nie, hy is steeds die aantreklikste man wat sy nog ooit gesien het.

"Wat het gebeur?"

"Dak wat lek." Die reën gisteraand?" Jace kom regop en stamp sy kop teen die kandelaar wat uit die dak hang.

Jy't so 'n oog vir detail; hoe loop jy dan so in die kandelaar vas?

"Verdomp!" vloek hy toe die lig terugswaai en hom weer tref.

"Eina–is jy oukei?" Kat gryp die lig om dit tot stilstand te bring en raak aan Jace se slaap. Vir 'n splitsekonde het sy vergeet dat hulle nie meer bymekaar is nie. Hulle het albei aanbeweeg, en hierdie is net 'n saketransaksie.

Jace sê eers niks, maar sy oë is op haar hand gerig toe sy dit laat sak.

"Ek makeer niks. Sien jy daarso?" Hy wys na die dak. 'n Kraak loop van die een kant van die vertrek tot by die ander regdeur die pleister.

"Kan dit reggemaak word?"

"Natuurlik—al wat kort is tyd en geld. Ek het 'n seil op die dak. Ons laat dit eers regmaak, dan huur ons iemand om die plafon oor te pleister. As ons die res van die water vinnig kan opdroog, sal die vloerplanke nie skeeftrek nie."

Kat kyk na die water wat in haar suede-stewels insypel en stap kombuis toe. Sy sit haar skootrekenaar en sak op die tafel neer en sit dan om haar stewels uit te trek. Dis toe dat sy die koerant sien.

Die Vyfmiljarddollar-man: 'n Les in Korrupsie deur Jace Burton.

"Skryf jy 'n storie oor Liberty?" Kat se hart klop vinniger toe sy die eerste paar reëls lees. Besonderhede van die bankoordragte word genoem. Besonderhede wat niemand behalwe sy van weet nie.

"Ek probeer. Tot die dak begin lek het." Hy volg haar kombuis toe, emmer water in die hand.

"Waar kry jy hierdie?" Sy waai die koerant na sy kant toe. Daar is net een plek waar dit vandaan kon kom.

Jace antwoord nie. Hy gooi die water in die wasbak uit en vermy haar blik.

"Het jy dit van my skootrekenaar af gekry? Hoe kon jy, Jace? Dis soos spioenasie." Sy trek haar stewels uit en gooi hulle teen die muur, want sy gee nie meer 'n duit om of hulle nat word of nie. Wat het jy nog gekry?

Jace draai om toe die stewels dofweg teen die monteerplank land.

"Dis nie asof ek daaraan geraak het of enigiets nie. Jy het jou skootrekenaar by die kantoor gelos gisteraand, en ek het toevallig verbygeloop."

"Jy't toevallig verbygeloop? My skootrekenaar, binne-in my kantoor–wat nie na jou kant toe wys nie? Verwag jy ek moet dit glo?"

Sy stap met lang treë terug eetkamer toe en gryp 'n mop.

"Jy moet regtig 'n *screensaver* oorweeg. Of nee, terwyl ek nou daaroor nadin – moenie."

Hy koes toe sy kombuis toe stap met die mop.

"Dis nie snaaks nie, Jace. Dit is vertroulike inligting."

"Maar dis so 'n sappige storie. Die uitvoerende hoof en die bankrot diamantmyn."

"Nog nie bankrot nie."

"Sal wees."

"Nie as ek dit kan verhelp nie." Wat is sy besig om te sê? Sy wil nog steeds nie die saak hê nie.

"Ek kort 'n storie, Kat. Dakke is duur. En oorgedoende vloere is ook nie goedkoop nie. Ons kan van die werk self doen, maar dit gaan nog steeds baie kos."

Kat maak die som in haar kop. Hulle regmaak-en-verkoop prentjie lyk nie te belowend nie. Selfs met die Liberty-geld.

"Kan ons nie hieruit kom nie? Verkoop aan die volgende hoogste bieër?"

"En opgee op die kans om 'n reuse wins te maak? "Beslis nie."

"Wel, jy gaan nie hierdie storie skryf ten koste van my nie."

"Ontspan, Kat. Dis net rofwerk. As die persverklaring Maandag uitkom, sal ek my storie klaar geskryf hê."

"Susan gaan nie 'n persverklaring uitreik nie."

"Maar sy moet."

"Jace, oor die huis—ek moet jou sê—"

"Moenie die onderwerp verander nie, Kat. Ek het hierdie storie nodig. Alles moontlik is geskryf oor die bankmislukkings, die beslag-leggings en die bankiers met hulle vet bonusse. Liberty is nuut, en dit kan reusagtig wees. Moenie dat iemand anders dit *scoop* nie. Asseblief?"

Kat sug. Daar is 'n manier waarop dit dalk kan werk.

"Oukei. Op voorwaarde dat jy niks skryf oor enigiets wat nie openbare inligting is nie."

"Maar as daar nie 'n persverklaring is nie, watter openbare inligting is daar?"

"Niks op die oomblik nie. Maar hoe vinniger ek dit oplos, hoe vinniger raak dit openbare inligting." Jace se ondersoekende vaardig-hede kan handig te pas kom as sy kan seker maak dat hy stilbly. En, as 'n direkteur van Carter & Kie, het Jace 'n vertroulikheidsooreenkoms geteken.

"Onthou jy die vertroulikheidsooreenkoms wat jy geteken het? As 'n direkteur is jy daaraan gebonde."

"So ek kan nie verslag doen nie? Jy martel my!"

"Hoe dikwels kom jy af op vyfmiljarddoller-bedrogsake?"

"Oukei. Dis 'n *deal*. So wat weet jy?"

"Nie veel nie. Dit lyk asof Bryant gereeld geld rondgeskuif het. Ek het dit nagespeur na Bermuda, Guernsey, die Kaymans, en toe raak die spoor koud op 'n rekening in Libanon."

"Libanon? Waarom sou hy dit daarheen skuif?"

"Goeie vraag. Hy't waarskynlik gehoop ons verloor die spoor met al die aktiwiteit. Buitendien, dis nie 'n slegte plek om by uit te kom as jy gesteelde geld wegsteek nie. Libanon se bankveiligheidswette is baie streng, presies wat diewe van hou. Die Libanese bankkom-missie het nie toegang tot individuele rekeninginligting of depo-neerders se name nie. Net die bankbestuurder ken die detail, en hy word wetlik verbied om enige inligting te verskaf. Dit beteken onna-speurbaar, siende dat banke deur die wet verbied word om enige besonderhede bekend te maak, selfs aan wetstoepassingsorga-nisasies."

"Het Bryant enige kontakte daar? Praat hy enigsins die taal?"

"Hy hoef nie. Met elektroniese handel hoef jy nie fisies daar te wees nie. Hy kan net 'n rekening behou en geld enige plek in die wêreld heen stuur."

"So wat is volgende? Hoe gaan jy hom kry?"

"Ek gaan Liberty se bankrekords verder deurkyk vir ander suspisieuse oordragte. Miskien het hy 'n leidraad gelos, miskien 'n kleiner transaksie as 'n toets. Die meeste mense pleeg nie bedrog van hierdie grootte sonder om eers iets kleiner te probeer nie. En, snaaks genoeg, as die bedrae nie so groot is nie, is hulle nie so versigtig nie. Dit is amper asof hulle nog rondspeel en nog nie finaal besluit het nie, so hulle is minder geneig om alle spore uit te wis. Die geld sal uiteindelik op dieselfde plek beland, maar met minder transaksies op pad daarheen. Kat wring haar mop in die emmer uit.

"So, wat weet jy van Bryant, Jace? Jy moes al voorheen oor hom en Liberty in die sake-afdeling geskryf het? Enigiets ongewoon?"

"Nie regtig nie.

Eintlik het ek hom al 'n paar maal raakgeloop. Die laaste keer het ek 'n onderhoud met hom gevoer vir 'n stuk oor myne in die noorde van Kanada. Slim ou. Ken die besigheid. Hy het 'n graad in geologie. Hy het dit gekry voordat hy besluit het om na Finansies oor te gaan."

Dis nuus vir Kat. Susan het nie enigiets genoem van 'n graad in geologie nie. "Wat het jy oor hom uitgevind?"

"Wel, hy was van mening dat die noorde van Kanada die volgende groot iets sou wees. Hy het gesê dat aardverwarming 'n reuse voordeel inhou vir Kanada en spesifiek vir Liberty. Hy was van mening dat die opening van die Noordwes-deurgang sou uitloop op reuse besparings op vervoerkoste en beter toegang om te myn in die verre noorde. En, hy het gesê dat Liberty binne die volgende tien jaar vir DeBeers sou verbysteek in grootte."

"Klink of hy vir die lang termyn in die storie was." Hoekom dus geld steel? Weer eens maak dit nie sin nie. Bryant sou meer gewen het as hy net gebly het waar hy was, in plaas daarvan om alles op die spel te plaas en 'n voortvlugtende te word vir die res van sy lewe.

Kat se selfoon lui. Dit is Harry.

"Lyk asof dinge by Liberty pas heelwat meer ingewikkeld geraak het."

"Wat bedoel jy?" Asof dinge nie gekompliseerd genoeg is om binne 'n week die verlore uitvoerende hoof en vyfmiljard doller op te spoor nie.

"Alex Braithwaite is vermoor. Die polisie het sy lyk op die wal van die Fraserrivier gekry."

HOOFSTUK 7

"Wat weet jy van Alex Braithwait?"

Die besonderhede op die oggendnuus was maar min. Braithwaite is met 'n enkele skoot in die kop geskiet, teregstelling-styl. Sy kar was geparkeer naby die rivier waar hy gekry is.

"Jy bedoel die ou wat gisteraand vermoor is?"

Cindy Wong sit oorkant Kat, en trek met haar gemanikuurde nael oor haar nuutste modebykomstigheid – 'n roos-tattoe bokant haar gewrig. Kat hoop dit is die tydelike soort. Hulle sit in Kat se kantoor en kyk hoe 'n watervliegtuig inkom vir 'n landing.

"Dieselfde. Hy het vir my kliënt, Liberty Diamantmyn gewerk." Nadat sy met Jace daaroor gesels het, het sy besluit om die saak te aanvaar.

"Ek is nie Moord nie, Kat. Ek weet niks meer as wat jy op TV hoor nie. Buitendien, net soos jy, kan ek nie detail bespreek van sake wat ondersoek word nie."

Vir 'n polisievrou onder die dekmantel is Cindy se nuutste vermomming ietwat flambojant.

"Haarverlengings?"

"Hou jy daarvan?"

Cindy se hare is nie net twee keer so lank soos laas week nie; dis nou ook platinumblond en in klein vlegseltjies gevleg.

"Absoluut ongelooflik. Het jy 'n nuwe saak?" Die aard van Cindy se geheime werk beteken dat sy gereeld haar voorkoms verander, maar hierdie is haar mees verregaande voorkoms nóg.

"Nee. Dieselfde een. Net gedink dis tyd om dinge bietjie interessant te maak. My vriende in die onderwêreld hou daarvan. Soort van 'n vermomming binne 'n vermomming." Cindy glimlag.

"So die polisie het regtig geen verdagtes in die Braithwaite-moord nie?" Kat onthou Braithwaite se opmerkings. Het hy sy moordenaar geken?

"Nie wat ek van weet nie." Cindy se selfoon lui. "Moet gaan."

Harry kom by die kantoor ingestorm, ampter in Cindy vas toe sy opstaan om te gaan.

"Kat, Liberty se aandele is besig om te val! Wat gaan ek doen?"

Kat druk Liberty se aandele-verhandelingsimbool, LDM, in haar skootrekenaar in.

En sowaar, die aandele is besig om te val. In die eerste uur van verhandeling het Liberty se waarde met die helfte geval.

"Ek is jammer, Oom Harry. Ek weet nie wat om te sê nie."

Sy kliek deur die nuusberigte. Braithwaite se moord het Susan gedwing om die bedrog en Bryant se verdwyning bekend te maak.

"Hoe gou kan jy die geld opspoor?" Harry leun teen die muur, sy kop in sy hande.

"Ek werk daaraan."

"Ek gaan naar word," sê Harry, sy gesig bleek. Hy laat val die drukstuk op haar lessenaar en gly teen die muur af en kom in 'n hopie op die vloer te lande.

"My makelaar het gesê dis 'n goeie belegging."

"Die enigste ding wat goed is, is sy kommissie." Kat tel die papier op. Dis 'n drukstuk van Harry se rekening-geskiedenis by Bancroft Richardson.

"Hulle het my pas gebel. Gesê ek het 'n marge-oproep."

Kat bekyk die drukstuk. "Oom het Liberty-aandele op marge gekoop?" Om op marge te koop, is in essensie 'n lening van jou makelaar, met die aandele wat jy besit as sekuriteit. As die aandele se waarde verminder, moet jy meer geld belê.

"O, Kat, het ek geldprobleme!" Groot probleme."

"Dit het Oom beslis." Oom Harry het Liberty-aandele van twee-honderd-vyf-en-twintigduisend dollar gekoop. Dit verhandel nou vir 'n fraksie van daardie prys en teen vanaand gaan dit so te waardeloos wees. Kat voel self 'n bietjie naar.

"Het Oom al ooit van diversifisering gehoor?"

"Ek moes inkom voor die aandeleprys die hoogte inskiet. En Bancroft Richardson het selfs vir my die geld geleen om nog by te koop. Elsie gaan my doodmaak. Ons sal weer 'n verband op die huis moet uitneem."

"Kom ons kyk. Oom skuld honderd-en-vyftigduisend. Dis nie goed nie. Oom sal óf nog geld moet inbetaal of die aandele verkoop."

"Maar om te verkoop verseker my verlies. Dit gaan mos weer opgaan, dan nie?"

"Ek kan nie sê nie, Oom Harry. Oom moet self besluit."

Kat bekyk die inligting deeglik. Die laaste transaksie is gister gedateer.

"Het Oom gister nog bygekoop? Nadat Oom geweet het ek is op die saak?"

"Ek het nie geweet van die gesteelde geld nie. Maar ek het geweet jy sal dit kry. 'n Maand van nou af gaan hierdie soos 'n winskoop lyk."

"Oom het meer belê net omdat hulle my aangestel het?"

"Ek het vertroue in jou, Kat."

Vertroue. 'n Gelaaide woord.

Oom Harry het vertroue in haar vermoëns. Liberty se aandeelhouers het vertroue in die waarde van hul belegging. Wat as alles ineentuimel, soos 'n kaartehuis?

HOOFSTUK 8

L uis—kry Rodriguez vir my." Blaf Ortega in die luidsprekerfoon.

Die seun hou sy hand uit, sy dooie bruin oë boor in Ortega s'n. "Gee my geld." Hy dra 'n uitgerafelde kortmou T-hemp, Nike-kortbroek en swart plastieksandale - die uniform van straat-kinders.

Ortega sjoe hom weg. Hy wil hierdie vuil straatkind uit sy kantoor uit hê.

"Natuurlik, Antonio. Señor Rodriguez sal dit vir jou gee." Hy beduie na Rodriguez toe die agt voet deure wat na die buitenste kantoor lei, oopgaan. Rodriguez staan net binne een van die handge-kerfde panele.

Die seun frons na Ortega en draai na Rodriguez, sy hand uitgesteek.

"Waar's my geld?"

"Volg my."

Ortega speel met sy diamant en goue mansjetknoop toe Rodri-guez die seun weglei. Tweehonderd pesos is meer as wat die seun ooit sal verdien met 'n maand van steel en bedel. Meer as wat hy werd is. Jammer dat hy nooit die kans gaan hê om dit te bestee nie. In

enkele ure sal Antonio by die ander aansluit, vasgemessel in 'n beton-
sypaadjie of begrawe onder 'n pad. Buenos Aires het baie monu-
mente, nie almal van hulle openbare monumente nie.

Niemand sal hom eens mis nie, behalwe miskien 'n paar straat-
kinders by die Retiro treinstasie, waar Ortega die meeste van sy
aanwinste optel. Hulle is veels te besig om *paco* te rook of kos te soek;
binne 'n paar dae het hulle vergeet hoe Antonio gelyk het.

Ortega is laat vir sy vergadering.

"Luis!" Blaf hy toe hy met lang treë by hom verbyloop. "Raadsaal!"

"Ja, baas."

"En bring die kaart."

Met hulle hoofkantoor in'n luukse, maar niksbeduidende
kantoorgebou in die Recoletadistrik, is Ortega se organisasie groter as
Microsoft en baie ander multinasionale maatskappye, s'n, maar nie te
vinde op 'n Fortune 500-notering nie. 'n Private maatskappy, is dit
bekend aan min en verantwoordbaar aan selfs nog minder mense.
Daar is sekere regerings oor wie Ortega beheer het; hy het 'n impak
op 'n paar wêreldhandelsektore en hy beïnvloed selfs oorlog en
vrede.

Hy rol sy hempsmoue op toe hy by die raadsaal instap. Dis klaar
warm en die lugreëling is nie opgewasse om die hittegolf wat Buenos
Aires die laaste tien dae getref het, te hanteer nie.

Ortega se manne vul tien van die twaalf sitplekke om die
raadsaaltafel. Net Ortega s'n en een ander sitplek is leeg. Vicente
Sastre se sitplek is leeg sedert hy twee jaar gelede verdwyn het.
Ortega hou die stoel doelbewus leeg – 'n herinnering vir die ander
manne. Op hulle beurt gee hulle voor om nie Sastre se afwesigheid
op te merk nie, en niemand durf vra nie.

Ortega gaan sit en wag vir Luis om die kaart op te plak.

Dan spreek hy hulle toe.

"Besigheid is af en ons volumes is besig om te val. Ons moet iets
doen om winsgewendheid te behou. Veral in Afrika," sê hy en wys na
die kaart. "In die verlede het dit ons die helfte van ons winste gegee.
Ons moet dit weer opbou."

Stilte.

Selfs met hul jaarlikse inkomste groter as die BBP van baie lande, is Ortega bekommerd.

"Ons het groei nodig. Nie net tenks en toerusting nie, maar klein wapens soos plofstowwe en Kalishnikovs."

Kalishnikovs is die brood en botter van die wapenhandel—hoë volume, lae winsmarge. Vir Ortega is dit 'n lokitem. Om nuwe besigheid te vestig, is die sleutel. Enige wapen-despoot met selfrespek het dosyne Kalishnikovs. Wanneer dit goed gaan, kan hulle tot seshonderd dollar, of ses koeie haal, afhangend van die land. Of in sommige lande, diamante.

Die mark vir bloeddiamante in sentraal-Afrika, is wat Ortega geteiken het. Die Kimberley-sertifiseringskema verhoed rebelle om hul mynproduksie in die oop mark te verkoop, veral in die groot hoeveelhede wat hulle nodig het om hul oorloë te voer. Hy koop al hul diamante op teen 'n fraksie van die waarde in ruil vir wapens en kontant. Hy kan die teendiamantwassery-beheermaatreëls omseil, maar hy het 'n gereelde voorraad diamante nodig om dit te laat werk.

"Maar niemand veg meer nie, sê Luis. "Daar is nie vraag nie."

Die res van die manne knik saam, maar bly stil. Luis is die enigste een wat ooit 'n stelling waag.

Ortega staan op en stap met lang treë na die vollengte venster wat oor die water uitkyk. Buite weerkaats die namiddagson op die Rio de la Plata. 'n Ligte briesie waai van die water af in, terwyl gewone wetsgehoorsame *porteños* met hul sake van die dag aangaan in die straat daar onder.

"Dan skep ons die vraag." Sy skerp bruin oë flits oor die vertrek – op die uitkyk vir enige teken van huiwering.

"Hoe?" vra Luis. "Begin 'n oorlog?"

Presies," sê Ortega.

HOOFSTUK 9

"Hulle gooi ouens uit helikopters uit vir baie minder." Ken Takahashi kom om die hoek van die huis te voorskyn met 'n vrag brandhout, wat hy terstond buite die motorhuis neergooi. Ongeskeer en gekleë in jeans en 'n fleece-baadjie, het hy nie eintlik die korporatiewe beeld wat Kat verwag van Liberty se voormalige hoofgeoloog nie.

Takhashi het Liberty twee jaar terug verlaat, net na die nuwe diamantfonds by Mystic Lake. Uit die bietjie wat sy van Susan en die ander te wete kon kom, is Takahashi en Bryant ná aan mekaar. Sy het besluit om Takahashi te besoek om 'n bietjie meer agtergrond oor die uitvoerende hoof te kry.

"Minder as wat?" Impliseer Takahashi dat dit dit 'n skandaal is wat hom uit Liberty uitgedwing het?

Takahashi antwoord nie, maar beduie dat Kat hom moet volg.

"Komaan, ek vertel jou binne. Kom ons kry vir ons koffie."

Kat volg Takahashi met 'n ou, grys Labrador kort op haar hakke. Die hond se artritis-stappie met die trap af verklap sy ouderdom. Dit was maklik om die plek te kry - 'n niksseggende tweeverdieping-gebou met afgeskilferde geel verf. Die huis, omring deur 'n klein erfie wat front aan die rivier, is duidelik lank terug deur iemand in stand

gehou. Die geraamte van die tuin, eens goed, maar net vaagweg
herkenbaar, is nou oorgroei, bosrank wat kompeteer met *morning
glory* in 'n resies na die dak van die huis. Oorblyfsels van geligte
groentebeddings, sorgvuldig teen 'n helling om die beste son te
verkry, is nou oorgroei met gras en botterblomme. Dit is stadig maar
seker besig om terug te keer na wildernis.

Soos by die meeste van die huise langs Rivierstraat, lê items ver
verby hulle nuttige leeftyd, uitgesprei oor die werf. Hoewel Ken
Takahashi se huis nie die geroeste ou karre sonder nommerplate het
nie, is daar 'n deurmekaarspul van kreeffuike, visnette en 'n ou,
lendelam boot langs die oprit. Die boot lyk allesbehalwe seevaardig,
en sy afgedopte verf skep die indruk dat dit in jare nie gebruik is nie.
Die een ding wat uitstaan, is die onbelemmerde uitsig op die Fraserri-
vier oorkant die pad.

Takahashi het aangedring daarop dat Kat hom hier ontmoet. As
die voormalige hoofgeoloog was Takahashi huiwerig om haar
enigsins naby sy voormalige kantoor of enige plek in die openbare
oog te ontmoet. Hy het geen rede tot kommer nie. Daar is geen
korporatiewe tipes wat vanmiddag rondhang naby Rivierstraat nie –
net 'n paar fietsryers wat oefen en die enkele vragmotor wat gemors
wegry.

Die bietjie wat sy van Takahashi weet, kom van Jace af. Takahashi
het Liberty onder 'n wolk van kontroversie verlaat nadat hy die
lewensvatbaarheid van nuwe kimberlietpype by Mystic Lake bevraag-
teken het. Hy is gedwing om te gaan toe hy verkeerd bewys is oor die
fonds.

Hulle sit by 'n ronde eikehouttafel in die kombuis onder 'n kaal
gloeilamp wat van die plafon af hang. Die kombuis is skoon en funk-
sioneel, die outydse sewentigs-dekor lyk soos die *voor*-prentjie uit 'n
dekor-oordoenprogram. Takahashi skink koffie in 'n onpaar koppies
en beduie na 'n graankosbakkie met wegneemsuiker en verromers.
Kat kies 'n koppie met 'n prentjie van 'n helikopter en die onderskrif
Hover Lover daarop. Die ander een sê *Aardverwarming is vir die voëls*.
Die ou labrador maak hom tuis op die vloer by Takahashi se voete en
kyk Kat met 'n lui nuuskierigheid aan.

"So, is jy al ooit uit 'n helikopter gegooi?" vra sy.

"Nog nie sover nie. Ek moet myself seker gelukkig ag dat dit nog nie gebeur het nie."

"Bedoel jy Liberty is 'n tweede Bre-X?" Kat is nie seker hoe die Indonesiese goudmynbedrog uit die 90's inpas by Bryant se verdwyning nie, maar sy het niks anders om op te gaan nie.

"Ek sê niks meer nie. Ek sou veel eerder glad nie met jou wou praat nie. Moenie geaffronteerd voel nie. Dis niks persoonlik nie. Die vorige keer toe ek my mond oopgemaak het, het ek alles verloor - my werk, my reputasie en die meeste van my vriende. Die een ou wat nie deel van die spul was nie, is weg, en ek het alles gedoen –"

"Praat jy van Bryant?" Kat kan dit nie glo nie. Nie alleen is die geld moeilik om op te spoor nie, maar dié inligting sit haar 'n hele ent terug. "Jy dink nie Bryant was korrup nie?"

Takahashi gooi 'n sakkie suiker in sy beker en roer met 'n vuil teelepel. Kat besluit om hare swart te drink.

"Verdomp reg, ja. Ek dink nie so nie. Hy's in 'n lokval gelei. Racine en die res van die raad – hulle kyk net na hulself. Enige slegte nuus – dan wil hulle dit stilhou. As daar vir 'n tydjie niks goeie nuus is nie, dan maak hulle iets op. As ek geweet het wat goed is vir my, moes ek daarmee saamgegaan het. Maar dit is verkeerd, en dis net 'n kwessie van tyd voor mense uitvind."

"Maar jy was die hoofgeoloog. Waarom het jy nie gesê dat hulle verkeerd is nie? Jy kan nog steeds, jy weet. As jy regtig dink dat Bryant onskuldig is, kan dit hom selfs help."

Takahashi se stilte is so goed as saamstem, na Kat se mening. As hy die sleutel tot Bryant se lot en die verlore geld het, waarom sê hy nie net so nie?

"Ek het klaar my werk verloor – 'n posisie wat ek vir 20 jaar beklee het. Racine en die ander kan dit maklik só reël dat ek nooit weer werk het nie. Om die waarheid te sê, sover kon ek nog nie kry nie. Die diamantmynbedryf is 'n klein bedryf. Almal ken almal, en ek het 'n salaris nodig. Op die oomblik het ek nie 'n goeie rekord nie. Ek het die grootste fonds van die afgelope tien jaar in die noorde van Kanada gemis. Niemand wil 'n kans met my waag nie.

"Die meeste mynmaatskappye het 'n 'beste voor'-datum ook. Beleggers pomp tonne geld in aan die begin, wanneer die toekoms blink is en enigiets moontlik lyk. Maar, na 'n paar jaar en 'n paar verdere rondtes van kapitaal werf, raak beleggers 'n bietjie sinies. Hulle wil resultate sien voordat hulle nog kontant in die geldput gooi. 'n Geoloog wat resultate toon, is die sleutel en ek het nie in daai prentjie gepas nie.

"Maar hulle het geen verdere diamante by Mystic Lake gekry nie. Hoe verduidelik jy dit?"

"Ek weet nie hoe hulle dit gedoen het nie, maar dis nie eg nie."

Kat is nie seker wat sy daaruit moet aflei nie.

"Sê jy dat hulle die resultate gefabriseer het? Om die bestuur en die beleggers gelukkig te hou?"

"Jy kan maar self besluit. Ek wil nie my kanse om weer werk te kry vir ewig verloor nie. Maar ek sal versigtig wees as ek jy is. Daar is baie op die spel."

"Jy bedoel, soos 'n onbeplande duik met 'n helikopter?" Is Braithwaite se moord op 'n manier verbind? Die tydsberekening is verseker interessant.

Takahashi ignoreer hierdie keer Kat se kommentaar en trek los met 'n nuwe onderwerp.

"Wat weet jy van diamantmyne?"

"Ernstig? Nie baie nie. Ek weet 'n diamant kom op 'n manier uit die grond uit, en dit eindig in 'n Tiffany's-boksie omring deur goud. Ek het geen idee hoe dit daar kom nie." Kat kan nie help om 'n bietjie aspris te wees nie. Sy is gefrustreerd omdat haar stryd elke oomblik meer van 'n gejaag na wind raak. Boonop help dit soms om 'n bietjie dom te speel, want mense praat meer, wat nie 'n slegte ding is as jy meer inligting probeer bekom nie.

"Wel, ek kan sien ek 'n reuse opvoedingstaak voor my. Diamante is basies net koolstof wat gekristalliseer het. Dit word diep binne die aarde gevorm, en na die oppervlak gedra deur sterk vulkaniese aktiwiteit. Die magma, gasheerrots en die diamante word in pype wat kimberliete genoem word, gevorm soos wat hulle die oppervlak bereik. 'n Kimberliet bestaan uit drie dele: die wortel, die diatrema en die krater. Dit lyk soos 'n wortel, met die krater as die bopunt van die wortel.

"Die diatrema is die middelste gedeelte van die kimberliet en dit is waar jy die meeste van die diamante sal kry. Hierdie gedeelte is gewoonlik een tot twee kilometer diep. Die wortels is aan die onderpunt, met 'n diepte van ongeveer 'n halwe kilometer. Uiteindelik vorm die krater die bopunt van die pyp. Sekere geografiese kenmerke dui plekke aan waar kimberliete die waarskynlikste sal voorkom."

Ken is duidelik in sy element. Kat kan haar voorstel dat hy ewe tuis is met die lewering van 'n universiteitslesing as in die veld.

"En Mystic Lake is een van daardie plekke, neem ek aan?"

"Dis reg. Kimberliete word by die kern van kontinente opgespoor. Die pype is gekonsentreer in hierdie kerne wat bekend staan as argeïese kratone, wat gevorm word uit rotse wat meer as twee en 'n half miljoen jaar oud is. Mystic Lake is geleë in een van hierdie gebiede." Ken neem 'n slukkie uit sy gekraakte beker. "Die kontinentale landmassa van Kanada bedek eintlik een van die grootste argeïese kratone op die aarde."

"Kanada is dus die volgende groot ontdekking in die diamantbedryf?"

"Wel, ja en nee. Hoewel Kanada reuse potensiaal het, is toegang na die noorde beperk weens onbegaanbare terrein, uiterste weersomstandighede, en 'n gebrek aan paaie en ander infrastruktuur. Om eksplorasiewerk vir nuwe pype te doen, wat nog te sê diamante te myn, is ongelooflike duur."

"Ek neem aan dis hoekom Liberty op eksplorasie in daardie gebied gekonsentreer het en nog 'n pyp opgespoor het?" Nou raak dit interessant, dink Kat, terwyl sy 'n slukkie van haar koffie neem.

"Hoogs onwaarskynlik. Dis hoekom ek so verras was. Ons is oor die afgelope dekade haarfyn deur daardie gebied. Glo my, as daar enigiets oor was, sou ons dit gekry het. Ek glo nie enigiets substansieel is misgekyk nie. Mystic Lake is so te sê aan die einde van sy lewensduur." Ken swyg terwyl hy die Mr Coffee-kraffie van die toonbank afhaal.

"Pype word tipies in groepe gevind, gewoonlik op die meeste tien kilometer uitmekaar. Die hele gebied is tot die uiterste toe bestudeer met lugkaarte, kernstudies - noem dit, en ons het dit gedoen."

"Waar anders kon die diamante vandaan gekom het?"

Ken Takahashi maak hulle bekers weer vol, en kies dan sy woorde versigtig. "Daardie rots is nie van Mystic Lake nie. Ek het vir vyf jaar self in daardie gebied gewerk. Dit was 'n goeie myn, maar nie die soort produksie wat Liberty beweer nie. Daar is nie 'n manier nie."

Kat se gedagtes spoed heen en weer met die moontlikhede. "Sê jy dat hulle dalk die resultate gekook het?"

"Ek sê niks nie. Maak jou eie afleidings. Maar ek weet dit was ten beste gelykbreek die laaste vyf jaar."

Takahashi se bruin oë bestudeer Kat sorgvuldig. "Kyk, Kat. Die enigste rede hoekom ek met jou praat is oor Paul. Goeie ou. Hy sou nie van die maatskappy gesteel het nie." Takahashi se oë bly op Kat gerig, som haar op. "Ek dink hy's die sondebok vir iemand anders. Baie mense wou hom uit die pad uit hê."

"Soos wie?"

"Ek kan nie sê nie."

"Jy kan nie – of jy wil nie?" Kat wil nie vir Takahashi so maklik laat loskom nie.

"Dit het niks met my uit te waai nie. Daar is niks wat ek kan doen nie."

"Maar Bryant is jou vriend. Hy het jou hulp nodig." Kat is nie seker hoe dit gebeur het dat sy die man verdedig wat sy gehuur is om te ondersoek nie.

"Jammer. Ek kan nie. Maar ek sou 'n paar monsters by 'n laboratorium laat nagaan as ek jy is. Ek kan jou waarborg dat hulle nie van Mystic Lake af is nie."

HOOFSTUK 10

K at besluit om 'n tydelike ruskans te vat van haar armoede-eed en bederf haarself met 'n koffie en 'n dubbele sjokola-dekoekie by Café Marseilles. Sy het kafeïen en stysel nodig as brandstof vir die forensiese marathonsessie om die verhandelingsrekord na te gaan. Sy kou aan haar koekie terwyl sy met die keistene langs na haar kantoor toe stap.

Waterstraat, aan die onderpunt van Coal-hawe, beslaan die oudste deel van Vancouver. Gastown se somersjarme is vervang met 'n ruwer afronding vandat die passasierskepe en toeriste weg is vir die winter. Net die permanente inwoners het oorgebly. Sommige bly in kunstenaar-ateljees en geboue sonder hysbak, terwyl die minderbevoorregtes op die strate bly. Kat tree om 'n hawelose man toe hy uit 'n skuiling van karton en komberse te voorskyn kom. Nie die beste buurt nie, maar haar kantoor-uitsig van die water en berge is ongeëwenaard, en die huur is spotgoedkoop.

'n Steenkoolontdekking in 1862 het die oorspronklike Vancouver-nedersetting gevestig, en sommige van die ou geboue is steeds omring met ou geboue, waaronder Hudson House – die oorspronklike handelspos op Waterstraat waarvan die baksteenmure Carter en Kie huisves.

Kat sluit die voordeur oop en stap met die trap op. Die geur van gebrande koffie begroet haar toe sy die deur oopmaak en by die leë ontvangsarea verbystap.

Sy skakel die koffiemaker in die klein kombuisie af en volg die geluide van 'n getik wat uit die ekstra kantoor uit kom. Wat Oom Harry tik, is vir Kat duister, want hy het geen toegewysde take of 'n werksbeskrywing nie en ook nie 'n goeie rede om daar te wees nie. Te oordeel aan sy eenvingermetode, ook geen tikvaardighede nie. Beslis nie 'n Mavis Beacon-navolger nie.

"Oom Harry? Het Oom nie 'n brug-*game* vandag nie?" Kat hoop in die stilligheid dat hy nie op haar slaapsak en sponsmatras afgekom het in die stoorkamer langs die kombuis nie. Dit raak al moeiliker om weg te steek dat sy by die kantoor bly sedert sy verlede week haar woonstel opgegee het.

"Gekanselleer. Het jy al ons geld opgespoor?"

"Ons geld?"

"Jy weet – Liberty en daardie Bryant-ou."

"Nog nie. Ek werk daaraan. Wat maak Oom?"

Haar oog vang die leë lessenaar en sy is oombliklik spyt oor haar tog huis toe om die kontrakteur in te laat. Dit het haar die grootste deel van gister geneem om die lêers uit te haal wat Harry geliasseer het, en nou is hulle weer weg. Hy moes hulle weer geliasseer het, nie in alfabetiese volgorde nie, maar in een of ander geheimsinnige volgorde wat Kat nie kan ontsyfer nie.

"Ek rangskik jou lêers – weer 'n keer!" Harry beduie na die liasseerkabinette agter hom. "Hoeveel lêers het jy op een slag nodig? Dit het my so pas drie ure geneem om alles weer te bêre!"

Kat druk haar handpalm teen haar voorkom en kreun. "Hoekom sê Oom nie net vir my hoe die stelsel werk nie? Nommers? Datums? Astrologiese tekens? Dit vat vir ewig om goeters te kry!"

"Moenie oor details bekommer nie, Kat. Sê my net watter lêers jy nodig het en ek haal hulle dadelik vir jou uit."

"Oom Harry, ons is al vantevore hierdeur. Ek het klaar 'n stelsel in plek." Hy is vinnig besig om 'n probleemwerknemer te word.

'Kat, jou stelsel is meer soos 'n brandrisiko. Jy het lêers oral. As hulle ooit aan die brand raak, verloor jy alles wat jy het."

Harry tik kop af voort op sy eenvingermanier, en vermy Kat se blik. Geen sin in om met hom te stry nie; dit sal niks verander nie.

"Van wanneer af word brug gekanselleer?" Harry het in tien jaar nie 'n brugspel misgeloop nie. "Jy is hier om meer oor Liberty uit te vind, né?"

"Moontlik." Harry staak sy getik en kyk hoopvol na Kat, soos 'n hond wat wag vir 'n lekkerny.

"Ek moet weet, Kat. Ek kan nie eet nie; ek kan nie slaap nie. Ek is siek van bekommernis.

"Het Oom vir Tannie Elsie gesê?"

"Haar wat gesê?"

"Oom weet waarvan ek praat. Oom se Liberty aandelemark-verliese."

"Dit gaan omdraai, Kat. As jy die geld opspoor, gaan die aandele die hoogte in skiet. Hoeveel langer nog? 'n Week? Twee?"

Kat verstil toe 'n siek gevoel oor haar spoel.

"Sê vir my Oom het nie nóg aandele gekoop nie."

Lang stilte.

"Net 'n klein bietjie."

"Is Oom mal? Die maatskappy is amper bankkrot. Dis soos dobbel."

"Beter kanse as met 'n lotery," sê Harry. "Buitendien verlaag ek my gemiddelde aankoopprys. Afwaartse vermiddeling noem hulle dit."

Kat gooi haar hande in die lug.

"Oom het al klaar 'n ramp op hande gehad. Nou gaan maak Oom dit nog erger?"

"Dis 'n berekende risiko, Kat."

"Hoeveel meer het Oom gekoop?"

"Gaan nie sê nie."

"Goed. Maar ek gaan nie vir Oom *cover* as Tannie Elsie vra nie."

"Ek sal haar sê as ek reg is om haar te sê. Gee my net 'n paar dae."

"Dis Oom se besluit." Wie is sy om te stry? Sy is ook nie eintlik eerlik oor haar finansiele situasie nie.

"Buitendien, dit maak my 'n meer effektiewe ondersoeker. Ek het nou baie persoonlike belang."

"Ondersoeker? Ek dink nie so nie."

"Hoekom nie, Kat? Ek kan jou help. Jy het nie baie geld nie, en ek werk verniet." Harry glimlag vol hoop vir Kat. "Ek is nogal goed met Internetsoektogte, en ek kan help met van die data-invoering ook."

"Ek weet nie." Kat twyfel of Harry op enigiets anders as sy vinnig-kwynende aandeleportefeulje sal kan konsentreer.

"Komaan. Dit sal goed wees. Jy het nie baie tyd nie, en te oordeel aan die gemors, kan jy nie byhou met die liassering nie."

"Ek dink ons kan dit seker probeer. Maar dis net 'n proeftydperk, so ek belowe niks." Die papierwerk is besig om hand uit te ruk, en solank sy 'n oog oor Harry hou, kan hy dalk net handig wees. Solank sy belegging in Liberty nie inmeng nie, kan sy gebruik maak van die gratis arbeid.

Die voordeur klap en rubbersole op linoleum raas in die gang af. Sy verwag niemand nie, en forensiese rekeningkundiges in swak buurte kry net nie instapkliënte nie. Waarskynlik die mallerige binnenshuise versierder oorkant die gang wat 'n *make-over* aan haar wil verkoop. Die glasmuur wat na die gang uitkyk is soos 'n winkelvenster, en hy het 'n groot hekel aan haar retro algemene handelaar-*look* wat uit die sewentigs dateer.

Maar dis nie hy nie. In plaas daarvan loer Jace om die deur en glimlag met groot verwagting in haar rigting. Sy't nie nodig om te vra nie, maar sy vra in elk geval.

"Is jy hier vir meer van die storie? Jy't klaar alles wat ek weet."

"Dit was gister. Jy moes nou al vir Bryant opgespoor het. Moenie inligting van my weerhou nie, Kat. Ek is desperaat."

Dink hierdie ouens dit is maklik om voortvlugtende miljardêrs op te spoor?

Tina gly in die gang af, mis die deur en Jace se enkels rakelings. Kort op haar hakke volg Buddy.

"Jace, ek het niks nuuts nie. Jy sal een van die eerstes wees as ek wel iets het."

Jace staar agter Buddy en Tina aan toe hulle om die hoek na die kombuis verdwyn.

"Nie die eerste nie?"

"Ek het na alles 'n kliënt. Ná hulle."

"Hoekom is jou katte hier?"

"Katte-uitstappie." Sy gaan nie vir Jace sê sy bly by die kantoor nie.

"Regtig?" Jace se oë vonkel geamuseerd. "Haat katte dit nie om te ry nie?"

"Hulle is getaak. Muise in die gebou." Slegte verskoning, maar al waaraan sy kan dink. Sy kan nie vir Jace die waarheid laat agterkom nie.

"Muise? Ek kan daarmee help." Jace draai om en volg die katte in die gang af.

Kat spring van haar stoel af om hom te volg, maar dit is te laat. Jace maak die stoorkamer oop waar haar beddegoed op die vloer lê. Hoekom het sy nie ten minste net haar bed opgemaak nie?

"Wat is al hierdie goed?" Iemand wat in die kas slaap?"

Sy hardloop deur toe, slaan dit hard toe sodat Harry dit nie moet sien nie.

"Jy? Jy slaap hier?"

Kat voel hoe haar gesig rooi word van skaamte. Wat gaan Jace dink as hy moet weet sy regmaak-en-*flip* beleggingsvennoot is feitlik haweloos?

"Ssshh. Ja, ek slaap hier. Lang storie."

"Met muise? Ek glo dit nie. Probeer jy jou fobie oorkom of wat?"

"Daar is nie muise hier nie," fluister Kat. "Ek het dit opgemaak. Asseblief, moenie dat Oom Harry jou hoor nie."

"Waarom al die geheimhouding? Waarom kan jy nie by die huis slaap nie?"

"Ek het uitgetrek. Kan ons later hieroor praat?"

Jace wil dit nie los nie.

"Jy het uitgetrek? Uit ons woonstel uit? Daar is iets wat jy nie vir my sê nie."

"Korter pendelafstand."

"Kat, wat gaan aan?"

Kat antwoord nie. Sy stap eerder met lang treë na die ekstra kantoor om Harry te gaan voorkeer, net toe hy met 'n lêer in sy hand uit die kantoor uitkom.

Jace kom agter haar aan.

"Waarom kan jy my nie net sê nie?"

Kat ignoreer hom.

"Jace, kom hier," sê Harry. "Terloops, Kat, ek het Jace as my assistent aangestel. Hy werk ook verniet."

"Ouens, ek weet nie hoekom julle altwee hier is nie, maar ek moet werk."

Harry en Jace volg haar na haar kantoor toe. Harry maak die lêer oop en wys na 'n sigblad.

"Wat beteken hierdie syfers, Kat? Wat het mynproduksie te doen met geld wat weg is?" Kat sien in haar geestesoog hoe Harry ure gespandeer het om dit op sy eie uit te *figure*. Dit sou nie skade doen om hulle 'n bietjie meer agtergrond te gee nie. Om daardeur te praat, help haar dalk om op iets af te kom wat sy vroeër misgekyk het. En dalk lei dit Jace se aandag van haar slaapgeriewe af weg.

"Ek's nog nie seker hoe hulle verbind is nie, maar ek's redelik seker dat die syfers gemanupileer is. Om 'n oorsig van Liberty te kry, het ek al die syfers van die algemene lêer na Snoopy oorgedra. Al Liberty se finansiële rekords kom redelik aanvaarbaar voor, behalwe die mynuitset." Snoopy is Kat se bynaam vir haar eienaarsrekening-ouditsagteware, wat statistiese modelle gebruik om groot hoeveelhede data vir inkonsekwenthede en anomalieë te ondersoek.

"As deel van my forensiese oudit, kyk ek vir enige eienaardige patrone in die syfers. Julle sal verbaas wees hoe dikwels bedrog op hierdie manier ontdek word. En daar is iets vreemds aan die syfers. Dit hou op 'n manier met die vermiste geld verband."

"Produksie is dus laag? Is dit die probleem?"

"Nee, en dis wat so snaaks is, Oom Harry. Die uitset is te hoog as jy dit vergelyk met die myne van soorgelyke grootte. Eerstens het ek produksieresultate vir soorgelyke myne in dieselfde stadium van uitputting nagegaan. Dit was nie te moeilik nie, aangesien ongeveer alle diamantmyne van hierdie grootte ook deur openbare maatskappye besit word, en die resultate geredelik deur hulle jaarverslae op die Internet beskikbaar is. Dit lyk asof Liberty hulle deurlopend verbysteek met omtrent dertig tot vyf-en-dertig persent."

"Miskien bestuur Liberty hul myne beter as die kompetisie. Buitendien, hoekom sou jy jou produksie oorverklaar as jy van die maatskappy wil steel?"

"Daar moet 'n rede wees. Ek weet net nog nie wat dit is nie," gaan Kat voort. Hoekom verskil Liberty se data soveel van die ander soortgelyke diamantmyne? Die normale afwyking wat 'n mens sou verwag om te sien is omtrent ses tot agt persent, so die verskil is beduidend.

"Ek kan ook nie ontsyfer wáárom dit hoër sou wees nie. Tot 'n paar jaar gelede was die produksie in lyn met ander mynmaatskappye s'n. Toe verhoog dit skielik. Eienaardig. Nie net dit nie, maar die dataverspreiding stem nie ooreen met Benford se Wet nie."

"Wag 'n bietjie – wat is Benford se Wet?" Jace is skielik die ene belangstelling.

"Dis 'n wiskundige wet gebaseer op die beginsel dat in omtrent enige stel numeriese data, syfers teen 'n voorspelbare koers as die eerste of tweede syfer voorkom." Kat neem 'n asemteug en gaan aan.

"Byvoorbeeld, die syfer 1 sal 31% van die tyd as die eerste syfer verskyn, maar die nommer 9 sal slegs omtrent 5% van die tyd eerste voorkom. Om Liberty se data dus te toets, het ek met die laaste tien jaar van finansiële data vir verskeie items begin, en dit met ander maatskappye vergelyk. Onder Benford se Wet, sou jy verwag dat die leidende syfer 1 sou wees omtrent 30% van die tyd, maar in Liberty se geval kom dit in geen geval as die eerste syfer voor nie. Nie net dit nie, maar 5 kom een-en-sestig persent van die tyd voor, terwyl dit volgens die reël, slegs 7.9 persent van die tyd moet voorkom."

"Hoe kan dit wees? Is syfers nie per toeval, soos wanneer jy 'n muntstuk opskiet nie?"

"Nie eintlik nie." Kat skryf op die witbord. "'n Eenvoudige manier om te verduidelik is die volgende: sê byvoorbeeld Liberty se produksie groei met 'n gemiddeld van 10% per jaar vanaf die begin tot piekproduksie. Die eerste jaar is die produksie 1000 ton; die tweede jaar, 1100 ton; en so aan. Die eerste syfer sal 1 bly totdat die totaal van 2000 ton bereik word; dan word die eerste syfer 2. Teen 'n saamge- stelde groeikoers van tien persent per jaar, sal dit so net meer as sewe jaar neem om 2000 ton te bereik. Om van 2000 ton tot 3000 ton te groei, sal net meer as vier jaar duur, omdat die basissyfer soveel groter is; daarom maak tien persent van die groter basis 'n groter proporsie van die 1000 ton groei uit. Dus, gebaseer op 'n groeikoers van tien persent, is die eerste syfer ten minste sewe keer 1, waarteenoor dit vir ten minste vier keer 2 moet wees."

Kat maak die lêer oop en oorhandig die drukstuk vir Jace. "As jy deur al die moontlikhede vir die syfers 1 tot 9 gaan, en Benford se Wet vergelyk met 'n monster van Liberty se data, kry jy hierdie."

Eerstesyfer-persentasiefrekwensies	Benford se Wet	Vergelykende Produksiedata	Liberty Produksiedata
1	30.1	30.5	0
2	17.6	17.8	2.9
3	12.5	12.6	0
4	9.7	9.6	9.7
5	7.9	7.8	61.2
6	6.7	6.6	23.3
7	5.8	5.6	1.0
8	5.1	5.0	1.9
9	4.6	4.5	0

"WAT BEWYS DIT?" Harry is nie oortuig van die relevansie nie. "Miskien het Liberty 'n paar oppe en affe beleef. Is die mynwese nie 'n fees of hongersnood soort bedryf nie?"

"Wel, miskien vir winsgewendheid, maar produksievolume vir 'n ten volle operasionele myn behoort redelik voorspelbaar te wees. 'n Mens kan sien dat die produksiesyfers vir die diamantbedryf rofweg ooreenstem met die model, maar nie Liberty s'n nie. Nommers wat met 1 begin is nie-bestaande vir Liberty, en daar is 'n disproporsionele aantal wat met 5 en 6 begin, wat my laat vermoed dat daar op 'n manier met die syfers gepeuter is. Die vraag is, waarom sou mens dit verhoog?"

"Dit klink nogal interessant, maar hoe hou dit verband met Bryant se verdwyning?" vra Jace. "Is jy nie veronderstel om op die vermiste geld en die uitvoerende hoof wat daarmee saam gaan te fokus nie? Hoe gaan jy dit alles bymekaar uitbring?"

"Ek het dit nog nie heeltemal uitgepluis nie, maar ek is seker dit hou verband." Kat neem 'n happie van 'n sjokoladekoekie terwyl sy nadink oor Jace se vraag. "Indien hierdie syfers gedokter is, dan probeer iemand iets wegsteek."

Ken Takahashi is reg. Daar is beslis met die syfers gepeuter.

Harry en Jace keer terug na wat hulle ookal gedoen het, en Kat gaan weer deur die syfers. Dit is 'n raaisel, en sy het nie 'n antwoord vir hulle nie.

Die geldspoor is koud, en hier is 'n afdraai wat suspisieus voorkom. Maar waarom sou 'n maatskappy syfers verander en jok oor iets wat hulle vervaardig het as hulle nie het nie? Daar is makliker maniere om inkomste op te stoot. Om produksiesyfers te fabriseer by 'n hoësekuriteit-myn is moeilik, indien nie onmoontlik nie, en daar sou fisiese bewyse moes wees van die volume. Indien die diamante regtig bestaan, sou baie mense medepligtig wees in die vuilspel, van die mynwerkers af al die pad met die voedselketting op tot by die C-Suite bestuurslede.

Kat skryf 'n lys vrae neer. Eerstens het sy 'n lys nodig van wie in 'n groot mate deur hoë produksiesyfers bevoordeel sou word. Hoër produksie beteken hoër wins. Die moontlike bevoordeeldes sluit aandeelhouers, bestuur en werknemers in, maar hulle sou ook toegang moes hê. Wie het soveel op die spel dat hulle bereid sou wees om 'n misdaad te pleeg?

Laastens, wat sou die produksiesyfers gewees het indien hulle vergelykbaar sou wees met soortgelyke myne oor dieselfde periode? Deur die produksiesyfers oor die laaste jaar te normaliseer tot wat die produksie waarskynlik sou wees, kan sy die potensiële enormiteit van die bedrog bepaal. En hoe dit inskakel by die vermiste miljarde.

Inderwaarheid word enige werknemer-aandeelhouers in die maatskappy bevoordeel, omdat verhoogde diamantproduksie 'n hoër aandeelprys beteken. Liberty het 'n werknemer-aandele-eienaarskap-plan; baie werknemers pas dus in hierdie kategorie. Die meeste werknemers skakel Kat egter gou uit omdat die wins op hul klein aandeelhouding nie genoeg sou wees om hul werk op die spel te plaas nie. Senior bestuur en direkteure, met hul aandele-opsies en groter eienaarskap, het beslis meer om te wen; dus is hulle 'n moontlikheid. Groot eksterne aandeelhouers sou ook bevoordeel word, maar hulle sou nie toegang hê om die maatskappydata te vervals nie.

Paul Bryant het vanselfsprekend die geleentheid gehad om die syfers te manipuleer, maar so ook die res van die senior bestuur en direkteure, waaronder Susan ook. Dit is iemand anders by Liberty wat agter die spul sit. Die bewyse neig stadig maar seker weg van Bryant af. Maar as dit nie Bryant is nie, wie dan? Wie het die middele en die motief om die syfers te dokter? Kat laat 'n boodskap vir Ken Takahashi. Hy sal waarskynlik huiwerig wees om te help, maar haar bronne is beperk en dis die moeite werd om te probeer. Sy kan nie vir Susan oor die gedokterde produksie uitvra sonder een of ander vorm van bewyse nie.

Kat het nie agtergekom hoe honger sy is nie. Sy krap in die yskas, kry 'n bakkie oorskiet-makaronie-en-kaas en gaan sit weer in haar kantoor. Sy onthou vaagweg dat Harry en Jace ongeveer 'n uur gelede weg is, maar sy was te hard aan die konsentreer om op te let hoe laat dit was.

Kat is seker van een ding. Paul Bryant het nie daardie oorverklaarde produksiesyfers nodig gehad om bedrog te pleeg nie. As 'n mens die vals produksiesyfers met die duidelike verhandelingspoor deur Bryant agtergelaat, in ag neem, laat dit Kat wonder of Bryant se verdwyning vrywillig was. Is Bryant 'n misdadiger of 'n slagoffer? Indien Bryant onskuldig is, wie is die dief dan? En wat het hulle met Bryant aangevang?

HOOFSTUK 11

"Ek verstaan dit nie. Hoekom slaap jy in 'n stoorkamer as jy hier kan bly?" Jace kyk bo van die trapleer af na Kat terwyl hy sy verfkwas vol verf maak.

Hulle is in Verna se kombuis en Jace is besig om die eerste laag verf aan te wend. Hy doop sy kwas met 'n vinnige, presiese beweging in die verflaai met die suurlemoen-eierdopkleur wat skaars aan die kwashare sit. Jace is baie presies oor verf. Kat verkies om die kwas behoorlik te doop. Sy is mal oor die oordadigheid van die kwashare wat uitsit van die romerige verf, maar Jace kla dat dit druppels en verinneweerde kwaste veroorsaak.

"Kan ons oor iets anders praat?" Haar seer rug is genoeg van 'n herinnering. Sy is bankrot, haweloos, en geensins nader daaraan om Bryant of die gesteelde geld terug te kry nie.

"Jy sê my nie alles nie, Kat. Iets is verkeerd."

"Nee, daar is nie. Hoekom is jy so gepla met my slaapgeriewe?" Is dit die verfwalms, of herhaal hulle die afgelope uur dieselfde vrae en antwoorde?

"Omdat jy vreemd optree. Ek verstaan nie hoekom jy my nie wil sê nie – hoekom het jy uit jou woonstel getrek?"

'n Spasma skiet in haar rug op toe sy 'n stapel borde uit die kas lig. Die borde glip uit haar greep en spat stukkend op die kombuisvloer.

"Verdomp!" Hier maak sy die kaste leeg en skrop kaste terwyl Bryant iewers met 'n nuwe identiteit en 'n luukse lewe in Brazilië of een of ander land inglip sonder 'n uitlewerings-ooreenkoms.

"Hoekom dínk jy, Jace? Ek is bankrot! Ek kon nie eens my huur betaal hierdie maand nie. Ek kan jou ook nie betaal nie." Kat voel hoe haar gesig rooi word van woede en sy draai van hom af weg. Jace sal nie verstaan nie. Dinge werk altyd vir hom uit, of dit nou 'n lotery-kaartjie is wat hy wen of parkering wat hy in die voorste ry kry.

"Hoe kan jy bankrot wees? Liberty is 'n groot saak, dan nie?"

Jace klim by die leer af en volg haar na die spens terwyl sy na 'n besem gaan soek. Sy probeer haar frustrasie inhou.

"Dit is, maar ek het klaar my retensiegeld gespandeer, en dit gaan 'n rukkie wees voordat ek weer betaal word. Ek was 'n bietjie agter met my rekeninge." Om dit sag te stel, dink Kat en voel hoe sy bloos.

"Hoekom het jy my nie gesê nie, Kat? Vriende help mekaar. Of is ek selfs nie eens meer dit vir jou nie?" Jace staan in die deur, arms gevou. In die dowwe lig van die spens sien sy sy mond is 'n dun, harde lyn. Sy het sy gevoelens seergemaak.

"Natuurlik is jy. Dis net – ek skuld jou al klaar vir die huis." Kat laat val die besem en skoppie wat sy nou net gekry het en stap na die deur toe. Dit is soos graad sewe weer van voor af, net nadat sy by Oom Harry en Tannie Elsie ingetrek het. Net na haar pa weg is. Jace was toe ook haar vriend, lank voordat hulle 'n paartjie was. Instinktief lig sy haar arms op om hom 'n drukkie te gee, maar dan keer sy haarself. Daar is nie omdraai nie. Sy kan nie elke keer toelaat dat Jace haar kom red nie.

Sy tel die besem en skoppie op en skuur in die deur by hom verby terwyl sy sy oë vermy. Hy volg haar kombuis toe, en Kat hou haarself besig met die opvee van die porseleinstukkies op die skoppie. Jace gooi die groter stukke in die vullisblik.

"Dis nie 'n root ding nie, Kat," sê Jace en raak aan haar skouer. "Alles gaan uitwerk. Jy gaan die Liberty-saak oplos, en dit sal baie nuwe besigheid inbring. Maatskappye sal jou wil hê. Jy sal sien."

Maar kan sy dit binne vier dae doen? Sy móét net – haar reputasie hang daarvan af. As sy dit nie doen nie, sal Nick en Susan seker maak sy kry nooit weer iewers werk nie. Kat loer na Jace en kyk dan weer af. Sy wil hom 'n drukkie gee, maar sy veg daarteen. Sy wil hom nie die verkeerde boodskap gee nie.

"Ek wens dit was so maklik," sê sy. "Ek kom nêrens met Liberty nie. Susan verwag resultate teen Vrydag, en ek het niks om vir haar te gee nie."

"Daar moet iets wees. Wat van die vervalste mynresultate?" Jace trek 'n paar wegneemete-houers uit die yskas en pak die inhoud op 'n paar borde uit. "Oorskiet Thai?"

"Asb." Dis 'n verligting om nie meer vir Jace geheime te hê nie. Sy prop die ketel in en kyk in 'n teehouer op die toonbank of sy nie iets kry wat goed saam met die Thaise kos sal afgaan nie. Sy haal 'n pakkie los tee uit met *Chinese Gunpowder* in 'n klein, netjiese handskrif daarop geskryf. "Ek kan nog nie vir Susan sê van die gedokterde produksie nie. Wat as sy betrokke is?"

"Sy't jou gehuur, het sy nie?"

"Wat daarvan, as sy het? Sy móét iemand huur as vyfmiljard-dollar verdwyn. Vir die skyn – beleggers, die media, jy weet. Enigiemand sou goed genoeg wees."

Jace druk 'n paar knoppies op die mikrogolf se sleutelbord en dit woer in aksie. Die geur van jasmynrys dryf deur die kombuis en laat Kat se maag grom van die honger.

"Jy dink te min van jouself. Susan het jou gekies omdat sy weet jy sal Bryant en die geld opspoor."

"Hoe?" Ek kan nie eens my eie finansiële sake bestuur nie. Ek is 'n hawelose, forensiese boekhouer," sê Kat terwyl sy die kookwater in 'n vaalgroen Lomoges-teepot gooi wat sy agter in die kombuiskas gekry het. Sy gooi 'n bietjie tee in 'n porseleinsiffie en sit dit in die pot. Sy dra dit tafel toe.

"Jy's nie haweloos nie. Jy het hierdie plek."

Jou plek, dink Kat.

"Buitendien, Susan weet nie van jou finansiële situasie nie.

Moenie jouself so kasty nie. As jy eers die geld teruggekry het – probleem opgelos."

Kat knik, maar dis nie so maklik soos wat Jace dit laat klink nie. Sy kry twee koppies en bring dit tafel toe voor sy gaan sit. Hulle pas by die patroon op die Limoges-teepot – handgeverfde rose met 'n goue, reliëf filigraanmotief. Sy teken die patroon met haar wysvinger na terwyl sy wag vir die tee om te trek en die warmte van die teepot te absorbeer. Sy sien in haar verbeelding vir Verna Beechy hier sit, terwyl sy 'n bietjie tee drink na 'n oggend van tuinmaak.

"Ek het tred verloor met Bryant en die geld is nou amper drie dae weg. Ek weet nie eens of dit nog in Libanon is nie. Die bank wil nie met my praat nie. Elke dag wat verbygaan beteken dis meer onwaarskynlik dat ek die geld gaan kry."

As Bryant regtig die dief is. Wat as dit iemand anders is? Dan is sy selfs verder weg van 'n oplossing.

"Wat is ons volgende stap?"

"Ons volgende stap?"

"Laat my meer doen, Kat. Jy sal tyd bespaar."

"Nee – ek moet dit op my eie uit*figure*. Jy kan my nie elke keer red wanneer ek val nie. As ek dit nie self kan doen nie, moet ek miskien maar net handdoek ingooi – myself die verleentheid spaar."

"Kat, ek weet jy kan dit sonder my oplos. Maar minder as 'n week is regtig 'n strawwe spertyd. Twee van ons kan dinge baie gouer gedoen kry. Gee my die donkiewerk, die feite nagaan. Ek wil dit net vir jou makliker maak, dis al."

"Dis seker oukei. Miskien kan jy my help uitvind wie nog betrokke is. Ek weet Bryant het dit nie alleen gedoen nie."

"Goed, dan is dit afgespreek." sê Jace toe hy die borde neersit en oorkant haar gaan sit. Kat speel met haar vurk, trek 'n streep tussen die Thaise kasjoeneuthoender en *crying tiger* terwyl sy by die venster uittuur. Miskien is sy in die verkeerde beroep.

Buite is 'n storm aan die broei. Die twee eikebome in die agterplaas wieg heen en weer, en blare waai plek-plek op terwyl die namiddaglug verdonker.

In die boonste hoekie van die venster kan sy die water van die

Fraserrivier sien hobbeltjies maak. Dit is wat die eiendomsagente 'n *peek-a-boo*-uitsig noem. Skielik sien sy 'n rooi flits uit die hoek van haar oog. Toe is dit weg.

"Het jy dit gesien?" vra sy vir Jace.

"Wat gesien?" vra Jace terwyl hy 'n mondvol Thai sluk.

"Iemand is in die agterplaas – net daar," sê Kat en sy wys na die groentetuin.

"Ek sien niemand nie. Dis die wind wat goeters opwaai."

"Nee, ek het beslis iemand gesien." Maar hoekom sou iemand in die agterplaas wees?

"Jy is net moeg. Jou oë speel parte met jou. So, terug na Liberty – hoekom dink jy daar is iemand anders betrokke?"

Jace wil nog steeds sy storie hê. En hy is seker reg dat sy dinge sien wat nie daar is nie. Sy is uitgeput, en dit raak donker buite.

"Onthou jy die vervalste produksiesyfers wat ons vanoggend gesien het? Bryant het nie nodig gehad om dit te doen om geld te steel nie."

"En ons weet nie hoekom dit gedoen is nie."

"Nog nie. Maar as ons kan uitvind wie daarby kon baatvind, kan ons die vraag só beantwoord. Dit is waar die *GONE*-teorie inkom."

"*GONE*?" Dit is basies Bryant, is dit nie? Is dit 'n ander naam vir verduister en vlug?"

"Min of meer. Dis 'n akroniem wat forensiese boekhouers gebruik om die vier grootste bedrogfaktore te beskryf," sê Kat. "Dit staan vir *Greed, Opportunity, Need* en *Expectation* om nie gevang te word nie. Ons gebruik dit as beginpunt om vas te stel wie moontlike verdagtes kan wees. Jace, jy het al oor Liberty geskryf. Wat dink jy van die bestuur?

"Wel, die *greed*-gedeelte dek basies almal van hulle. Hulle bestee meer tyd om hul bonusse en winste op aandele-opsies uit te werk as om sake te doen. Onthou jy toe hulle probeer het om Liberty te verkoop 'n paar jaar gelede?" Jace wag nie vir Kat om te antwoord nie. "Dit was 'n klugspul. Nick Racine het probeer om die aandeelhouers 'n rat voor die oë te draai deur hand op die blaas te raak met een of ander groot skansfonds. Hy't probeer om die maatskappy af te laai teen pennies op die dollar, met 'n netjiese bonus aan die bestuur as beloning. Die Braithwaite-familietrust het daarteen gestem. Hulle is sedertdien vyande."

"Dit verklaar waarom daar geen liefde verloor is tussen Alex Braithwaite en Nick Racine nie. Susan sê hulle praat skaars met mekaar. Susan hou natuurlik ook nie van hom nie." Kat onhou hulle gesprek en Susan se vrees dat Alex haar sou blameer vir die vermiste geld. Susan se opmerkings kom skerp teenstellend voor in vergelyking met die man met wie sy gepraat het in Paul Bryant se kantoor.

"Wel, hulle hoef nie meer oor hom te bekommer nie. Alex se moord beteken hy is uit die prentjie."

"Die trust bestaan egter nog. Die eienaarskapstruktuur het nie verander nie."

"Dis waar, maar Alex se suster, die ander trust-bevoordeelde, het haarself nog nooit met besigheid bemoei nie. Audrey het altyd Alex se leiding gevolg. Nick sal kan kry wat hy wil hê sonder te veel inmenging," sê Jace terwyl hy hulle koppies weer volmaak.

"Dink jy hy sal weer so-iets probeer?"

"Beslis. Nick sal enigiets doen om homself te verryk. Hy bestuur daai maatskappy soos sy eie persoonlike koninkryk en gebruik maatskappybates asof dit aan hom behoort."

"Ek het opgelet." Kat het vele voorbeelde gesien toe sy na Liberty se uitgawes van die laaste jaar gekyk het. "Het jy geweet die maatskappy het woonstelle in Parys en Londen? Liberty doen nie eens sake daar nie. Dis alles Nick se leefstyl wat gefinansier word tot nadeel van die ander aandeelhouers."

"Dis 'n ander vorm van diefstal, is dit nie? Hoe kom hierdie bestuurslede daarmee weg? Dit mag dalk nie so blatant wees soos om 'n bank te beroof nie, maar hulle steel steeds van hul aandeelhouers. 'O' is vir *opportunity*, né?"

"Ja – waarskynlik die mees voorkombare een," sê Kat. "Dis die maklikste om uit die weg te ruim, maar een wat ek baie gereeld sien. Maatskappye is suinig op interne beheermaatreëls om geld te bespaar, maar dit is duur op die lang termyn. Die beste voorkoming is die verspreiding van pligte tussen meer as een persoon, veral waar geld of waardevolle bates betrokke is. Dan is daar minder geleentheid vir diefstal."

"So," sê Jace, wie dink jy het die geleentheid?"

"Dis waarskynlik beperk tot senior bestuur. Nie een van die raadslede het op 'n dag-tot-dag-basis toegang tot die stelsels en data nie. Die raad kom egter baie betrokke voor, so ek twyfel of enige van die eerstelynbestuurders en personeel bedrog sou kon pleeg sonder dat dit opgemerk word. Uit wat ek kan sien, gaan alles deur Susan, en soms Nick as 'n tweede handtekening nodig is. Liberty het eintlik nogal goeie interne beheerstelsels. Die senior bestuur is regtig die enigstes met toegang."

"Hoe verklaar dit Bryant wat met miljarde wegkom?"

"Heel eenvoudig – vervalsing," sê Kat. "Hy het Nick en Susan se handtekeninge nagemaak."

"En die bank het dit nie nagegaan nie?"

"Dit lyk nie so nie. Buitendien, dit was op 'n faks. Bryant het waarskynlik hulle handtekeninge van 'n ander dokument uitgeknip en geplak. As die banke jou eers leer ken, hou hulle op om vrae te vra. Jy dink hulle gaan alles na, maar hulle doen dit nie. Hulle raak gerus."

"Hy het dus beslis die geleentheid gehad. Wat het jy gesê waarvoor staan die 'N' nou weer?"

"*Need*. Dis waar jy my met 'n bietjie agtergrond kan help. Dinge soos dobbelprobleme, middelmisbruik, enigiets wat baie geld vra. Miskien het jy dinge gehoor, maar jy't dalk nie genoeg bewyse gehad om 'n storie te doen nie. En, iemand wat bo hulle vermoë lewe sal ook 'n rooi vlaggie beteken."

"O, jy bedoel Nick? Ek weet die Racines is 'n ryk familie, maar behalwe as sy ma en pa hom geld instop, is sy internasionale rondritsery ver bokant die salaris wat hy by Liberty verdien."

"Hmmm. Dis interessant." Kat het gehoor van Nick se skouerskuurdery met die Europese *jet set*. Sy kantoormuur is vol foto's van homself by glansgeleenthede, liefdadigheidsgeleenthede en gholftoernooie. Daar is selfs een met 'n beroemde *Playboy*-prins. Kat wonder watter soort geld jy nodig het om toegang tot daardie onwerklike wêreld te verkry.

"Enigiemand anders?" vra sy. "Wat van Susan Sullivan? Of die onlangse verdwene Alex Braithwaite?"

"Wel, Alex het altyd gedink hy is eerste geregtig op 'n deel voor enigiemand anders. Het jy gehoor van sy vrou se vyftigste verjaars-dagpartytjie verlede jaar? Hulle het na Cancun gevlieg met die maatskappyjet en Liberty het die hotelkoste betaal vir 'n dosyn gaste. Dit is klaarblyklik as 'n sakefunksie beskou omdat die gastelys sake-kennisse ingesluit het. So, ja, ek sou sê hy het 'n gebrek aan etiek."

"Enige verdere nuus oor Alex se moord?" Kat kon nie vir Cindy in die hande kry nie. Sy was weer op een van haar geheime sendings.

"Geen verdagtes tot dusver nie. Of moet ek sê, hulle kon nog nie die lys verkort nie. Braithwaite het baie vyande gehad. Dit sluit mense in wat hy ingeloop het in sake-ooreenkomste, selfs meer mense vir wie hy geld skuld, en laastens 'n buurman met wie hy in 'n eiendomsreg-geveg betrokke was."

"Geld kan 'n sterk motief wees. Hoeveel dink jy het hy geskuld?"

"Miljoene. Hy het verlede jaar 'n groot eiendomstransaksie laat skeefloop. Sy private beleggingsmaatskappy het 'n ontwikkeling gefi-nansier wat nooit voltooi is nie. Hy moes twintig miljoen voorsien en hy het gesukkel om die fondse bymekaar te kry."

Net soos sy, dink Kat.

"Ek sal Braithwaite op my lys sit, maar die feit dat hy dood is, beteken hy gaan nêrens heen nie. So Nick Racine en Alex Braithwaite is verdagtes. Dit is drie potensiële verdagtes, as mens Bryant bytel."

"Ek sal nog een byvoeg, sê Jace. "Susan Sullivan. Wat interessant is van Susan, is dat niemand iets van haar weet nie. Dis amper asof sy haarself geskep het. Ek kan geen geskiedenis van haar opspoor nie, behalwe dat sy blykbaar uitvoerende hoof van 'n beleggingsmaats-kappy was wat niemand nog van gehoor het nie. Hoe sy as die uitvoe-rende hoof by Liberty beland het met geen vorige mynondervinding nie, is 'n bietjie van 'n raaisel."

Kat sluk die laaste stukkie van haar *crying tiger* en die sterk beesvleis laat haar oë traan. "Sy't my gesê sy het aan Liberty se laaste aandeletransaksie gewerk."

"Regtig?" sê Jace terwyl hy die borde wasbak toe dra.

Kat staar by die venster uit toe die eerste druppels reën teen die glas klink-klink. Jace is reg oor Susan se skielike vordering tot die posisie as uitvoerende hoof, dink sy terwyl sy na 'n straaltjie water staar wat 'n paadjie teen die vensterraam af maak. Toe sien sy dit weer – 'n rooi flits teen die agterkant van die heining.

"Jace, kyk! By die hek – iemand is daar buite."

Jace draai die kombuiskraan toe en stap terug tafel toe.

"Ek sien steeds niemand nie. Hoe het hy gelyk?" Hy staan agter Kat en buig oor om te kyk waarheen sy wys.

In die paar sekondes wat sy geneem het om na Jace te kyk, het die persoon verdwyn. Daar is nou niemand nie, net die half-oop hek wat heen en weer in die wind swaai.

Kat draai terug na hom toe.

"Um, ek het nie goed genoeg gekyk nie, maar hy het rooi aangehad."

"Is jy seker? Maar hoekom sou iemand in ons agterplaas wees?

"Ek weet nie, maar hy het die hek oopgelos."

"Waarskynlik van die wind. Jy's net moeg," sê Jace en stap terug wasbak toe. "Waarvoor staan die 'E' in *GONE*?"

"*Expectation* – die verwagting dat jy nie gevang sal word nie."

"Behalwe dat jy hom, of hulle, gaan vang."

Kat kyk na die venster. Dit is nou donker buite, te donker om enigiets te sien, behalwe 'n paar ligte wat op die rivier flonker. Takahashi was oortuig dat dit so bewimpel is dat Bryant skuldig lyk. Nick het vir Takahashi afgedank en wou nie hê dat sy aan die saak werk nie. Alex Braith-waite is gerieflik uit die prentjie verwyder. Is dit hoekom hy vermoor is? Het hy geweet van die gedokterde produksiesyfers?

"Jace, ek het my skootrekenaar by die kantoor gelos. Ek moet gaan."

"Ek sal jou neem. Ons laai jou goed in die trok en bring dit sommer vanaand terug."

"Kan ons dit nie môre doen nie?" Sy kan nie onthou dat sy "ja" gesê het om na die huis toe te trek nie, maar sy sal later daaroor bekommer. Sy moet weer met Takahashi praat. Hoekom het sy hom nie uitgevra oor Alex Braithwaite nie? As sy hom kan oortuig dat hy vir Bryant help, kry sy hom dalk sover om te praat.

Sy slaan haar selfoon oop en kyk na haar stemboodskappe. Takahashi het steeds nie haar boodskap van vroeër vandag beantwoord nie. Sy probeer weer sy nommer, maar weer is daar nie antwoord nie, en om weer 'n boodskap te laat, grens aan teistering.

Sy teken 'n tydlyn op 'n servet. Die gedokterde produksie het twee jaar gelede begin, rondom die tyd toe die vorige uitvoerende hoof afgedank is en Susan begin het. Was dit na Nick se mislukte poging om Liberty te verkoop? Het Alex die vorige hoof afgedank soos Susan beweer het? Of was dit Nick? Hy is na alles die voorsitter van die raad.

Die nuwe Mystic Lake-pype is omtrent dieselfde tyd ontdek as wat die produksie hoër begin vertoon het. Sou 'n nuwe pyp regtig so gou so baie kon bydra? Dit lyk nie of Takahashi so dink nie, en hy is afgedank kort na dit ontdek is. Indien Bryant ook 'n opgeleide geoloog was, waarom het hy nie sy bekommernis uitgespreek nie? Indien Takahashi bekommerd was, waarom het hy geen gesprekke met Bryant genoem nie? Hy kon dan sy bekommernisse uitgespreek het. Of miskien het hy, en is dit waarom hy afgedank is.

As Braithwaite die bedrog ontdek het, het hy moontlik die skuldige gekonfronteer. Alles begin nou op Nick dui - gewetenloos, 'n oordadige leefstyl en 'n aanspraakmentaliteit. Is dit hoekom hy so 'n onmoontlike spertyd vir haar gegee het om die geld terug te kry? Het hy vir Bryant geïmpliseer? As hy het, is daar geen grense aan wat hy moontlik volgende kan doen nie.

Sy gryp haar beursie en sleutels van die toonbank af.

"Kom jy vanaand terug?"

"Nee, dis laat. Ek bly sommer by die kantoor."

"Iets wat ek gesê het?"

"Nee. Jace, ek het net tyd op my eie nodig om te dink, oukei? Niks persoonliks nie."

"Is dit my gesnork?" Jace klap 'n vadoek in haar rigting met 'n kamtige bulgeveghouding.

Maar Kat is nie in die bui vir 'n geterg nie.

"Ek dink net beter in die aand. En alles wat ek nodig het is by die kantoor."

"Oukei dan – nes jy wil. Ons trek jou goed môre."

HOOFSTUK 12

Kat skrik met 'n ruk wakker. Iemand buite die kantoor stamp teen die dakhoogte glasmuur wat na die hysbak toe wys. "Ek gaan jou kry, feeks!"

Sy ruk regop tot 'n sittende posisie op die ontvangsarea se rusbank, en voel die krap van Buddy se naels soos wat hy skarrel om uit haar pad uit te kom.

"Maak oop die verdomde deur! Laat my inkom – NOU!" skree die man. "Verdomde feeks!" Die glaspaneel vibreer soos wat die bebaarde man, oë wild van dwelmverwante histerie teen die glas bly slaan. Iets moes ingee, en dit gaan nie die ou aan die anderkant wees nie. Die helder ligte in Kat se kantoor is in skerp kontras met die donker gang buite, en die donker massa van sy liggaam lyk net nog meer dreigend. Steeds skreeuend, gebruik hy nou sy volle gewig teen die muur. Die glas gaan nie hou nie. Kat se pols versnel toe sy die blink van 'n mes in die man se ander hand opmerk.

Die gebou is te klein en die huur te laag vir perseelsekuriteit. Haar gedagtes jaag rond soos sy haar opsies oorweeg. Haar beursie, met haar selfoon in, is in haar kantoor in die gang af. Die sekuriteits-maatskappy se telefoonnommers is in die ontvangsarea, reg langs die glasmuur, gevaarlik naby aan die malman. Te naby. Maar sy moet iemand bel. As hy sy pad oopbreek, gaan sy nie tyd hê om weg te kom nie. Hoekom het sy nie die moeite gedoen om die nommer uit haar kop te leer of om dit ten minste op haar kantoor- en ander selfone te stoor nie? Kat verwens haarself vir haar onnoselheid.

Die glasmuur skree soos vingers op 'n swartbord soos die man met die mes daaroor sny, heen en weer soos 'n mal kunstenaar se abstrakte kunswerk. Toe kraak die glas toe die man sy volle gewig daarteen gooi. Kat het bedoel om die glas te vervang met gewone muur, maar met min kontant op hande, het dit nog nie gebeur nie. Die gebou het redelik veilig voorgekom, ten minste tot nou, met 'n besetene wat haar kantoor probeer afbreek. Slegte idee.

'n Diagonale kraak loop nou halfpad teen die glas af tot op die vloer. Dis gaan nie veel langer hou nie. Hoe het hy ingekom? Die gebou het 'n alarm na-ure, en jy kan nie met die trap of hysbak opkom sonder 'n toegangskaart nie. Sy ken almal op die vloer, en hierdie mal man is nie een van die huurders nie. Kat hardloop na haar kantoor en gryp die telefoon om die polisie te bel, maar daar is nie 'n luitoon nie.

"Verdomp!" Sy gryp haar handsak van die lessenaar af en soek na haar selfoon. Sy slaan dit oop net om 'n dooie skerm te kry. Hoekom het sy nie die battery gelaai nie? Vas. Niemand onder in die straat sal enigiets hoor as iets op die vierde vloer gebeur nie.

Paniekbevange hardloop sy na die spaarkantoor – die enigste een met 'n slot – en sluit haarself binne-in toe. Die hol houtdeur sal nie vir lank 'n hindernis wees nie. Maar dit wen dalk tyd.

Sy probeer die foon op haar lessenaar. Ook nie 'n luitoon nie. Vasgekeer. Sy kyk in die klein kantoortjie rond; kyk of sy die swaar eikehoutlessenaar teen die deur sal kan stoot. 'n Swart sakkie op die lessenaar vang haar oog – Harry se selfoon! Hy moes dit vergeet het. Haar hande bewe terwyl sy die polisie probeer bel. Niks. Sy wíl haarself om te kalmeer en probeer 'n tweede keer, net toe 'n kako-fonie van klank van die verbryseling van die buitenste glasmuur haar ore bereik.

Na 'n ewigheid beantwoord 'n operateur die 911-oproep. Kat hoor nou die wilde man in die kantoor, terwyl hy borde en glase in die kombuis breek. Hy gaan haar kry: Dis net 'n kwessie van tyd. Sy maak haarself staan teen die ou lessenaar en stoot so hard as wat sy kan, maar die lessenaar wil nie gly op die dik sewentigs-langhaarmat nie. Daar is 'n harde kraakgeluid en die deur vibreer. Hy is reg buite die deur. Nog 'n skop en die deur versplinter in stukke.

Skielik is die woedende, sesvoetplus-tikslaaf reg voor Kat, sy ongeskeerde gesig oortrek met sere wat sy gewoonte verklap. Te laat vir die polisie, dink Kat. Die verslaafde steek met die mes na haar kant toe. Sy lig haar arms op om haar gesig te beskerm. Niemand gaan haar hierdie keer red nie.

HOOFSTUK 13

"Kat? Word wakker!" Harry skud Kat se skouer en sy skrik met 'n ruk wakker.

"Is jy oukei? Wat het met die glas gebeur?"

"O, dit." Kat kom regop en sit vir 'n oomblik doodstil terwyl sy gistraand se skade gadeslaan. So dit was nie 'n nagmerrie nie. "Het 'n meningsverskilletjie gehad met 'n mallerige *druggie* wat 'n plek gesoek het om af te breek."

"O, goeiste – jou arm is gesny! Jy't 'n dokter nodig. Ek neem jou nou Ongevalle toe!" Kat se voorarm het drie snye van bo tot onder. Dit is net oppervlakwonde, maar sy moet erken dat dit baie erger lyk as wat dit is.

Harry kyk Kat met 'n mengsel van bekommernis en paniek aan toe sy die vorige aand se gebeure skets. Die dwelmmal *psycho* het die gebou ingekom nadat die opsigters weg is. Die polisie sê iemand het vergeet om die portaal se deur te sluit.

"Oom Harry, moenie bekommer nie. Die polisie het betyds gekom, alhoewel op die nippertjie. En my arm is oukei. Dit het opgehou bloei en ek dink dit gaan oukei wees. Maar ek twyfel nou oor hierdie buurt."

Kat het nie veel geslaap nie. Die polisie is omtrent drie-uur vanoggend weg, maar die alarmmaatskappy het nie voor sewe opge-daag nie. Die glasmaatskappy het nog steeds nie gekom nie. Sy was heelnag tussen slaap en wakker op Ontvangs se rusbank, want die ongemaklike wete dat enigiemand enige tyd kan instap. Hoewel die gebou veronderstel is om veilig te wees (net soos dit was toe die geweldadige dwelmslaaf ingekom het), was haar kantoor steeds wawyd-oop na die gang toe totdat die glasmaatskappy die glasmuur reggemaak het.

Waterstraat is toegegooi onder hawelose mense in die winter, veral na donker. Hulle slaap in die ou geboue om van die koue van die klam Vancouver-nagte te ontsnap. Die meeste is skadeloos, maar sommige is geweldadig, soos die malman gistraand. Tik en heroïen van epidemiese proporsies verander Waterstraat in 'n opregte skiet-baan wanneer dit donker word. Die goedkoop huur kom teen 'n prys.

"Jy honger? Hier, kry een van my croissants."

Kat kyk in die oop kardoessap en kies een wat drup van sjokolade.

"Is dit jou ontbyt? Was jy van plan om al hierdie op te eet?" Geen wonder Harry is hiperaktief nie. "Weet Tannie Elsie Oom eet so?"

"Natuurlik. Ek neem die res huis toe.

Kat betwyfel dit, maar sê niks nie.

Sy vat eerder 'n happie. Sjokolade help haar altyd om beter te dink.

"Het jy al die Liberty-geld opgespoor?"

Dit het nie lank geneem nie. Daar is 'n rede hoekom Harry sewe-uur in die oggend by die kantoor is.

"Nee. Hoeveel sê Oom het Oom belê?" Kat sien hoe hy sy oë laat sak en haar ondersoekende blik probeer vermy.

"Genoeg."

Kat is bekommerd. Het Harry regtig al sy spaargeld in Liberty vasgemaak? Het hy selfs meer geleen om die belegging te maak?

"Wel, die enigste leidraad wat ek op die oomblik het, is die vervalste produksie-teorie. Die geldspoor loop dood in Lebanon. Terwyl ek niks anders het nie, fokus ek op die middele en die motief om die produksiesyfers by Mystic Lake te verdraai. Die motief-gedeelte is maklik. Verhoogde produksie stoot Liberty se aandeleprys op. Beter myne maak Liberty ook meer waardevol. Dis hoe Bryant die banke oortuig het om in die eerste plek vir hom vyfmiljarddollar te leen. Die enigste partye wat materieel voordeel kon trek is aandeelhouers en die maatskappy-bestuur."

"Ek verstaan." Harry gaan sit langs haar op die bank. "Die aandeelhouers, omdat hul aandeleprys styg wanneer Liberty se waarde verhoog. Liberty se waarde verhoog omdat die maatskappy meer werd is met die diamantfonds. Die maatskappybestuur word bevoordeel met groter bonusse wanneer die verdienste toeneem, en almal het aansienlike aandele-opsies en aandele. Om die waarheid te sê, Kat, het ek self 'n bietjie gaan grawe. Daar is 'n paar mense wat regtig uitstaan. Moenie vergeet nie - ek is 'n aandeelhouer. En 'n baie goeie ondersoeker ook, op die koop toe."

"Regtig?" Dit sal interne aandeelhouers moet wees, dan nie? Armlengte-aandeelhouers het nie toegang om iets te doen nie. Hulle kan nie verdienste manipuleer, finansiële state vervals of enigiets wat interne aandeelhouers kan doen wat die aandeleprys raak nie."

Twee ouens in oorpakke tik teen die verwoeste deurraam.

"Is dit die muur?" vra die korter een.

Kat knik en hulle sit hul gereedskap neer en begin werk.

Kat en Harry skuif na haar kantoor om weg te kom van die geraas toe die manne die oorblywende glas begin uitslaan.

"Wat van aandele-opsies?" vra Oom Harry. "Hoe werk dit?"

"Dit gee die houer die reg om aandele te koop teen 'n sekere prys. Gewoonlik is dit die aandelemarkprys toe die opsies uitgereik is. Baie interne aandeelhouers hou vir jare vas aan hierdie opsies. Afhangend van hoe lank gelede dit uitgereik is, kan dit hope geld werd wees.

"Uitoefening beteken jy het die reg om aandele te koop teen die opsie-prys. Indien dit onder die huidige markprys is, maak jy geld as jy onmiddellik verkoop. Die wins is die verskil tussen die koste om die opsie uit te oefen en die opbrengs uit die verkoop van die aandele."

Oom Harry sit vir 'n oomblik doodstil, terwyl hy sy tweede *croissant* geniet.

"Is daar nie 'n spesiale naam daarvoor nie? Wanneer jou opsies iets werd is?"

"Dit word *in die geld* genoem. Wanneer die markprys bokant die trefprys van jou opsies is, word dit beskou as *in die geld*. Dit is iets werd. As dit andersom is, is dit *uit die geld*." In daardie geval, sal jy vashou aan die opsies en wag tot die aandeleprys inhaal."

"Het Bryant nie baie van daardie *in-die-geld*-opsies gehad nie?"

Oom Harry het sy huiswerk goed gedoen. Hy moes ure gespandeer het om deur die jaarverslag te gaan, en dis nie hoe hy is nie. Daar moet baie op die spel wees. Het Tannie Elsie enige idee van hierdie Liberty-belegging?

"Ja, hy het. Bryant het die meeste *in-die-geld*-opsies van almal gehad."

"Waarom dit nie net omskakel in kontant as hy geld nodig gehad het nie?"

"Goeie vraag, Oom Harry. Dit maak nie eintlik sin nie, né?" Kat wag nie vir 'n antwoord nie. "Die feit dat hy nie het nie, is verdag. Miskien is hy nie ons man nie."

"Wie dan?"

"Alex Braithwaite het ook 'n klomp *in-die-geld*-opsies gehad. Sewe miljoen, om die waarheid te sê. Susan s'n staan op twee miljoen, maar hulle is nie belê nie. Daar is minder van 'n motief vir haar om mynproduksie te vervals omdat sy vir nog twee jaar nie die opsies kan omskakel in kontant nie."

"En Braithwaite is vermoor." Harry krap sy kop.

"Dis reg. Hy het 'n motief om Liberty se aandeleprys te verhoog, maar hy het nie sy aandele-opsies uitgeoefen nie. Hy's ook 'n bevoordeelde van die Braithwaite-familietrust, wat 'n meerderheidsaandeelhouer is. Net soos Audrey Braithwaite, sy suster. Maar Alex het alles aan haar nagelaat in sy testament.

"Audrey het dus niks om te wen deur vir Alex dood te maak nie. En sy het nie opsies gehad nie. Dink jy Alex het iets geweet?"

"Moontlik." Kat onthou haar gesprek met Alex. "Om trustbevoordeeldes dood te maak, verander nie aandele-eienaarskap nie. Die trust beheer nog steeds dieselfde hoeveelheid Liberty-aandele, so miskien was dit om hom stil te maak."

"Wat van die ander aandelehouers?" vra Harry terwyl hy 'n derde *croissant* vat. Daar gaan niks oorbly om vir Elsie huis toe te neem nie.

"Die Klas B-aandele word baie wyd gehou. Daar's niemand in besonder wat meer as vyf persent van daardie aandele besit nie, wat beteken dat nie een van hulle Liberty kon beheer of betekenisvol beïnvloed nie.

"Die A-aandele is 'n ander storie. Omdat hulle tien keer die stemreg as die B-aandele het, beheer Nick effektief veertig persent van die maatskappy, selfs al besit hy slegs vier persent van die gekombineerde A- en B-aandele. Die Braithwaite-familietrust hou ook 'n redelike groot gedeelte van die Klas A-aandele. Met drie punt vyf persent van die totale aandele uitstaande, beheer die trust vyf-en-dertig van die stemgeregtigde aandele."

"Saam besit hulle dus genoeg om die ander aandeelhouers uit te stem?"

"Dis reg. Die Liberty-maatskappygrondwet vereis 'n ses-en-sestig en tweederde supermeerderheid om groot korporatiewe resolusies goed te keur. Dus, vir solank as wat Nick en die Braithwaite-familietrust dieselfde stem, het hulle vyf-en-sewentig persent van die aandele en maak hulle die ander aandeelhouers magteloos. Die minderheidsaandeelhouers kan nie bepaal wie op die raad is nie, kan nie 'n samesmelting goedkeur of keer nie, of enige ander belangrike besluit beïnvloed wat die aandeelhouers gewoonlik maak nie."

"Ek en die ander aandeelhouers het dus nie regtig enige eienaarskapsregte nie, het ons? Ons sal altyd uitgestem word. Waarom sou enigiemand dit oorweeg om 'n maatskappy te koop met veelvuldige stemgeregtigde aandele? Waarom het ek hulle gekoop?"

"Goeie vraag. Ek veronderstel solank dinge goed gaan, dink 'n mens dalk nie aan die implikasies nie. Die meeste mense dink nie aan die implikasies nie." Kat het nog nooit verstaan waarom iemand in 'n maatskappy sou wou belê waar sommige aandeelhouers meer stemreg het as ander nie. Beleggers oorweeg nooit stemreg nie totdat dinge begin skeefloop. Eers dan besef hulle hoe min mag hulle as 'n aandeelhouersgroep uitoefen.

"Dit is verseker 'n verrassing vir my. Ek het gedink my aandele sou dieselfde stem hê as enige ander aandeelhouer s'n. Een stem per aandeel. Nie dat die A-aandele tien stemme vir elke B-aandeel sou hê nie. Dis nie regverdig nie. Ons Klas B-aandeelhouers kry nooit kans om ons sê te sê nie."

"Dit kan steeds in jou guns uitwerk, Oom Harry. Indien die trust en Nick nie saamstem nie, dan het die ander aandeelhouers steeds 'n stem. Die trust en Nick sal meestal mekaar uitkanselleer. Indien hulle dieselfde stem, tel hul stem vyf-en-sewentig persent, maar indien hulle nie dieselfde stem nie, is die netto stem slegs vyf persent, met Nick se veertig en die trust se vyf-en-dertig persent in ag genome. Dan sal die ander aandeelhouers se stemme tel."

"Ek het nog nooit so daaraan gedink nie. Indien nie die trust of Nick Racine geheel en al in beheer van Liberty is nie, kan hulle mekaar se korporatiewe resolusie wat voor die raad gelê word, veto."

"Ja." Kat is weer verras met Harry se kennis. "So as hulle nie saamstem nie, het hulle ernstige probleme. Tensy hulle die onder-steuning van baie van die Klas B-aandeelhouers kan kry, kan hulle in 'n skaakmat-posisie wees."

"Dit lyk nog steeds asof iemand Alex Braithwaite uit die pad wou hê. Selfs al het hy nie die trust beheer nie, kon hy moontlik invloed gehad het oor die besluite wat deur die trust geneem is."

"Dis belis moontlik." sê sy. "Maar moenie vergeet dat die aandeel-houer die Braithwaite-familietrust is, nie Alex Braithwaite nie. Selfs as iemand van hom ontslae wou raak, sou sy plaasvervanger waarsky-nlik dieselfde gestem het. Die stem sou wees vir dit wat die meeste geld vir die trust inbring."

"Dus, behalwe vir die sewemiljoen in aandele-opsies, is hy waars-kynlik nie ons man nie?"

"Waarskynlik nie. Met die dubbelklas-stemstruktuur trek Nick die meeste voordeel uit 'n hoër aandeleprys, hoewel hy sy aandele sou moes verkoop om bevoordeel te word." Kat twyfel of Nick dit sou doen. Hy identifiseer so baie met sy medestigterslidpa en hy is al sy hele loopbaan by Liberty. Hy is as direkteur ook baie betrokke by die maatskappy. Dat hy sy aandeel in Liberty sou verkoop, is onwaarskynlik. Behalwe as hy gedwing word.

Tog, selfs sonder om te verkoop sou 'n hoër aandeleprys sy netto waarde op papier verhoog, wat op die uiterste ten minste sy ego 'n hupstoot sou gee. Dit alleen mag prestasie genoeg wees vir 'n maghonger magnaat soos Nick.

"Ek veronderstel dus, Kat, dat die aandeleprysmanipulasie en vervalste produksiesyfers op Nick en Alex dui. Hoewel Alex nie stembeheer gehad het nie, het hy indirek invloed gehad deur sy familietrust."

"Dis reg. Ons het 'n sterk motief vir albei van hulle. Die laaste tyd was daar onenigheid tussen die twee. Dit wil voorkom of Alex nie te gelukkig met al Nick se besluite was nie. Dinge soos Susan se aanstelling en die uitbreiding van die Mystic Lake-myn. Hoewel hy nie beheer oor genoeg aandele gehad het om die stem te swaai nie, is vyf-en-dertig genoeg om enige korporatiewe resolusies te blokkeer wat hy nie van hou nie. Wat die Braithwaite-familietrust begin doen het."

Dit amuseer Kat in die stilligheid dat Nick en Alex koppe gestamp het. Die dubbelklasstruktuur het die twee grootste Klas A-aandeelhouers in die voet geskiet omdat hulle nie kon ooreen kom oor die rigting van die maatskappy nie. Dit is demokrasie in aksie met 'n ironiese kinkel.

Kat en Harry verdeel die werk aan die aandelehoek. Harry is nie 'n forensiese boekhouer nie, maar hy help baie. Sy arbeid is verniet, en sy entoesiasme en nuuskierigheid is bates solank as wat sy 'n oog op hom kan hou. Sonder toesig kan hy in groot moeilikheid beland.

Harry kan die raadsvergadering se notules nagaan en 'n lys maak van resolusies wat op die tafel gelê is, wie daarvoor en wie daarteen gestem het, en watter van hulle hangende was. Kat sou die binne-aankope en –verkope nagaan om te kyk of daar enige ongewone aktiwiteit was.

Kat wil so graag met Takahashi praat. Hy het nog steeds nie haar hordes boodskappe beantwoord nie. Vrydag se raadsvergadering kom vinnig nader en sy het iets nodig wat haar suspisies oor die gedokterde Mystic Lake-mynproduksiesyfers ondersteun. Sy sal self by hom 'n draai moet gaan maak.

Kat gaan die verhandelingsvolume van Liberty na - iets wat sy daagliks doen vandat die saak aan haar toegewys is. Die aandeleprys is op 'n wipwarit: meestal af, maar daar is 'n paar oppe wanneer sommige optimiste besluit dat die nuwe laagtepunte 'n winskoop is.

Die kortverkope-belangstelling het toegeneem oor die laaste week, maar wat sy vandag op die skerm sien, laat haar vassteek. Die *shorts*-aandele maak nou meer as sestig persent uit van die totale hoeveelheid aandele wat uitgereik is. Om kort te verkoop beteken om aandele te verkoop wat jy nie besit nie. As jy reg is en die aandeel se waarde verminder, kan jy baie geld maak. Aan die ander kant, indien die aandeel se waarde verhoog, moet jy die aandeel teen 'n hoër prys koop as wat jy betaal het om jou verliese te dek. Jou potensiële verlies is teoreties onbeperk.

Wie is besig om soveel van Liberty se aandele kort te verkoop? En wat weet hulle wat sy nie weet nie?

HOOFSTUK 14

Ortega tuur by die ruit van die ses-sitplek Cessna uit terwyl die loods op die aanloopbaan ry. Die klein private landingstrook is 'n paar myl van Ciudad del Este, Paraguay se wettelose driegrensdorp wat in die oerwoud uitgekerf is. 'n Motor wag hier vir hom om hom na die swartmark-hoofstad wat wydsbeen oor die driedubbele grense van Paraguay, Brazilië en Argentinië lê, te vervoer. Dis te betwyfel of enige wettige saket-ransaksies ooit in Ciudad del Este plaasvind.

Ortega reis twee maal 'n maand hierheen, maar die risiko raak groter soos wat sy gesig en bewegings bekend raak. Hy probeer sy roete en tye varieer om nie onnodig aandag te trek nie, maar dit is moeilik. En hy vertrou niemand in sy organisasie genoeg om die diamante te ondersoek en 'n prys vas te stel nie. Vertroue kan altyd gekoop word; 'n les wat hy op die harde manier met Vicente geleer het.

Ciudad del Este is nie net die enigste bron van die meeste grys-produkte na Brazilië en Argentinië nie, maar ook 'n groot internasio-nale sentrum vir swartmarkwapens en die rowwe diamante wat konflik en oorloë finansier. Dit is 'n mikrokosmos van internasionale terroriste, spioene, en georganiseerde misdaad, 'n smeltpot van kriminele aktiwiteit waar jy enigiets van Chinese nagemaakte goedere tot kokaïne en Kalashnikovs kon koop. Almal word verteen-woordig: Hezbollah, Al Qaeda, Hong Kong triades, en die laaste tyd, die Russiese mafia. Selfs die CIA en die Mossad dink dis die moeite werd om permanent hier teenwoordig te wees. Dit is waar Ortega sy geld maak.

Die stad word noukeurig dopgehou deur die CIA en in wisselende grade deur Argentinië, Brazilië en Paraguay gepolisieer. Die plaaslike polisie is omgekoop, en Ortega is nie bekommerd oor die CIA oor die kort termyn nie. Hoewel hulle die vermoë en invloed het om sy operasies stop te sit, is dit nie waarskynlik dat hulle dit sal doen nie. Die web van internasionale terrorisme en geldwassery is ingewikkeld, en sover hulle weet is Ortega eenvoudig 'n middelman.

Die CIA het hulle hande vol en het in elk geval geen jurisdiksie in Paraguay nie. Maar toenemende wetstoepassing beteken dat Ortega op die lang termyn nuwe bronne sou moes vind. Die grensstad gaan op 'n seker punt nie meer 'n grysprodukte-handelaarsmekka wees nie, en daardie dag kom vinnig nader. Vir die oomblik fokus wetstoepassing egter op die terroriste, nie op Ortega se finansiële strewes nie.

Ciudad del Este kom 'n onwaarskynlike plek voor om die lot van die Midde-Ooste-geskiedenis te bepaal, maar sedert 9/11 het dit 'n toevlugsoord vir terroriste geword. Indien hulle in Europa of Amerika gesoek word, sou hulle nie gekry word nie. Hier bly hulle binne omheinde saam-gestelde wooneenhede, gesoekte terroriste verskans in huise van veiligheid, beskerm deur die heiligheid van die moskee. Hulle gebruik die tyd van laag lê om Engels aan te leer, identiteite te fabriseer en om handels- en finansiële netwerke op te bou. Daar is selfs gerugte van 'n opleidingskamp naby, verder af met die Paranárivier.

Die kompetisie is waaroor Ortega hom die meeste bekommer. Die groter vragte is baie meer winsgewend vir hom, maar dit is besig om die aandag te trek van sommige van die ander spelers in die stad. Elke twee weke wanneer die diamante aankom, slaak hy 'n sug van verligting. Hy het probeer om die skedule te verander, maar dit is moeilik met sulke groot hoeveelhede. Hy het volume nodig om sy plan te laat werk en om sy wins te maksimeer. Die vragte word dus groter, wat die enormiteit van die verlies as dit onderskep of gesteel word, vergroot. Die laaste ding wat hy nodig het is vir die kompetisie om dit te kry en te onderskep, of vir die polisie om 'n groter uitbetaling te vra. Hy moet 'n ander manier kry om die diamante te skuif. Sy primêre kontak is Abdullah Mohammed, 'n kort, bonkige man wat in sy laat veertigs blyk te wees, hoewel sy vol, grys baard waarskynlik nog 'n paar jaar byvoeg.

Ortega se sedan hou stil by Mohammed se Libanese kruideniers-winkel. 'n Klein, verweerde bord bokant die winkel dui aan dat dit dit 'n invoerder van Arabiese kos is. Die geur van kardemom en naeltjies kom van jutesakkies gevul met speserye buite die winkel. Die geur kom deur die oop venster by die kar ingesweef. Daar is geen leidraad wat die winsgewende besigheid agter die fasade verklap nie.

Ortega klim uit die kar uit en ignoreer die groepie Midde-Oosterse manne wat nuuskierig na hom kyk vanuit die Turkse koffie-winkel langsaan. Die manne het te veel tyd op hande, en hang alle ure van die dag en nag rond - nog 'n probleem wat broei, volgens Ortega. Die Libanese blyk die middelmanne te wees vir gene en dese, van Hezbollah tot die Nigeriese mafia.

'n Rondloperhond buite die winkel kyk hoopvol na hom, op soek na kos. Ortega frons en gee die hond 'n vinnige skop in die sy, wat hom saggies tjankend en bang eenkant toe laat wegsluip. Almal wil iets hê, dink hy met afsku. Mohammed is nog 'n voorbeeld.

"Goeiemiddag, mnr Ortega. Mag God u seën. Ek het iets interes-sants vir jou vandag," sê Mohammed terwyl hy Ortega na die agter-kant van die winkel toe stuur. Hulle is alleen, maar Ortega weet elke beweging van hom word dopgehou van die oomblik wat hy van die Cessna afgeklim het. Daar is aan beide kante baie op die spel.

Mohammed beduie na 'n stoel by die klein tafeltjie agter in die winkel.

"Omar, kry vir ons tee," blaf hy na 'n jong, skraal seun van omtrent tien jaar oud.

Ortega se oë volg die seun soos wat hy voor by die winkel uithardloop.

Toe hy weg is, maak Mohammed 'n aktetas oop en vertoon 'n rangskikking van rowwe diamante van verskillende groottes.

Die seun kom terug met die tee, en vermy doelbewus oogkontak en die inhoud van die aktetas. Ortega wonder of dit vrees of motivering vir die saak is wat sy vertroue gekoop het.

Hoewel hy weet dat dit ongeskik beskou word in Arabiese kultuur, besluit hy om dadelik tot die punt te kom.

"Het jy probleme met jou voorraadketting, mnr Mohammed?"

Ortega steek nie sy teleurstelling in die inhoud weg nie. In die twee jaar sedert hy met Mohammed sake doen, het die gehalte van die stene betekenisvol afgeneem. Hoewel die volume daar is, raak dit moeilik om aanspraak te maak op 'n prys wat hoog genoeg is vir stene van gemiddelde gehalte. Mohammed steek iets weg. En hy weet te veel.

"My liewe mnr Ortega – hierdie diamante is van hoogstaande gehalte. Ek het waarborge van my bronne dat hulle sterk in aanvraag is."

"Mnr Mohammed, daar is 'n merkbare afname in gehalte die afgelope jaar. Ek doen net navraag oor jou wel en weë. Indien jy probleme met jou verskaffer ervaar, kan ek miskien help."

Mohammed se klippies was van 'n hoë gehalte tot twee maande gelede. Toe, amper oornag, het die gehalte verswak. Die goeie klippies gaan vanselfsprekend aan die kompetisie. Is dit Mohammed self, of 'n nuwe speler? Ortega weet nie, maar hy is van plan om uit te vind.

Die Libannese het 'n oënskynlik nimmereindigende voorraad van die rowwe stene, waarvoor Ortega gewere, handgranate, missiellanseerders, selfs helikopters voorsien, iets wat altyd in die Midde-Ooste in aanvraag is. Hy neem nooit regtig besit van die wapens nie, maar in plaas daarvan is hy die makelaar wat die transaksie tussen die Arabiere en 'n paar korrupte beamptes van Westerse regerings reël. Dit gaan alles oor wie jy ken. Verhoudings is alles, veral met die Arabiere. 'n Paar goeie transaksies en jy wen hulle vertroue vir ewig.

Hy het gediversifiseer na diamante ná 9/11 toe teengeldwassery-wette in werking gestel is. Westerse regerings kon miljarde dollars in

bankrekenings wat deur terroriste-organisasies en hulle liefdadig-
heidsfronte bedryf word, vries. Diamante, daarteenoor, is draagbaar,
maklik om te smokkel, onnaspeurbaar, en word maklik in kontant
omgeskakel.

Ortega vra nie waar dit vandaan kom nie, hoewel hy weet dit sal
van een of ander konflik-diamantlande soos Sierra Leone wees, waar
die Libanese hulself ingewurm het as kopers van rowwe diamante.
Hierdie reëling voorsien 'n swart mark aan Sierra Leone om op te
maak vir die amptelike kanale wat nie beskikbaar is nie. Dit voorsien
ook aan Ortega 'n mark vir sy wapens vir so lank as wat die oorloë
voortduur.

Tot nou toe was die reëling vir beide partye voordelig. Die Liba-
nese het 'n mark gekry vir stene wat hulle nie andersins maklik sou
kon verhandel nie, veral nie in die groot hoeveelhede waarin hulle
handel dryf nie. Ortega koop die stene vir omtrent twintig persent
van die waarde van wettige diamante. Slegs die stene word per see na
Suid-Amerika vervoer; die wapens wat verhandel word, word afge-
lewer by 'n ligging wat deur die koper aangedui word. Niemand weet
met wie hulle regtig sake doen nie, wat gerieflikheidshalwe die opsies
verhoog en die pryse verlaag. Deur Ortega as 'n middelman te
gebruik, beteken dat albei in staat is om transaksies te doen met
partye met wie hulle nie openlik kon handel dryf nie.

Ortega weet dat die Libanese transaksies hanteer vir die meeste
van die Midde-Ooste se terroriste-organisasies, waaronder baie wat
teen mekaar oorlog maak. Onderlinge gevegte lei tot groot winste vir
Ortega. Soveel as wat hulle aanhou om hulle haat vir die Weste te
verkondig, weet Ortega dat die meeste van die wapens gebruik sou
word vir interfaksiegeweld tussen die onderskeie godsdienssektes. In
baie gevalle verskaf hy die toerusting vir beide kante. Solank hulle
aanhou baklei onder mekaar, word Ortega ryk.

Die huidige geveg tussen Hezbollah en Fatah om beheer oor
Palestina is veral winsgewend. Die diamantprys is direk proporsio-
nieel tot die vlak van frustrasie in die konflik. Solank as wat hulle
redelik gelyk is, en geen kant die duidelik oorhand kry nie, doen
Ortega se bedryf goed. Dit vereis 'n fyn balans om ewe goed aan beide

kante te verskaf, terwyl jy elk oorreed dat jy simpatiek met hul geestelike stryd is en hul doktrine verstaan.

Als het goed gegaan totdat Mohammed alles opgeneuk het met sy vraatsug. Hierdie is die laaste vrag deur Trippelgren, besluit Ortega. Dit is tyd om die uittreestrategie in werking te stel.

HOOFSTUK 15

Kat asem die fris seelug in terwyl sy langs die Engelse Baai-seemuur hardloop en hard probeer om by te hou by Cindy. Die lug is besig om oop te trek, en 'n ligte stertwind druk teen hul rue terwyl hulle poele water systap wat agtergelaat is na vanoggend se reën. Sy voel klaar weer kalmer, gereed om Jace in die oë te kyk later vandag by die huis. Sy gaan hom net vertel. Sy kan nie intrek of haar deel van die geld neersit nie. Sy wil úít.

"Dis omtrent tyd dat jy weer oefen. Jy gaan sukkel met die marathon op die min wat jy tot dusver gehardloop het." Cindy glip agter Kat in en laat 'n man en sy hond van voor af verbykom.

Kat en Cindy het ingeskryf vir hul eerste marathon vier maande gelede. Nou is dit net drie weke ver - 'n bietjie laat om in te haal met haar oefenprogram.

"Ek weet. Ek was net so besig." Kat besluit om nie gister se inbraak op te haal nie. Cindy dink Gastown is verwaarloos en gevaar-lik, en 'n inbraak sal haar net reg bewys.

"Jy't 'n toewydingsprobleem, skat. Hoekom is dit so moeilik vir jou? Al wat jy moet doen, is om op te daag vir die sessies."

"Maklik vir jou om te sê. Jy rits deur jou oefensessies. Dis moeiliker vir my." Enige draf saam met Cindy is taf. Teen 1,6 meter en nr 8-grootte, lyk dit of Cindy gly langs Kat se swaar, harde treë. Cindy se delikate vookoms is teenstrydig met die feit dat sy fisies net so fiks is soos enige van haar manlike kollegas in die Kanadese Koninklike Berede Polisie. Sielkundig wen sy hulle loshande.

"Dis moeilik vir jou omdat jy net 'n kwart van ons sessies gedoen het. Dis 'n pattroon by jou, Kat. Niemand kan jou vaspen nie."

"Miskien hou ek daarvan om my opsies oop te hou."

"Soos met Jace?"

"Wat het Jace met enigiets te doen?" Waarom haal Cindy vir Jace op? Die drafsessie is veronderstel om haar van Jace te laat vergeet - nie op hom te laat fokus nie.

"Jy verbreek jou verhouding met hom, en dan hou jy hom aan 'n lyntjie."

"Dit is meer as twee jaar gelede. Ons is nou net vriende. Niks meer nie."

"Maar julle het 'n huis saam gekoop."

"Ons is nie 'n paartjie nie!" protesteer Kat. "Ons belê saam. Dit kon ek en jy gewees het. Daar is geen verskil nie."

"Komaan, Kat. Jy's bang vir *commitment*. Erken dit. Julle twee is goed bymekaar. Jace is steeds mal oor jou, maar hy gaan nie vir altyd rondhang nie. Eendag ..."

Kat laat Cindy nie toe om klaar te maak nie.

"Ek's nie nou in die bui vir psigo-analise nie."

"Goed. Ek wou dit nie noem nie, maar jou marathon gaan 42 km van pyn wees. En ek praat nie van Franse brood nie."

"Vreemde vroumens. Ek sien jy verdrink jouself in die taal." Hul marathon is in Parys. Nog 'n duur rede om die saak op te los.

"*Qui.* En jy moet na my raad luister."

"Ek sal daaroor nadink." Enigiets om die onderwerp te verander.

Hulle draf die volgende paar minute in stilte, en val in 'n reëlmatige ritme in toe hulle die asfalt-seemuur verlaat, en in die rigting van die roete om Lost Lagoon draf.

Cindy praat nooit oor haar geheime werk vir die RCMP nie. Kat weet baie min, behalwe dat dit georganiseerde misdaad behels, waaronder plaaslike motorfietsbendes, Asiese triade-bendes en af en toe internasionale misdaadringe. Kat hoop Cindy kan 'n bietjie lig werp op smokkel-diamante, maar sy sal versigtig moet wees oor hoe sy vra. Die laaste ding wat sy wil hê is nog 'n preek van Cindy af.

Hulle draai in op die Bruidspadroete en mik in die rigting van Prospect Point, terwyl hul asem in vinnige uitbarstings van wasem voor hulle in die lug verdwyn. Die stadige, geleidelike opdraand tap al Kat se energie. Cindy daarteenoor, draf moeiteloos die heuwel op. Kat besluit om Cindy die meeste praatwerk te laat doen; 'n maklike taak omdat Cindy oor die algemeen mal is daaroor om oor misdaad te praat.

"Cindy, is diamantsmokkelary 'n groot storie?"

"Dis redelik groot en raak al meer algemeen. Diamante is maklik om weg te steek en om in kontant om te skakel. Dit het gewilder geraak vandat teengeldwassery-wette van krag geraak het. Dit is veronderstel om die dwelmkartels te verhoed om hul onwettig-verkrygde kontant in wettige bankdepositos om te skakel. Die wette is uitgevaardig om hulle toe te maak.

"Na 9/11 het die vereistes nog strenger geword. Die Amerikaanse regering het die verslag-doeningsvereistes versterk om die terroriste-netwerke te keer deur hul toegang tot kapitaal te vries. Die res van die wêreld moes in hul spoor volg as hulle wou bly handel dryf met die VSA."

"Hulle maak dus alle monetêre transaksies naspoorbaar, omdat daar van banke vereis word om daaroor verslag te lewer?"

"Dis reg. Die banke moet baie meer kontrolerings doen en word nie toegelaat om geld te aanvaar van lande sonder soortgelyk teengeldwasserywette nie."

Cindy bly 'n oomblik stil en gee Kat 'n sydelingse kykie. "Ai, toggie, Kat, is jou kontantvloei so sleg? Jy't nog baie wat in jou guns tel. Jy hoef nie te daal tot 'n lewe van misdaad nie."

"Baie snaaks. Ek sal nie eens genoeg kontant hê om 'n deposito op 'n vrag te betaal nie. Aanvaar hulle Visa? Ek het so pas my kredietlimiet laat verhoog."

"Ek betwyfel dit sterk. In elk geval, die teengeldwasserywette beteken dat diamante dikwels die voorkeurmetode van betaling is. Terroriste en georganiseerde misdaad gebruik diamante omdat dit maklik versteekbaar is en vervoerbaar, waardevol, en tot nou toe, onnaspeurbaar. Het jy al ooit gehoor van konflikdiamante?"

"'n Bietjie." Kat bly stil om haar asem terug te kry. Suurstof en heuwels hardloop sluit mekaar nie uit nie, maar dit voel beslis so. Hoekom druk Cindy altyd die pas vinniger teen die heuwels uit? "Is dit dieselfde as bloeddiamante? Gesmokkel uit arm Afrikalande waar hulle slawe-arbeid gebruik?"

"So min of meer. Die rowwe diamante word vervaardig deur lande wat nie die vereistes van die Kimberley-proses-sertifiserings-kema volg nie. Dit is ontwerp om die bande tussen diamante en geweld te verbreek, en word ondersteun deur die Verenigde Nasies. Die regulasies is bedoel om kriminele en terroriste-aktiwiteit te beperk."

"Maar hoe kan jy diamante naspoor?"

"Volgens die Kimberly-proses, moet 'n diamant se oorsprong geïdentifiseer word. Die idee is om die verkoop van bloed- of konflik-diamante uit oorloggeteisterde lande soos Sierra Leone en Angola te verhoed. Rebelle neem bestaande myne met geweld oor en terrori-seer die plaaslike bevolking met geweld waaronder moord, verkrag-ting en amputasies. Wanneer mense vlug, dan is die terroriste vry om die diamantmyne te bestuur en wins uit hulle te maak. Die Kimberly-proses maak dit baie moeilik vir kriminele om konflikdiamante te verkoop." Cindy draai links op die paadjie en Kat volg.

"Maar hoe kan hulle dit doen? Jy sê self dat diamante onnaspoor-baar is."

"Lande wat deelneem aan die Kimberley-proses moet 'n sertifia-kaat van oorsprong voorsien wat sertifiseer dat die diamante nie konflikdiamante is nie. Indien hulle nie die sertifikaat kan voorsien nie, kan hulle nie die diamante op die oop mark verkoop nie."

Kat loer sydelings na Cindy. Sy haal nie eens hard asem nie. Kat, aan die ander kant, is amper besig om te hiperventileer.

"Maar sommige maak dit nog steeds uit, nie waar nie? Kry hulle dit nie nog steeds reg om die beheermaatreëls te omseil en dit nog steeds onwettig te verkoop nie?

Toe hulle die bopunt van die heuwel bereik, voel Kat hoe sy uiteindelik 'n vaste ritme kom.

"O, ja, beslis." Sê Cindy. "Tot onlangs was dit maklik om diamante van oral te verkoop - jy jok net oor die oorsprong en die kopers gee nie om nie. Maar daar is nou meer op die spel. 'n Land kan sy status verloor indien daar uitgevind word dat hulle konflikdiamante deurlaat, en sal dan nie in staat wees om hul eie produksie te verkoop nie. Die gesondheid van hul ekonomie is op die spel as hulle toelaat dat dit gebeur.

"Dit gebeur egter nog steeds. ôDit is alombekend dat amper vyftig persent van die wêreld se totale produksie onwettig uit lande kom wat nie voldoen aan die wette nie. Daar is eenvoudig nie genoeg wettige produksie vir al die diamante wat vandag op die mark is nie. Wat dit egter wel doen, is om dit minder winsgewend te maak. Ons kan dit nie keer solank iemand dit wil koop nie. Wat het dit alles met Liberty te doen?"

"Wel, jy weet van daardie verdagte produksiesyfers wat ek genoem het? Ek begin wonder of hulle nie konflikdiamante deur die myn gesmokkel het nie. Wat ek steeds nie verstaan nie, is hoe 'n stukkie papier bewys dat 'n diamant 'n konflikdiamant is of nie?"

"Daar's 'n bietjie meer agter die storie. Om die waarheid te sê, daar is wetenskaplike tegnieke ontwikkel wat nou in staat is om 'n diamant se oorsprong te bepaal. Chemies gesproke, is alle diamante egte koolstof. Vir die blote oog is hulle identies – net 'n kristallyne vorm van koolstof, eintlik. So dit is moeilik om te sê waar hulle vandaan kom. Maar daar is maniere om die bron vas te stel."

"Regtig? Kan 'n mens vasstel waar 'n diamant vandaan kom?"

"Teoreties, ja. Die RCMP het 'n metode om vingerafdrukke van diamante te verkry. Hoewel alle diamante koolstof is, bestaan daar binne elke diamante klein onsuiwerhede, wat teruggespeur kan word na die gasheerrots in die myn of uitgrawing. Deur hierdie inligting in 'n databasis te versamel, kan hulle 'n spesifieke diamant terugspoor na 'n myn. Elke ander rots van daardie myn het dieselfde chemiese samestelling. Jy sal dus nie dieselfde chemiese samestelling in 'n rots van Kanada kry as byvoorbeeld een van Sierra Leone nie."

Skielik voel Kat se bene beter. 'n Golf van energie spoel oor haar toe sy die moontlikhede oorweeg. Sy wil sommer deur die bossies hardloop na haar kantoor toe.

Cindy lyk onbewus van Kat se skielike gemoedsverandering.

"Die RCMP en internasionale intelligensie sal 'n diamant van elke enkele myn op aarde moet dokumenteer en liasseer vir die stelsel om te werk. As dit gedoen is, behoort hulle in staat te wees om die onwettige handel stop te sit. Dis baie tydrowend en duur, maar as ons eers die databasis het, sal dit bykans onmoontlik wees om onwettige diamante as wettig voor te hou."

Cindy kyk agterdogtig na Kat. "Moenie vir my sê jy jaag terroriste nie!"

"Nee, natuurlik nie." Kat sukkel om 'n verduideliking te vind. "Maar ek het op verdagte dinge afgekom wat by Liberty aangaan. Dit lyk of hulle hul produksie-uitset oorverklaar het. Kan jy my help om 'n paar diamante se vingerafdrukke te verkry?"

"Sjoe, Kat, ek het nog net gehoor van die toetse - ek is nie eintlik self daarby betrokke nie."

"Maar jy het kontakte. Kan ek jou 'n paar diamante gee en hulle laat toets?"

"Wat laat jou dink dat hulle betrokke is by diamantsmokkelary? Bedryf hulle nie myne in die noorde nie? Dit kom 'n bietjie ekstreem voor om diamante te smokkel al die pad na die ysige, afgeleë vertes van Kanada. Moet hulle nie op yspaaie ry daar nie?"

"Hulle moet, maar ek dink nie hulle smokkel die diamante na die mynterrein toe nie. Al wat hulle moet doen, is om hulle by die snysentrum te kry waar hulle verwerk word. Dit moet net lyk asof hulle van die mynterrein af kom. Solank dit lyk asof hulle van Liberty af kom wanneer hulle by die snysentrum aankom, sal dit nie verdag voorkom nie. Dink daaroor. Die sekuriteit vanaf die mynterrein is vanselfsprekend goed, maar niemand verwag dat iemand diamante by die snysentrum sal insmokkel nie."

"Klink onwaarskynlik, Kat."

"Maar as hulle dan kan voorgee dat die diamante Liberty s'n is en dit deur 'n wettige bron kanaliseer, kry hulle markprys daarvoor, in plaas van die swartmarkprys. Dit sal Liberty se winsgewendheid geweldig opstoot. Dit is dalk selfs goedkoper om swartmarkdiamante te koop as om dit wettiglik te myn. Kan jy dit nie sien gebeur nie?"

Cindy kyk skepties na Kat en antwoord nie.

"Wat as jy dit kan laat lyk asof die diamante van 'n myn in die Noordwes-gebiede kom? Sou dit nie wonderlik wees as jy 'n mynmonster kan voorsien wat korrespondeer met die diamante nie? Jy kan die hele Kimberly-proses omseil."

"Jy bedoel, soos by 'n nuwe myn? Smokkel die rots in en hou dit voor as die gasheerrots?"

"Presies. Nie alleen kan jy jou vuil diamante wettig nie, maar as jy dit doen by 'n nuwe myn met geen uitsetgeskiedenis nie, in 'n land wat nog net begin om sy ongekende reserwes te ontdek, dan wek jy nie agterdog nie. Daar's geen rekords nie. Dit trek nie aandag nie, want produksie verhoog nie skielik nie. Kanada se mynbedryf is nog in sy babaskoene, so daar's nie langtermyn diamantmyngeskiedenis vir die land as 'n geheel nie."

"Ek weet nie, dit klink vir my vergesog, Kat. Moontlik, maar is dit die risiko werd?

"So, my volgende stap is om vir jou 'n paar monsters by Liberty te kry?"

"Wag 'n bietjie - ek het nie 'ja' gesê nie. Buitendien, ons het nog nie 'n volledige databasis nie. Daar's geen waarborg dat ons enigiets onweerlegbaar gaan kry nie."

Ek weet daar's geen waarborg nie. Maar as daar 'n ooreenstemming is, het ek ten minste 'n leidraad. Op die oomblik het ek 'n uitvoerende hoof wat spoorloos verdwyn het, vyfmiljard dollar wat ek moet kry, en iets wat lyk soos vervalste produksiesyfers. Niemand gaan my in hierdie stadium glo sonder enige bewyse nie, en omdat Liberty my kliënt is, wil ek weet waarmee ek te doene het voordat ek enige beskuldigings maak."

"Goed, Kat. Ek sal kyk wat ek kan doen. Maar jy moet belowe jy bel my voor jy enige internasionale terroriste-ring aanvat."

"O, ek sal nooit–"

"Ek's ernstig, Kat. Moenie met hierdie mense mors nie. Jy weet nie waarin jy jouself begewe nie. Sê my asseblief jy sal nie iets onwettig of gevaarlik doen nie."

Kat is verheug. Sy's weer terug op die spoor.

HOOFSTUK 16

Kat se kneukels pyn van die koue toe sy nog 'n slag aan Takahashi se deur klop.

Sy staan nou al vyf minute op die stoep, maar steeds geen antwoord nie. Sy gaan hom nog 'n minuut gee. Sy ou, óp Ford150 is in die oprit geparkeer, en vanaf die stoep kan sy duidelike modderspore sien wat met die oprit af loop. Die spore is hare, en die afwesigheid van bandmerke of ander spore maak dit duidelik dat niemand anders onlangs gekom of gegaan het nie. Die plek is eienaardig stil. Hoewel die reën opgehou het, maak die lae wolkkombers dat dit meer voel soos vroegaand as laatmiddag.

Daar is 'n klam koue in die lug, en Kat is in 'n somber bui. Nadat sy gister heeldag deur Liberty se lêers geworstel het, het sy niks verder gekry nie. Môre is die raadsvergadering, en sy het niks om op te gaan nie. Sy is desperaat om vordering te toon, anders gaan Nick oor Susan se kop besluit sy is by die deur uit nog vroeër as haar Vrydag-spertyd. Die getuienis blyk na iemand anders as Bryant te wys, maar sy kan dit nog glad nie bewys nie. Ken Takahashi is haar laaste hoop, en sy is nie van plan om hom so maklik te laat wegkom deur nie haar oproepe te beantwoord nie. Die tyd loop uit. Sy móét vandag met hom praat.

Haar kantoorinbraak het haar gevoel van dringendheid net verhoog. Na die tikverslaafde se aanval, het Jace en Oom Harry al haar goed en die katte na die huis toe verskuif, waar sy gisteraand geslaap het. Verna se huis, soos sy dit nou beskou. Sy sal nooit die argement met Jace wen nie, maar sy moet erken dat sy gisteraand veiliger gevoel het by Jace as alleen in haar Gastown-kantoor.

Kat het nie beplan om by Takahashi se huis om te kom nie. Maar haar oggenddraf van Verna se huis af het haar tot binne 'n kilometer van die plek af gebring, so sy kan maar net sowel inval. Sy foon is dalk buite werking. Of miskien wou hy nie weer met haar praat nie. Indien hy haar vermy, sal hy dalk nie die deur oopmaak as hy haar kar in die oprit sien nie.

Sy is gewoond daaraan dat mense nie haar oproepe beantwoord in sulke situasies nie, maar iets voel net verkeerd. Daarom wag sy maar, terwyl sy hoendervleis kry van die klam klere wat aan haar vel vasklou.

Sy druk haar oor teen die deur. Dit is dof, maar sy dink sy hoor 'n geluid. Sy probeer keer dat haar tande op mekaar klapper en spits haar ore om te luister. Hierdie keer is dit nader aan die deur. Dis die hond wat huil. Hy kom nou nader aan die deur, meer beslis met elke beweging.

"Hallo, Honnes. Als is reg. Is iemand by die huis?" Nog 'n tjankge- luid. Hierdie keer is die tjank selfs nog meer ontroosbaar. Die hond begin met sy poot aan die binnekant van die deur krap en sy tjankge- luide raak harder.

"Ken? Jy daar?" Geen antwoord nie. Kat bestudeer die vertrek. Die blindings is toe, ongewoon vir hierdie tyd van die middag. Eienaar- dig, maar dit op sy eie beteken niks. Maar tog, Kat het steeds 'n gevoel van onheil in haar binneste. Iets is verkeerd. Hoekom kerm die hond by haar as Takahashi by die huis is? Kat voel aan die handvatsel van die toe stoep. Dis nie gesluit nie.

Sy gaan in en klop aan die binnedeur. Verskeie baadjies hang langs een muur met stewels en skoene wat in 'n hoop daaronder opgestapel lê. 'n Houtboks op 'n klein tafeltjie vang Kat se oog. Dit is dieselfde boks rotse wat Ken haar met haar vorige besoek gewys het.

Sy tel dit op en huiwer 'n oomblik voor sy dit oopmaak. Takahashi sal nie omgee nie, redeneer sy.

Die boks het rotsmonsters van verskeie myne, almal netjies gemerk en in aparte kompartemente. Sy bestudeer die inhoud en kry een van Mystic Lake. Dit is dieselfde een wat Ken haar met haar vorige besoek gewys het. Sy bekyk dit sorgvuldig, en probeer onthou wat Ken gesê het oor die monster.

Die Labrador krap nou kwaai by die deur en tjank angstig. Die lig is aan in die kombuis, en deur die gordyne kan Kat die hond se skaduwee sien waar hy opspring.

Sy draai die knop. Dit draai. Die deur is nie gesluit nie.

Moet sy ingaan? Sy voel eienaardig om in te gaan sonder om inge-nooi te word. Tog, die Labrador se gedrag is ontstellend. Miskien het Ken 'n mediese probleem en het hy hulp nodig.

Kat draai die knop en maak die deur oop. Wat sy sien laat haar in haar spore vassteek van afgryse.

HOOFSTUK 17

Kat se oë volg die bloedspoor wat deur die kombuis kronkel na die gang. Geskok kyk sy na haar voete. Sy staan daarin! Sy spring en gly sywaarts en val amper binne-in die gestolde bloed voordat haar palm die muur vind. Gal stoot in haar keel op en sy kry haar balans terwyl sy na haar besmeerde Adidasspore op die linoleum kyk.

Gebreekte glase en borde lê gestrooi oor die vloer. Die kombuistoonbank is besaai met goed, behalwe vir 'n boog regs van die opwasbak, asof iemand se arm daaroor gevee het. Die Labrador is by haar voete, tjankend terwyl hy opkyk na Kat, sy oë smekend. Toe blaf hy en maak of hy na die gang hardloop, vraend vir Kat om te volg.

Kat loop na hom toe, maar stop, luister. Daar is geen geluid nie, behalwe die hond se naels wat onreëlmatig op die vloer klik-klik. Kat sien dat die hond mank is. Hy gaan staan by die ingang na die gang, en dis duidelik dat hy voorkeur gee aan sy linkerkant. Sy onthou nie dat hy mank was toe sy die vorige keer vir Takahashi besoek het nie. Sy stap na hom toe, versigtig om van die bloederige spoor af te bly hierdie keer, en kniel by hom om sy regter-agterpoot te bestudeer.

"Kom, laat ek kyk, sê sy en sy voel saggies aan sy heup, en werk haar pad af na sy voet toe. Die Labrador protesteer nie totdat sy by sy naels kom; toe gee hy 'n harde tjank en trek sy poot weg. Al vier pote is oneweredig gekoek en met bloed bevlek, maar dis net hierdie een wat lyk of dit seer is.

"Mooi honnes." 'n Glasstuk is ingewig tussen die naels. "Jammer, ou honnes, maar dit moet uitkom."

Sy druk haar pinkie tussen sy tone en druk vinnig die glas uitwaarts so hard as wat sy kan. Die skerf val op die grond terwyl die hond sy poot terugtrek en wegskamper na die anderkant van die kombuis.

'n Harde skoot verbreek die stilte. Kat ruk van die skrik. Iemand is hier. Hoekom het sy toegelaat dat die hond haar aandag aftrek? Sy raak paniekbevange terwyl sy haar verskillende tonele voorstel – almal sleg. Sy het alleen hierheen gekom, en niemand weet sy is hier nie. Niemand weet eens dat sy gaan draf het nie. Sy vries toe glas aan haar linkerkant breek. Sy sien uit die hoek van haar oog 'n swart figuur in haar rigting kom. Wie ook al die geluid gemaak het, kom om haar by te kom.

Dit is die Labrador, wat nou nie meer mank loop nie. 'n Halwe gebreekte glas lê op die vloer. Sy stert moes dit van die toonbank af geslaan het, waarskynlik nadat dit die half-oop kasdeur getref het en dit toegeslaan het. Sy slaak 'n sug van verligting. As sy in een stuk hier uitkom, gaan sy nooit weer iets so onnosel aanvang nie. Sy draai om uit te gaan, maar die Labrador staan in die deur en probeer haar na die gang lei.

Honde voel gevaar aan, dan nie? As iemand hier was, sou die hond gegrom het. Een vinnige kyk, dan loop sy. Kat kruip langs die taai paadjie na die gang.

Lang hale bloed is teen die beige mure. Haar oë volg die bloede-rige handmerke verder teen die muur waar dit ineensmelt in minder herkenbare smeersels. Haar oë volg 'n stel vingermerke waar hulle grondwaarts strook. Toe sien sy hom.

Ken Takahashi sit-lê teen die badkamerdeur aan die einde van die gang. Sy regterarm lê oor sy bors, asof hy probeer om die bloedvloei te stop wat sy blou, flenniehemp deurweek het. Hy staar met oop oë reguit na Kat – nikssiende.

Kat raak paniekbevange terwyl sy na die toneel kyk. Is die moordenaar steeds hier? Is Takahashi se moord verbind aan Liberty? Natuurlik is dit. Dit beteken die moordenaar is agter haar ook aan. Weet die moordenaar waar sy is?

Sy ignoreer die Labrador, wat angstig tussen Takahashi se liggaam en Kat beweeg, sy bruin oë pleitend dat sy iets moet doen. Kat verstyf vir 'n oomblik, nie in staat om asem te haal of sin te maak van die gedagtes wat in haar kop rondjaag nie. Die moordenaar kan steeds iewers in die huis wees, maar sy durf nie kyk nie. Sy het hulp nodig. Nou.

Sy soek franties vir 'n foon, en kry uiteindelik 'n koordlose een in die kombuis. Haar hande bewe terwyl sy vir Cindy bel. Na verskeie pogings kan sy uiteindelik haar hande stil genoeg kry om die nommers op die sleutelbord te druk.

"Cindy?" Kat se stem raak weg terwyl sy probeer kalmeer en haar hande laat ophou bewe terwyl sy die handstuk vashou. "Help my."

"Kat? Wat's verkeerd? Jy klink soort van ontsteld."

"O, my hemel. "O, my hemel, Cindy. Jy moet my help. Takahashi is dood! Iemand het hom doodgemaak! Ek het hom gekry en ek dink hy's al 'n rukkie dood." Kat gaan terug na die gang toe. Dit is regtig so. Sy wil opgooi terwyl sy na die liggaam en die bebloede vloer staar. Takahashi se vel begin verkleur, en die reuk is onuithoudbaar.

"Kat, wie is Takahashi? Waar is jy? Is jy saam met iemand?"

"Ek is by Ken Takahashi se huis. Hy is Liberty se gewese hoofgeoloog. Hy het nie teruggebel nie. Ek het gedink ek kom hier aan en toe hoor ek die hond tjank, en ek dog hy's in die moeilikheid, so ek maak toe die deur oop en gaan in, en toe ek al die bloed sien, toe raak ek soort van uitge*freak* en"

"Kat? Stadiger. Luister na my. Het jy die polisie gebel?"

"Ek bel jou. Jy is die polisie."

"Kat! Jy moet 911 bel. Nou. Wag 'n bietjie – bel jy van sy huis af? Gebruik jy sy foon?"

"Ja." Ek het my selfoon vergeet en toe ek hom sien het ek gedink ek moet dadelik iemand bel."

"Goeiste. Kat, luister na my. Jy's op 'n misdaadtoneel. Besef jy wat jy gedoen het? Jy het jou vingerafdrukke en DNS op 'n moordtoneel bygevoeg." Cindy gaan voort, "Bly net daar. Moenie enigiemand anders bel of aan iets raak nie. Ek gaan die moordafdeling bel en jou daar kry."

DIE MOORDSPEURDERS HET HAAR VERSKEIE URE ONDERVRA, en haar die reeks gebeure laat herhaal wat daartoe gelei het dat sy Takahashi ontdek. Toe moes sy vingerafdrukke voorsien, 'n DNS-monster, en knipsels van die klere wat sy aangehad het om haar bewyse van die moordtoneel uit te sluit.

Cindy het haar uiteindelik tienuur die aand afgelaai. Sy onthou skaars dat sy weg is vir haar drafsessie vroeg die middag. Hier is sy weer by Verna se huis, 'n huis wat nie aan haar behoort nie. Maak nie saak wat nie, sy kom elke keer net weer terug hierheen.

Sy strompel deur die voorhekkie en op met die trappe, uitgeput. Sy is besig om haar sleutels te soek en Chinese wegneemkos te balanseer toe haar voet iets op die voorstoep tref. Sy ignoreer dit, draai die sleutel en trek haar skoene uit voor in die gang. Sy is net op pad om die deur toe te maak, toe sien sy hom op die voorstoep lê. Sy pels is gekoek met bloed en sy nek is afgesny. Kat versteen, verlam deur die gesig van Buddy se lewelose liggaam.

K at ruk toe die voordeur oopgaan. Jace staan in die deur.

"Kat? Waar was jy? Die kontrakteur het 'n uur gewag, maar ek kon hom nie langer laat aanhang nie. Hy weier om te begin werk sonder albei van ons se handtekeninge op die kontrak. Jy weet ons kan nie funksioneer sonder elektrisiteit nie. Dit gaan weke neem om die ou weer hier te kry."

Jace se arms is gevou, 'n flitslig vasgeklem in sy regterhand. Sy hoef nie sy gesig te sien om te weet hy is woedend nie.

Sy het heeltemal vergeet van die afspraak met die elektrisiën. Die nuutste ramp wat hul projek getref het, is onveilige elektriese bedrading. Die stadsinspekteur, wat eintlik oor iets anders besoek het, het bepaal dat die antieke knop-en-buis-bedrading opgradeer moet word. Kontrakteurs wat gewillig is om aan ou huise te werk, is moeilik om te kry, en hierdie ou is die enigste een wat Jace kon oorreed om te kom kyk en 'n kwotasie te gee. Dit blyk toe nóg 'n tienduisenddollar-aanslag op hul wins te wees. Hulle sal gelukkig wees as hulle hul aanvanklike belegging uit die huis kry wanneer hulle verkoop – indien daai dag ooit aanbreek.

Kat antwoord nie, maar wys deur die oop deur na Buddy se lewelose liggaam op die stoep.

"Wat de hel?" Jace storm by haar verby na die stoep toe en rig die flits se straal op Buddy. Hy kniel om die kat te ondersoek. "Wie–"

"Het jy niks gehoor nie?" vra sy floutjies en volg hom na buite. "Hoe het Buddy uitgekom?"

Buddy was nooit buite nie. Hy was doodtevrede om Kat binne rond te volg. Wanneer sy 'n vertrek verlaat het, dan het hy ook. Hy was dieselfde met Jace. Hy't met een oog oop geslaap, altyd iemand in die oog gehou. Hy was 'n bietjie onseker, iets wat hy oorgehou het van toe hy by die plaaslike diereskuiling gelos is. Hoekom het Jace nie gesien hy is weg nie?

"Ek weet nie. Hy het op die bank geslaap terwyl ek aan die eetkamervloer gewerk het. Toe kom die kontrakteur." Jace lig sy hand na sy mond. "Ons het die deur vir 'n oomblik oopgehad om gereedskap in te bring. Buddy was onder ons voete en in die pad. Miskien het hy op die stoep uitgegaan sodat ons nie op hom trap nie."

"Kan jy nie aan meer as een ding op 'n slag aandag gee nie?" breek iets in Kat. Sy wens sy kan die horlosie terugdraai en 'n ander roete volg. Voor Liberty, voor die koop van hierdie *stupid* huis, en voor dinge so ingewikkeld geraak het met Jace.

"Komaan, Kat – dis onregverdig. Ek is jammer ek het Buddy nie raakgesien nie, maar ek het probeer red wat oor is van die vloere na die vloed. Ek 'n 8:00 spertyd en ek het nog nie eens my storie begin nie. Uiteindelik toe ek 'n elektrisiën sover kry om op te daag, toe is jy nêrens te vinde nie. Hoekom het jy nie gebel nie?"

Kat begin verduidelik – Takahashi, die polisie, die hond. Maar 'n knop vorm in haar keel toe die enormiteit daarvan haar tref. Sy sak neer op die stoep en huil. Alles het van erg na verskriklik gegaan. Sy's uit haar woonstel geskop, sy baklei met Jace oor die huis wat hulle nooit moes gekoop het nie. En arme Buddy. Sy't hom in die steek gelaat.

"Hey. Ek's jammer oor Buddy." Jace sit langs haar en vou sy arms om haar. Hy trek haar nader. "Ek val al heeldag oor hom, so ek moes gesien het iets is fout."

"Hoekom sal iemand sy keel afsny?"

"Ek weet nie. Jace staan op en stap terug na die kat toe. Hy bekyk die stoep in die lig van die flits. Hy hou die lig op 'n palmgrootte klip en buk af.

"Kyk hier." Sê hy en tel 'n papier op wat direk onder die klip vasgepen is. Hy hou dit voor haar, en belig dit met die flits. "Wie sou dit doen, Kat?"

Die getikte waarskuwing bevat net twee woorde.

DOOIE KAT

"Ek–ek weet nie. Kat ril, en voel skielik die koue. Sy staan op. "Die enigste ding waaraan ek kan dink, is Liberty. Maar dis belaglik. Ek is minder as 'n week op die saak en ek het nog met niks vorendag gekom nie. Niks wat 'n doodsdreigement regverdig nie, as dit is wat hierdie is."

Jace vou sy arms om haar, en omvou haar met die warmte van sy liggaam. Sy begrawe haar traanbevlekte gesig in sy dik katoenhemp en druk hom terug, en vergeet vir 'n oomblik of dit gepas is of nie.

"Is jy seker? As jy glo Takahashi se moord hou verband met Liberty, waarom nie Buddy nie?"

"Takahashi is anders. Hy's 'n ekswerknemer van Liberty, en hy was 'n fluitjieblaser. Ek is net 'n gehuurde persoon wat hulle gesteelde geld moet opspoor. As hulle nie wil hê ek moet ondersoek instel nie, waarom my in die eerste plek aanstel?"

"Miskien vra jy te veel vrae, in rigtings wat hulle nie hê jy moet vrae vrae nie."

"Wel, die vervalste produksie is beslis buite die raamwerk van wat hulle my gehuur het om te doen. Dit kom voor asof dit 'n ander bedrog is, en die kanse is dat dit verbind is. Maar niemand weet nog dat ek dit ontdek het nie. Behalwe jy en Harry. En Cindy weet ook 'n bietjie."

"Nie Takahashi nie?"

Kat probeer hulle gesprek onthou.

"Nee. Maar Takahashi het nie gedink daardie klippe het van

Mystic Lake af gekom nie." Sy geen Jace 'n opsomming van hulle gesprek, ook van Ken Takahashi se oorsig van die Mystic Lake-myn. Die gedokterde resultate hou haar beslis wakker in die nag. Sy het haar bevindinge nog nie met Susan of enigiemand anders by Liberty bespreek nie, maar miskien het Takahashi, ten spyte van sy ontkenning. Sy sou nooit die antwoord daarop ken nie.

"Kom ons gaan in."

Kat volg Jace en die flitslig se straal. Hy tel die Chinese wegneemete wat nog steeds op die ingangstafeltjie staan op, stap na die sitkamer en sit die kos op die koffietafel neer. 'n Dosyn kerse op die koffietafel en kaggel se lys gee die vertrek 'n sagte gloed. Onder ander omstandighede sou Kat van die atmosfeer gehou het.

Sy sit op die rusbank terwyl Jace in die sitkamer rondloop en die vensters en die deure nagaan. Almal is toe buiten 'n klein venstertjie in die sitkamer, wat te klein is vir 'n persoon, maar groot genoeg vir 'n kat. Was dit oop toe sy vanoggend hier weg is? Kat ril terwyl sy probeer onthou.

"Ons moet die polisie bel, Kat." Sê Jace, en stap na die eetkamervensters toe.

"Hoekom?" Hulle gaan niks oor Buddy doen nie."

"Miskien nie, maar hulle moet weet van die dreigement, veral die nota. Dis nie toevallig nie. Iemand dreig om jou dood te maak." Jace verdwyn in die kombuis.

"Ek het genoeg gehad van die polisie vanaand. Ek sal hulle môre bel." Kat kyk na die Chinese kos en besef sy het nog niks geëet sedert ontbyt nie. Sy maak die sak oop en die geur van suurlemoenhoender dryf opwaarts. Sy voel die houers – nog warm genoeg.

Jace kom terug van die kombuis af met twee borde en 'n paar koue Tsingtaos.

"Dis te ernstig om nie te bel nie." sê Jace. "Wat as dit verband hou met jou kantoorinbraak? Miskien was dit nie net 'n hawelose nie."

"Jy soek net na dinge. Ek dink nie dit hou enigsins verband nie."

"Kat, laat ek hulle bel. Vanaand. Ten ergste sal hulle dit afmaak. Laat die polisie besluit of dit belangrik is of nie. As dit uitkom dat daar regtig meer agter sit, is hulle ten minste bewus daarvan voor dit te laat is."

"Goed."

Hulle het skaars klaar geeët toe die polisie opdaag – twee manne in uniform en 'n speurder. Jace oorhandig die nota aan die speurder, wat dit met 'n tweezer oplig en dit in 'n plastieksakkie inglip. Hulle staan op die voorstoep. Buddy lê daar – leweloos.

"Waarom die flitslig?" vra die speurder terwyl hy die plastieksakkie in sy baadjiesak sit.

Jace verduidelik. Selfs in die dowwe lig kan Kat die blikke wat tussen die drie polisiemanne geruil word sien. Dink waarskynlik dat hulle nie die elektrisiteitsrekening betaal het nie, dink sy.

Die speurder gaan uit na sy kar toe terwyl die twee uniformmanne in die voortuin tussen die struike rondloop. Waarvoor hulle soek, kan Kat nie kleinkry nie.

Kat kyk hoe Jace al agter die polisiemanne in die werf rondloop. Sy ril terwyl sy met die trap opstap, verby Buddy en by die huis in. Sy gaan sit terug op die futon en maak haar oë toe. Soveel geweld op een dag. Sy voel nie meer veilig nie.

"Katerina." Dit is meer 'n stelling as 'n groet.

Sy ruk soos sy skrik vir die onbekende stem. Sy't niemand agter haar hoor inkom nie. Dit is die speurder wat vroeër die onderhoud met haar gevoer het by Takahashi se huis. Wat is die kanse daarvan?

Platt. Die ander speurder moes die nota aan hom oorgedra het. Dit hang nou tussen sy vingerpunte, nie meer in sy beskermende plastiek nie. Platt kan nie ouer as dertig wees nie, nogal jonk vir 'n speurder. Sy wonder wat hy gedoen het om sy seniors so te beïndruk dat hy so gou bevorder is.

"Katerina." sê hy weer. "Onthou jy my?"

Speurder John Platt se staalgrys oë flits in die vertrek rond, en neem alles in behalwe Kat se direkte blik.

Hy frommel die nota in sy hand op en maak seker dat Kat dit sien. Toe steek hy die bolletjie papier in sy broek se sak. Selfs in die semidonkerte kry Kat die boodskap.

Jace kom terug van buite en steek vas, verbaas om vir Platt te sien.

Die twee mans staar na mekaar sonder om enigiets te sê. Platt moet ten minste 1,9 meter lank wees, te oordeel aan hoe hy oor Jace toring.

Dan verbreek Jace die stilte.

"Ken julle twee mekaar?"

"Speurder Platt ondersoek die Takahashi-moord." Kat het nie vir Jace alles vertel van die moordtoneel nie. Soos dat sy deur die huis gestap het, die telefoon gebruik het en die kontaminasie van bewys-stukke nie. En sy gaan ook nie. Miskien is dit iets groot wat sy vers-wyg, maar sy het nie nodig dat nóg 'n persoon vir haar sê hoe sy drooggemaak het nie. Cindy het haar al genoeg berispe.

Dit is waarskynlik hoekom Platt hier is. Hy is in kennis gestel toe die ander speurder haar naam in die rekenaar gevoer het. Is sy 'n verdagte? Hoewel beleefd, was die polisie nie eintlik vriendelik met haar nie. Sy het oortree, om die minste te sê. Op die ergste, wel, sy wil nie daaraan dink nie.

"Gee jy om as ek 'n bietjie rondkyk?" Sonder om vir 'n antwoord te wag, tree Platt terug tot in die gang en loop rond op die hoofvloer. Jace en Kat se oë ontmoet soos hulle hom volg na die kombuis toe.

Platt skyn 'n lig op die tafel wat nou dubbele diens doen as 'n eetarea en lessenaar. Op die oomblik is dit 'n gemors, die tafel bestooi met haar papiere, haar skootrekenaar, en 'n halfvol bakkie popcorn.

"Um, speur-sersant, dit het by die voorste ingang gebeur. Wil jy nie daar fokus nie?"

"Klaar gekyk. Die manne werk op die oomblik daaraan. Gedink ek kyk sommer reg in die rondte – maak seker alles is veilig." Hy kyk amper reg deur Kat. "'n Mens kan nie te versigtig wees nie."

Kat voel ongemaklik. Waarom vier polisiemanne uitstuur? Is dit 'n verskoning om sonder 'n hofbevel te deursoek? Iets maak nie sin nie.

Platt en sy gevolg is uiteindelik teen middernag weg. Kat se poli-siebetrokkenheid die afgelope week is meer as wat sy voor kon gewens het in 'n leeftyd. Sy voel soos 'n verdagte terroris op 'n moenie-die-omgewing-verlaat-nie-lys.

"Hoekom is Platt so geïnteresseerd in jou? Het hy nie klaar met jou gepraat by Takahashi se huis nie?" Jace staan by die slaapkamer-venster en trek die blindings toe.

"Ek weet nie. Ek het gedink ek het al sy vrae beantwoord." Kat gryp een van Jace se T-hemde en gaan badkamer toe om aan te trek.

"Iets anders is aan die gang. Dit het nie gelyk asof hy veel belang-stel in wie jou dalk skade wil aandoen nie. Hy's meer geïnteresseerd om die huis te deursoek as om die dreigement op te volg."

Kat kom uit die badkamer uit en sit op die rant van die bed, uitgeput.

"Jace, kan jy nie enigiets net aanvaar vir wat dit is nie? Waarom moet daar altyd 'n verskuilde agenda wees?" Hy hoef nie te weet dat haar vingerafdrukke oral oor die misdaadtoneel was nie.

"Miskien is dit die joernalis in my. Ek het geleer dat dinge baie min is soos wat dit voorkom op die oppervlak. So belangrik soos wat Buddy vir jou was, is hierdie ou 'n bietjie te senior vir 'n troeteldier-doodsondersoek."

"Ek weet. En ek hou nie daarvan hoe hy deur ons plek geloop het asof hy dit besit nie." Toe Kat dit sê, is sy onmiddellik spyt. Ons plek.

"Ek het 'n slegte gevoel oor hom, Kat. Hou jou maar in as hy in die omgewing is."

Jace trek die beddegoed af en klim in die bed.

"Gaan jy nie in die bed klim nie?"

"Is daar nie iewers anders om te slaap nie?"

"Nie tot ons vir jou 'n ander bed kry nie. Môre."

Kat het hare by haar woonstel gelos. Sy het om een of ander rede gedink as sy dit nie skuif nie, sal dinge weer terugkeer na normaal. Haar verhuurder sou haar terugnooi, en die nulle op haar Visakaart sou oordra na haar bankrekening. Dit het nie gebeur nie.

Jace slaan met sy hand liggies op die bed langs hom.

"Komaan, jy's moeg. Ek belowe om my te gedra as jy sal."

"Ek sal probeer." Sy is te moeg om te protesteer. Sy blaas die kerse dood en klim aan die ander kant van die bed in. Tina kom lê by haar voete, klaarblyklik onbewus van Buddy se afwesigheid. Binne vyf minute hoor sy hoe Jace se asemhaling verdiep en weet sy hy is reeds aan die slaap.

Terwyl Kat in die donker lê, dink sy aan Liberty se raadsvergade-ring môre. Die raad word oorheers deur Nick Racine, wat duidelik vir Kat afgedank wil hê, en tot onlangs deur Alex Braithwaite. Die res van die raad volg gewoonlik hulle leiding.

Die raad verwag 'n vorderingsverslag oor haar aanvanklike bevin-dinge die afgelope paar dae, maar daar is baie min om te wys van haar werk tot dusver. Haar ondersoek het meer vrae oopgekrap as antwoorde verskaf. Nie wat die raad wil hoor nie. Dit het haar ook 'n paar dae nader gebring aan Vrydag se spertyd, en gee Nick meer skietgoed om haar af te dank.

Sy moet met iets vorendag kom vir môre, maar wat?

Om die geld na Libanon na te spoor, is nie goed genoeg nie, omdat sy nog geen vordering gemaak het om dit terug te kry nie en geen leidrade het nie. Die produksiedata is 'n ander storie. Iets is beslis aan die gang, maar om dit met die raad te deel sonder verdere bewyse en 'n oplossing, is nie wys nie. Die bewyse mag dalk selfs een van die raadslede impliseer. En wat as Jace reg is oor die dreigement – dat dit verband hou met Liberty?

Steeds geen spoor van Bryant nie, maar Kat is nie meer so bekom-merd daaroor nie. Hulle sal hom uiteindelik kry. Solank sy fokus op die geldspoor, sal hy daar wees aan die einde.

Tog knaag die twyfel aan Kat. Wie het Alex Braithwaite doodge-maak en hoekom? Hou dit verband met Takahashi se moord? En wie het vir Takahashi doodgemaak? Om vervalste mynproduksiesyfers toe te smeer is 'n sterk motief om 'n gewese hoofgeoloog wat mag praat, te vermoor. Wie hom ookal vermoor het, of saamgesweer het om hom te vermoor, kan moontlik in die raadsaal wees.

HOOFSTUK 19

Carter & Associates is vanoggend 'n miernes van bedrywigheid. Die Liberty-raadsvergadering is oor minder as twee uur, en Kat is besig om 'n laaste paar afrondings aan haar vorderings-voorlegging vir die raad te maak. Harry het Kat gehelp met 'n storiebord oor die tydlyn van die gedokterde produksiesyfers saam te stel.

Sy beoog om die korrelasie tussen die verhoogde produksie en die aandeelprys aan te dui. Verhoogde diamantpryse die afgelope jaar sou ook die aandeelprys beïnvloed het; sy pas dit dus aan uit haar analise. As sy dieselfde volume veronderstel teen verlede jaar se diamantpryse, en dieselfde bedrag as die aandeelprysverhoging verwyder, is die aandeelprys steeds agtien persent hoër. Dit kan slegs toegeskryf word aan die nuwe myn by Mystic Lake. As die myn dus vals is, is dit waarskynlik dat beleggers dieselfde sal reageer, maar deur die aandele te verkoop hierdie keer.

Hoe gaan die raad reageer? Hulle moet bewus wees en aksie neem teen enige bedrog wat onder hulle toesig plaasvind. Aan die ander kant, hul vergoeding is gebaseer op die aandeelprys. En sy weet nog nie wie agter die bedrog sit nie. Tog moet dit verband hou met

Bryant se diefstal, en miskien selfs Braithwaite en Takahashi se moorde. Dit was te toevallig om nie te wees nie.

Totdat sy kan bewys wie besig is om dit te doen, is dit dalk beter om te wag. Maar Nick se Vrydag-spertyd kom nader, en sy het niks anders om op te gaan nie. Die raadslede het 'n vaste belang in enigiets wat die aandeelprys opjaag. En sommige, soos Nick Racine, het ook die toegang om die produksie te manipuleer.

Sy is besig om alles deur te gaan, toe Jace by die deur inbars, sopnat van die reën buite.

"Nuusflits!" 'n spoor druppels verskyn agter Jace terwyl hy sy aktetas op Kat se kantoorstoel neerplak.

"Kat, ek dink ons het die Libanese konneksie! Hierdie het so pas ingekom deur Reuters." Jace laat val die drukstuk op haar lessenaar.

Die letters is besmeer van die reën, maar Bancroft Richardson se naam in die opskrif vang onmiddellik haar oog.

Bancroft Richarson geïmpliseer in terroriste-geldwasserypeiling

"Vyfmiljard, dan nie? Dit pas by jou bankoordragte. Dit moet verband hou met Liberty."

"Dis moontlik. Maar hoe kan ons seker wees dis dieselfde geld? Net omdat daar nie 'n klomp groot Libanese-Kanadese geldeenheid-oordragte is, beteken nie die twee hou verband nie. Ons kan dit nie bewys nie."

"Om die waarheid te sê, ek dink ons kan. Die Libanese bankower-hede het die besonderhede verskaf. Die Libanese bankrekening is geopen met geld wat vanaf die Cayman-eilande oorgedra is. Sover pas al die besonderhede, waaronder ook die bedrag – vyfmiljard. Lees die res van die storie, Kat."

Kat tel die koerant op en haar oë vlieg oor die reëls.

'N PLAASLIKE MAKELAAR WORD ONDERSOEK NADAT HY NAGELAAT HET OM VERSKEIE BANKOORDRAGTE, *ten bedrae van ongeveer vyfmiljard dollar, te verklaar. Die geld is oorgedra uit 'n Libanese bank en in die rekening van Opal Holdings, 'n Bancroft Richarson-kliënterekening inbetaal. Ingevolge teengeldwasserywette, word finansiële instansies verplig om groot of verdagte transaksies te verklaar. Uit betroubare bronne word verneem dat verskeie klein deposito's gemaak is om die teengeldwassery-drumpels te vermy.*

Die deposito's is eers ontdek nadat die Libanese owerhede Kanadese sekuriteitsbeamptes in kennis gestel het. Die groot volume transaksies het 'n ondersoek aan die gang gesit van 'n onlangs-geopende Credit Libanais-rekening, die Libanese bron van die oordragte. Die Bancroft Richardson-kliënterekening is gevries in afwagting op die uitslag van die gesamentlike Kanadese en Libanese beamptes.

Dɪᴛ ɴᴇᴇᴍ ѕʟᴇɢѕ 'ɴ ᴏᴏᴍʙʟɪᴋ ᴏᴍ ᴛᴇ ѕɪᴇɴ ᴡᴀᴛ Jᴀᴄᴇ ʙᴇᴅᴏᴇʟ.

"Dit klink belowend. As ons die rekeningnommers vergelyk, mag dit dalk ooreenstem." Kat is verheug oor die ontdekking , maar ook teleurgesteld. As dit nie vir Jace was nie, sou sy dalk nooit die verband getrek het nie. Ten spyte van die goeie nuus, voel sy nog steeds soos bietjie van 'n mislukking. Hoekom kon sy dit nie op haar eie ontsyfer het nie?

Harry verskyn in Kat se kantoordeur, gelok deur al die geraas.

"Daar is een ding wat ek nie verstaan nie," sê sy. "Die Libanese bankvertroulikheidswette. Waarom het hulle onhul–"

"Volgens Credit Libanais, die Libanese bank, en die Libannese polisie, was hulle agterdogtig oor die transaksievolumes en het hulle 'n ondersoek geloods. Dit het 'n verband met terrorisme blootgelê, wat hulle in staat gestel het om die Libannese bankvertroulikheidswette te omseil. Dit is hoekom hulle die inligting aan die owerhede hier kon vrystel. Solank as wat hulle kan bewys dat die geld verbind is aan terrorisme, geld die Libannese bankvertroulikheidswette nie.

"Toe die geld daarna in 'n Bancroft Richardson-makelaarsrekening opduik, toe raak die Kanadelse owerhede betrokke. En dit is waar dit nou is. Hulle ondervra op die oomblik die makelaar en wil weet waarom hy nie die verdagte transaksies gerapporteer het nie."

"Het jy gesê Bancroft Richardson? Dis waar ek my rekening het." Harry kan dit nie glo nie. "Ek wonder of dit my makelaar is. "Waarskynlik nie. My makelaar is 'n fabrieksfout. Hy neem nooit my oproepe nie en het nie tyd vir my nie. Wat is sy naam?"

"Frank Moretti. Die mense sê hy's hulle uitstekende makelaar."

"Dis hy! Dis my ou." Harry haas hom na Kat se rekenaar en log by sy Bancroft Richardson-rekening in. "Ek neem aan hy's te besig met sy ryk kliënte om hom oor die klein ou ek te bekommer."

Hy trek sy asem diep in toe hy na die skerm kyk. "Wag 'n bietjie. Hierdie verskil van die staat wat ek jou 'n paar dae gelede gewys het. Dit sê ek het vierhonderdduisend aandele van Liberty. Vierhonderdduisend!"

Harry wys na die skerm.

"Dit kan nie reg wees nie. En iets anders is ook verkeerd. Dit wys hier dat ek nog 'n honderdduisend aandele kort verkoop het. Daar moet 'n fout wees. Ek verkoop nie my aandele kort nie, Kat. Ek weet nie eens regtig hoe dit werk nie."

Al drie van hulle kom staan by die rekenaar en staar. Dit is 'n heeltemal ander staat as die een wat hy vroeër die week vir Kat gewys het.

Kat dink vir 'n oomblik voordat sy praat.

"Ek wed julle daar is allerhande teenstrydighede in Moretti se kliënterekeninge. En ek dink ek weet hoekom."

"Omdat hy 'n swak boekhouer het?" Harry volg nie lekker nie.

"Nee. Hy probeer die aandeelprys opjaag. Hy sou eers vir homself aandele gekoop het voordat hy vir jou en sy ander kliënte gekoop het. Dit word voorhardloop genoem. Dan maak hy 'n netjiese wins deur eerste sy eie te verkoop, en dan verkoop hy jou en sy ander kliënte s'n laaste. Teen daardie tyd is die aandele baie minder werd, want daar word meer verkoop as wat daar gekoop word."

"Ek het hom nooit toestemming gegee om te belê sonder om my te sê nie. Kan hy dit regtig doen?" Kat antwoord nie.

"Dit is goed vir my storie, sê Jace. "Nie alleen is Liberty besig om hul mynresultate te vervals nie, maar daar is 'n aandelemanipulasie-hoek ook."

"Dit mag goed wees vir jou storie, Jace, maar dit is 'n ramp vir my. Nou is ek selfs in nog meer moeilikheid by Elsie. Sy gaan my doodmaak. Ek het nie daai soort geld nie. Wat gaan ek doen?" Harry lyk siek van paniek.

"Tawwe tye, Oom Harry. Miskien draai die aandele weer om. Dit kan nog steeds goed uitwerk. Ouens, ek moet gaan. Ek het 'n storie om te skryf." Jace gryp sy baadjie en is al halfpad in die gang af.

Kat laat val haar papiere en hardloop agter hom aan.

"Jace, wag! Jy kan dit nie skryf nie! Beslis nie die deel van die gedokterde produksie nie. Nog nie. Dit sal die ou waarsku wat agter al die manipulasie sit. Ek moet eers uitvind wat alles beteken. Ek het meer tyd nodig voor jy 'n storie daaroor doen."

"Jammer, Kat. Ek kan nie langer wag nie. Hierdie is enorm. Moretti se aandeleprysmanipulasie moet verband hou met die vervalste produksie. As ek dit nie breek nie, gaan iemand anders."

"Maar ek moet nog een in die Liberty-binnekring vang wat die mynproduksie vervals. Hoe gaan ek dit doen as jy Liberty in die kollig plaas soos wat jy wil doen? Asseblief, Jace. Die vervalste produksie is verbode terrein totdat ek meer inligting het. Ons is die enigstes wat daarvan weet op die oomblik." Dit doen die ding. Geen bespreking van Mystic Lake met die raad nie. Sy sou iets anders moet bewimpel om in die voorlegging te sit.

"Goed, Kat.

Maar ek wag net tot môre.

My redakteur blaas in my nek. Ek het lank laas 'n goeie storie gehad, en dis net 'n kwessie van tyd voor elke ander joernalis hiervan weet."

Jace jaag by die kantoor uit, en loop amper vir speursersant Platt uit die aarde. Hy kyk om en gee Platt 'n vuil kyk, maar stap aan en by die deur uit.

Kat kreun innerlik. Hierdie onverwagte besoek is die laaste ding wat sy nou nodig het. Sy wil gister vergeet, ten minste tot na die Liberty-raadsvergadering. Jace is reg. 'n Tweede speurder is beslis meer as wat nodig is vir Buddy se dood.

Platt draai nie doekies om nie.

"Katerina, ons moet praat. Jy het nog steeds nie vir my die rede gegee waarom jy by Ken Takahashi se huis was die ander aand nie. Wat het jy daar gemaak?"

"Sersant Platt, ek sou graag met jou wou praat, maar ek het 'n binne 'n halfuur 'n vergadering. Kan ek jou vanmiddag bel?"

Platt gaan sit in een van haar ontvangsstoele en tel 'n tydskrif op van haar tafel af. Kat raak warm onder die kraag toe hy stadig daardeur blaai.

"Dis in jou beste belang om met my te praat, Katerina. Hoe gouer hoe beter," sê Platt en hy pers sy lippe in 'n streng lyn saam.

"Hoekom?" Is ek 'n verdagte?"

"Kom ons sê jy's 'n persoon van belang. Jy's nie eerlik met my oor jou redes waarom jy by Takahashi se huis was nie. Ek wil weet. Wat steek jy weg?"

"Ek steek niks weg nie. Jy dink ek was betrokke by die moord?"

Platt sê niks. In plaas daarvan sit hy sy voete op die tafel. Dis duidelik dat hy haar probeer irriteer. Dit werk.

"Jy kan nie ernstig wees nie!" Kat is verstom. "Ek het hom besoek, en toe hy nie oopmaak nie, toe gaan ek in om ondersoek in te stel. Is dit 'n misdaad om bekommerd te wees oor 'n persoon se welstand?"

"Wel, ek kan jou nie uitskakel nie. Jou vingerafdrukke en skoenspore was oral oor die misdaadtoneel. En niemand anders se DNS nie. Dit maak jou ons nommer een verdagte op die lys. Behalwe as jy my verkeerd bewys."

'n Donker gevoel van onheil kruip oor Kat. Hy is ernstig. Klaarblyklik is sy in groot moeilikheid.

"Sersant, wat sou my motief wees? Wat sou ek wen deur vir Takahashi te vermoor? Hy was my enigste betroubare bron van inligting oor die vermiste uitvoerende hoof en die geld. Nou het ek niks."

Platt staan op.

"Goed. Ons kan later praat. Moet net nie dorp verlaat nie. Moet nêrens heen gaan sonder om eers vir my te sê nie."

"Dit is mal. Jy het twee mense wat vermoor is met bande met dieselfde maatskappy, en jy sê vir my jy het geen ander verdagtes nie? Daar is baie mense wat sou baat by hierdie moorde. En ek is nie een van hulle nie!"

"Dit moet nog bepaal word."

"Regtig, sersant? Eerstens, ek het hierdie mense nie eens geken tot 'n week gelede nie. Ek is deur Liberty gehuur om hulle verlore geld op te spoor. Dit is waarskynlik die motief net daar. Iemand het probeer om vir Ken stil te maak."

"Soos ek gesê het, moet nêrens heen gaan nie. Ek gaan jou dophou." Platt draai om en stap by die deur uit sonder om om te kyk. Harry loer versigtig om die hoek vanuit Kat se kantoor toe die deur toeslaan.

"Kat, wat op aarde gaan hier aan? Waarom is die polisie agter jou aan? Is jy in die moeilikheid?"

Kat vertel vir Harry oor haar ontdekking by Takahashi se huis.

"Jy dink dit hou verband met Liberty? "Ek weet nie, Kat. Hierdie Liberty-saak mag dalk nie die geld werd wees nie. Klink of jy met 'n paar mal mense deurmekaar is."

Kat kyk op haar horlosie. Die raadsvergadering is oor twintig minute.

HOOFSTUK 20

K at voel die spanning die oomblik toe sy by Susan se kantoor instap. Susan en Nick sit oorkant mekaar by die konferensietafel, soos teenstanders by 'n taai hokkie-wedstryd.

"More, Kat. Verandering van plan. Jy gaan nie die raadsvergade-ring bywoon nie. Jy het belangriker sake om nou te oorweeg."

Susan skuif die persverklaring na Kat toe en beduie vir haar om plaas te neem by die tafel.

'n Oorname. Watter ander verrassings hou Liberty nog in? Porter Holdings, 'n maatskappy wat Kat nog nooit van gehoor het nie, bied aan om alle uitstaande aandele te koop. Kat lees deur die papier en staar verstom na Nick en Susan.

"Hoe is dit moontlik? Ek bedoel, hoe kan enigiemand 'n oorname bewerkstellig sonder die meerderheid aandele? Met Nick en die trust wat die maatskappy beheer, hoe kan Porter beheer neem?"

Kat se vraag is aan Susan gerig, maar Nick kom tussenbeide.

"Dit gaan nie gebeur nie. Op geen verdomde manier gaan ek die maatskappy verloor wat my pa opgebou het nie. Porter's gaan nêrens kom met hierdie nonsens nie. Ek gaan Liberty nie verloor nie!" Nick slaan met sy vuis op die tafel.

Nick laat gerieflikheidshalwe die medestigter, Henry Braithwaite, uit, dink Kat. Morley Racine, Nick se pa, het nie die maatskappy op sy eie begin nie. En Liberty behoort nie aan Nick nie. Al die aandeel-houers besit die maatskappy. Hy het net 'n groter aandeel as die res.

Nick het nie eintlik die vraag beantwoord nie.

"Maar hoe–"

Susan val Kat in die rede, praat met haar soos met 'n kleuter.

"Omdat die trust besig is met 'n set. Ten minste – dis wat ons dink. Die trust kry 'n koper wat vrygewig genoeg is om genoeg Klas B-aandeelhouers om te koop, wat saam met die trust, genoeg het vir 'n meerderheid."

"Maar selfs saam sal hulle nie genoeg aandele hê nie," sê Kat. Niemand luister nie. Beide Susan en Nick ignoreer Kat terwyl Nick voortgaan met sy tirade.

"Ek het veels te veel sweetekwiteit in die maatskappy belê om dit sonder 'n geveg te laat gaan. sê Nick.

Kat kan haarself nie help nie. "Nick, miskien is dit 'n set om die aandeelprys te verhoog. Sommige van hierdie korporatiewe stropers is bekend daarvoor dat hulle gaan vir 'n maatskappy net om dinge 'n bietjie op te wakker. Sodra die aandeelprys styg in reaksie op die aankondiging, verkoop hulle hul aandele en beweeg aan met 'n netjiese profyt. Aangesien jy of die trust hierdie koop kan keer, gee dit hulle 'n baie lae waarskynlikheid van sukses, en 'n baie goeie kans om vinnig en risikovry geld te maak. Behalwe natuurlik as jy of die trust wil ontslae raak van Liberty. Wil jy?"

"Natuurlik nie." Waarom op aarde sal ek dit wil doen?"

"Ek sê nie jy wil nie. Dis net eienaardig dat hulle Liberty teiken en nie 'n maatskappy wat wyd gehou word, waar hulle die aandeel-houers aan boord kan kry nie."

Nick gryns vir Kat asof sy goggabollie is. Hy wys sy vinger neerha-lend in haar rigting. "Bly jy liewer by jou getalletjies. Jy verstaan nie hoe die besigheidswêreld werk nie."

Eina. Sy is nie die een wat met 'n goue lepel in die mond gebore is nie. Sy weet baie meer as Nick. Hy het nog nooit iewers anders as by Liberty gewerk nie. Die woede wat op die krop van haar maag ronddraai is op die punt om oor te kook. Maar sy bly stil – sy het die salaristjek nodig.

Susan onderbreek hom.

"Sy het 'n punt beet, Nick. Dis nie ongehoord nie. Buitendien, waarom sou Porter selfs 'n toertjie soos hierdie probeer as daar 'n beheerblok van aandele is wat nie die aanbod gaan aanvaar nie? Jy gaan nie jou aandele verkoop nie, en van wat jy vir my vertel het oor Audrey Braithwaite, gaan die trust ook nie. Jy weet die oorname gaan nie suksesvol wees nie. Ek weet dit ook, maar die publiek weet dit nie. Die aandele het alreeds met twintig persent gestyg vandat die mark geopen het. Maak nie saak wat gebeur of nie gebeur nie, Porter kry 'n netjiese klein opkikkertjie in die waarde van Liberty se aandele. Ons ook."

Nick gluur na Susan terwyl sy praat.

"Wel, jy het jou teorieë en ek het myne. Anders as jy, het ek nie die luukse om heeldag daaroor te sit en dink nie. Ek moet terug na die raadsvergadering," sê Nick kortaf met 'n waai van sy hand terwyl hy opstaan en Susan se kantoor verlaat.

Kat wag vir hom om uit te gaan en leuen oor die lessenaar na Susan.

"Susan, is jy regtig seker dat Nick 'nee' gaan stem?"

"Jy't hom gehoor, Kat. Hy het nogal oortuigend geklink vir my."

Die geslaan op die tafel was ook nogal oortuigend, dink Kat sinies. Om nie te praat van melodramaties nie.

"Wat van die trust?"

"Die bevoordeeldes onder die trust is Alex Braithwaite se boedel en sy suster, Audrey. Met Alex weg, gaan Audrey waarskynlik saamgaan met wat ookal Nick en die raad aanbeveel."

"So jy sê die raad is verenig teen die oorname."

"Wel, van wat Nick sê, klink dit so. Hulle gaan aanbeveel dat die aanbod van die hand gewys word. Nick was baie beslis daaroor."

"Maar Susan, as 'n mens aanneem dat Porter nie deur al hierdie moeite gaan net om die aandeelprys op te stoot nie, en hulle weet dat dit onwaarskynlik is dat hulle gaan slaag in 'n oorname, waarom sal hulle Liberty probeer oorneem?

Susan wag 'n bietjie te lank om Kat se vraag te beantwoord. Sy leuen vooroor na Kat toe en antwoord amper in 'n fluisterstem.

"Dis wat my bekommer, Kat. Oornames is te duur en tydrowend om aan te pak as jy nie ernstig is nie, en ek dink Porter is. Porter sou dit nie aangepak het as hy nie verwag om te wen nie. Nick wil dit nie aanvaar nie," sê Susan. "Die raad werk aan 'n strategie om die oorname te verhoed, maar dit gaan nie maklik wees nie. Met hierdie aanbod op die tafel, gaan daar baie druk van die ander aandeelhouers wees om dit te aanvaar. Of ten minste om vorendag te kom met 'n beter aanbod van iemand anders."

Susan gee Kat 'n afskrif van Porter se 13D-onthullingsvorm, gevul met die Sekuriteite en wisselkommissie van gister. Dit word vereis onder die sekuriteitewet om die intensie van die koper te verklaar indien hulle vyf persent of meer van die totale aandele uitstaande besit. Die 13D dui aan dat Porter se intensie was om Liberty uit-en-uit te koop, of om 'n beherende aandeel in die maatskappy te neem.

"Ek verstaan nie. Waarom sou Porter jok op die 13D? Dit kan hom in groot moeilikheid met die gereg laat beland."

"Hulle sal nie, Kat. "Iets anders is aan die gang."

"So terwyl Nick en die raad besig is met 'n aanbeveling vir verwerping van die aanbod, is daar 'n ander transaksie onder die tafel aan die gang?"

Miskien is die raad toe nie so verenig nie.

"'n Oorname behoort onmoontlik te wees." Susan trek haar asem diep in en gaan voort: "Ten minste, behalwe as Nick of die Braithwaite-Familietrust iets wil laat gebeur. Hulle beheer die maatskappy met hul aandele en kan die stem swaai. Wie ookal Liberty wil oorneem sal beheer moet wen oor 'n meerderheid van die A-aandele. En niemand sal ooit weet hoe Nick of die trust regtig hul aandele stem nie."

"Sou dit nie vanselfsprekend wees deur die hoeveelheid aandele wat ten gunste stem nie?"

"Indien vyf-en-sewentig persent of meer getender het vir die aanbod, beteken dit beide het 'ja' gestem. Maar dit sal na die feit wees. Indien die persentasie minders as dit is, beteken dit dat een van hulle ten gunste van Porter se aanbod gestem het. Watter een kan moontlik 'n geheim bly."

Nick kan dus die goeie ou speel, maar nog steeds ten gunste van die aanbod stem sonder dat iemand weet. Kat sal haar kop op 'n blok sit dat Nick altyd kry wat hy wil hê.

HOOFSTUK 21

Ortega staan uit sy leerstoel op en stap op en af deur sy ruim kantoor. Dit is middag, en vanuit sy vollengte venster kan hy mense sien rondskarrel in hul middaguur in die straat daar onder. Mohammed se stem neul deur die luispreker en spoeg 'n lys verskonings uit wat Ortega al te veel van tevore gehoor het.

"Mohammed, spaar my die leuens. Ek is moeg vir jou flou redes oor waarom jy nie kan lewer nie. Hierdie diamante is nonsens – jy weet dit en ek weet dit. Hoekom erken jy dit nie en spaar my die stront?"

Ortega is woedend. Hy is siek van Mohammed se eindelose verskonings. Hy gaan sit weer.

"Maar Señor Ortega, ek belowe jou dat–"

"Genoeg!" Ortega slaan met sy vuis op die uitgekerfde mahonielessenaar. Hy is doodeenvoudig ingeloop deur Mohammed en sy Libanese trawante.

"My diamante is die beste gehalte. Asseblief, ek verstaan nie waarvan jy praat nie."

"Ek dink jy weet. Ek het die diamante laat toets. Jy loop my in, Mohammed. Ek kan nie gemors soos hierdie aflaai nie." Ortega tik met sy pen op die lessenaar. "Ek het hulle laat toets, so moenie vir my jok nie."

Die toetsuitslae het getoon dat die diamante selfs van 'n laer graad is as wat hy aanvanklik vermoed het. Nie alleen het die volume afgeneem nie, maar so ook die gehalte.

Ortega loop met lang treë na die leerbank voor die platskermtelevisie wat teen die muur gemonteer is. Hy gooi die stomende melk in sy koffie vanaf die skinkbord wat Luis oomblikke gelede stilweg ingebring het.

Die buitekant van Mohammed se winkel is die skerm, met dieselfde lui manne wat hul dag by die koffiewinkel langsaan verwyl. Ortega het kameras laat installeer aan die begin van die ooreenkoms om die aktiwiteite by Mohammed se winkel te monitor. Tye soos hierdie maak al daardie ekstra voorsorgmaatreëls die moeite werd. Hy gaan nou-nou verseker dat Mohammed hom nooit weer sou inloop nie.

"Mnr Ortega, ek sal regmaak. Ek sal dadelik met my verskaffers praat."

Mohammed se geneul hou aan soos hy sy saak bepleit, maar Ortega is glad nie simpatiek nie. Hy is vasgevang in 'n verskaffingsketting-bottelnek as gevolg van hierdie verneukspul. Hy het 'n eindelose behoefte aan diamante, maar Mohammed op die mees kritiese tyd nie gelewer nie. Om sy planne in hierdie laat stadium te verander, is onmoontlik. Mohammed is op die punt om baie duur te betaal vir sy infraksie.

Ortega frons terwyl hy na die skerm kyk. Hy is moeg gewag. Tyd om dit verby te kry. Hy tel tot vyf en druk die skakelaar. Terwyl hy emosieloos toekyk, ontplof die winkel van die binnekant af, en vensters en mure skiet buitentoe. Die telefoonlyn gaan dood. Mans hardloop uit die koffiewinkel uit, skree terwyl hulle oor die straat jaag om te ontsnap van die ontploffing.

Ortega het nog altyd verkies om kontrakte persoonlik te termineer. As hy dit nie self doen nie, kan hy nooit seker wees van die uitkoms nie.

Hy teug aan sy koffie terwyl hy 'n oomblik verwonderd staan oor die tegnologie. Hierdie mags-vertoon sou 'n paar jaar terug onmoontlik gewees het sonder dat jy uitgevang word. Nou is hy in staat om sy vyande uit te skakel met die druk van 'n knoppie uit die gemak van sy kantoor. Dit is onnaspeurbaar. Skoon en eenvoudig. Ortega heg baie waarde aan doeltreffendheid.

Die eerste rede vir Mohammed se dood was wraak. Ortega glo daaraan om wraak te neem, hoewel dit nie opmaak vir die groot finansiële verliese wat hy sou gely het as hy nie in staat was om sy reddingsplan vinnig uit te voer nie. 'n Tweede rede is intimidasie. Mohammed kan maklik vervang word, maar Ortega wil hê die boodskap moet die volgende verskaffer bereik. Hy sal nie toelaat dat hy eenkant toe geskuif word of ander toelaat om in sy besigheid in te beweeg nie. Daar is eenvoudig nie genoeg plek vir enigiemand anders nie, en daar is te veel op die spel. Die Libanese doen of sake met hom, of hulle doen sake met niemand nie. Ortega kan nie kompromieë bekostig nie. Volgende op sy lys is om die koper van die diamante – wat syne moes gewees het – uit te skakel. Hy sal hulle op een of ander manier kry, maar sy tyd is besig om min te raak.

Sy selfoon lui en onderbreek sy gedagtes. Dit is Nick Racine, iemand anders wat 'n les geleer moet word. Ortega dink na oor die Liberty-gebeure, en luister net met 'n halwe oor na Nick terwyl hy vir hom 'n tweede koppie koffie skink.

Die belegging in Liberty net voor die Mystic Lake-ontdekking het goed gedoen, en het 'n tienmalige wins getoon toe hy op die piek van die mark verkoop het. Deur sy aandele kort te verkoop voor Bryant se diefstal die media getref het, het hom weer 'n maklike verdubbeling van sy geld verseker. Die massiewe kortverkoop het Liberty se aandeelprys soveel laat val dat dit amper waardeloos was. Die *coup de grace* is sy hangende oorname van Liberty teen 'n brandskadeverkopingsprys.

Alles is egter nou in gevaar, sedert sy Kanadese makelaarsrekening onder die naam van 'n beleggingsmaatskappy, Opal Holdings, gevries is deur die Kanadese owerhede. Hy was plan om die rekening te sluit en die geld te gebruik om die Porter-aanbod te finansier. Asof dit nie genoeg is nie, is Nick Racine besig om hom in te loop en besig om 'n ander beter aanbod te soek om Porter se aanbod te oortref.

"Kyk, Nick. Ons het 'n ooreenkoms gehad. Ek het jou gehelp. In ruil verwag ek dat jy jou kant van die ooreenkoms nakom. 'n Ooreenkoms wat nie ander bieërs vir Liberty insluit nie. Jy het jou geld gekry. Nou wil ek hê wat aan my verskuldig is."

Ortega steek 'n Cohiba aan en vat 'n lang trek, terwyl hy die krui-agtige ondertone en tikkie sjokolade geniet. Die dag raak nou lank.

"Emilio, luister," sê Nick. "Ek weet wat ek doen. Jy wil hê dit moet wettig lyk, dan nie? As daar nie 'n tweede bieër is nie, gaan dit lyk asof die raad nie hul dinge reg gedoen het nie. Die aandeelhouers kan dalk die aanbod weier."

Nick mag dalk 'n bietjie vroeër geëlimineer word as wat hy beplan het.

"Nog 'n bieër dryf net my prys hoër. En jy ís basies die aandeel-houers. Al wat jy moet doen, is om die Braithwaite-aandele te sluit. Met hulle s'n en joune, is dit gedane sake. Ons het 'n ooreenkoms. Ek was goed vir jou, Nick. Moenie my inloop net om 'n ekstra paar rand te maak nie."

"Emilio, om 'n tweede bieër te kry, sal suspisies uitskakel. Ek kan nie in die openbaar 'n ongevraagde aanbod ondersteun nie. As 'n direkteur, moet ek aandui dat ek ander alternatiewe geëvalueer het en die beste een aanbeveel. Ten minste as 'n ander aanbod na vore kom, lyk dit kompeterend. Porter kan die bod effens lig, en dan is Liberty joune."

"Nick, neem dit as 'n waarskuwing. Ek gaan nie my aanbod verhoog nie. En raak ontslae van die forensiese boekhouer. Sy vra te veel vrae."

"Ek werk daaraan. Ons al haar afdank. Maar ons het haar verslag wat vir Bryant impliseer, eers nodig."

"Jy't gesê sy sou niks anders kry nie."

"Ek het nie gedink sy sou nie. Sy's beter as wat ek gedink het."

"Wel, om haar af te dank is nie goed genoeg nie. Jy moet van haar ontslae raak.

"Waarvan praat jy?" Daar is 'n lang stilte aan die ander kant. "Jy bedoel, haar doodmaak? Is dit nie 'n bietjie ekstreem nie? Ek het nie daarvoor opgeteken nie."

"Jy het niks gesê toe Bryant verdwyn het nie. Jy was tevrede solank jou dobbelskuld betaal is."

"Dit was anders. Buitendien, jy het gesê jy sou hom laat verdwyn. Ek het nie gedink jy sou hom doodmaak nie."

"Nick, wat dink jy gebeur wanneer mense verdwyn? Net omdat jy nie die sneller getrek het nie, beteken nie jy is nie medepligtig nie. Om Bryant te impliseer was jou idee, onthou? Jy is net so skuldig."

Ortega maak seker dat daar geen twyfel daaroor is nie. Wanneer hulle vir Bryant kry, sal hulle Nick se DNS ook op die toneel kry. Ortega moet net geduldig genoeg wees om die Liberty-oorname te voltooi. As hy eers vir Liberty het, sal Nick nie meer saak maak nie. Ortega beëindig die oproep. Genoeg van Nick vir een dag.

Hy druk sy sigaar dood in die marmerasbak en sy gedagtes draai na Clara toe.

Steeds geen nuus nie. Sover hy weet, is haar aksies besig om volgens plan te ontvou. Die stilte maak hom nog steeds ongemaklik. Sy kan dalk in die versoeking kom om risiko's te neem. Onnodige risiko's. Al wat hy kan doen, is om vir haar oproep te wag.

Hy het haar teen sy sin in die besigheid betrokke laat raak, net omdat sy daarop aangedring het. Hy is nou spyt daaroor. Hy ken haar, en tog verbaas sy hom met tye. Sy is taf, slim en onoorwinlik, maar sy is ook sy dogter. Hy bekommer hom oor haar. Sy wêreld is veels te gevaarlik vir 'n vrou.

HOOFSTUK 22

Dit is nou amper tien nm. Terwyl sy ry, dink Kat voortdurend aan die motief agter die vyandige oorname. Liberty se aandeelprys is op 'n algehele laagtepunt, maar dit is ook in 'n ernstige gemors, wat dit 'n onaantreklike teiken maak. Die uitvoerende hoof het genoeg geld gesteel om Liberty tot op die rantjie van bankrotskap te dwing, en twee mense wat met die maatskappy geassosieer word, is dood aangetref. Porter se tydsberekening is perfek. Kat dink nie vir 'n oomblik dit is toevallig nie.

Sy tob oor die moontlikhede terwyl die reën teen die windskerm spat. As Nick en die trust beide ten gunste van die aanbod stem, kry Porter vir Liberty. Nick op sy eie kan die verkoop afdwing slegs as hy "ja" stem met sy aandele en al die openbaar-verhandelde aandele stem ook "ja" vir 'n tweederde-meerderheid. Die trust, teen vyf-en-dertig persent, het nie genoeg aandele op hul eie om 'n faktor te wees nie. Selfs indien al die openbaar-verhandelde aandele ook ten gunste van Porter se aanbod stem, sal dit saam met die trust slegs op sestig persent te staan kom - nie genoeg vir 'n tweederde-meerderheid nie. Wat kyk sy mis?

Sy ry stadiger toe sy die gladde asfalt en die straatligte van die hoofstraat verlaat. Haar oë raak stadig gewoond aan die onverligte pad en sy op die Toyota Celica se enkele werkende hooflig staatmaak. Om tussen die gate en slote deur te navigeer en ver genoeg van die skouer af te bly, met die rivier net 'n paar meter verder, verg al haar konsentrasie. Die reën stort nou met stote teen die windskerm neer en dit is moeilik om verder as 'n paar meter voor haar te sien. Hoekom het sy nie die houtboks met haar laaste besoek aan Takahashi gevat nie? Die ontdekking van Ken se liggaam was 'n skok, maar ten spyte daarvan, het dit net nie by haar opgekom om dit bloot te vat nie.

Sy besef nou dit was waarskynlik die enigste bewyse wat sy haar hande op sou lê wat die diamante se oorsprong bewys. Wie ookal daardie diamante by Mystic Lake plant, hou verband met die gesteelde geld – en sy sal 'n weddenskap aangaan – met die Takahashi en Braithwaite-moorde. Die polisie het dit waarskynlik nou al gekonfiskeer, maar daar is 'n kans dat hulle dit misgekyk het. Sy bid dat dit nog daar sal wees.

KSy leun vorentoe en skreef haar oë terwyl sy probeer om Takahashi se oprit deur die stortreën raak te sien. Die ruitveërs vee die windskerm vir 'n splitsekonde skoon en wys die sloot reg voor haar. Sy draai die stuurwiel skerp na links, en spring rakelings 'n modderbad vry. Sy trek by die oprit in en parkeer langs die huis. Sy skakel die enjin af en sit doodstil totdat haar hart ophou bons.

Sy gryp haar flitslig en stap met 'n sukkelgang in die modderige oprit af in die rigting van die agterdeur. Die stilte word slegs verbreek deur die reëlmatige druppels van die lekkende huisgeute, wat van die poele in die oprit af spat. Geen hond wat blaf nie, geen polisie-inspekteurs nie en geen moordtoneel nie – anders as die vorige keer toe sy hier was. Kat wonder vir 'n oomblik oor die lot van Takahashi se Labrador. Sy het nie eintlik vroeër aan hom gedink nie – tot nou. Nog 'n slagoffer, dink sy hartseer toe sy om die agterkant van die huis na die trappe stap.

Die polisie bandkordon is nou verwyder, en alle tekens van die misdaad is weg. Die blindings is toegetrek voor die vensters. Vir enigiemand wat nie weet nie, sal dit lyk asof die eienaars met vakansie is.

Kat klim die trappies na die agterstoep op en probeer die deur.
Dit is oop en die knop draai maklik. Sy gaan by die portaal in, rig die
flitslig se straal op die houtrak bokant die hake teen die muur. Sy hou
haar asem op, amper te bang om te kyk. Dit boks is nog daar, blyk-
baar onaangeraak. Haar hande bewe toe sy die boks afhaal en die
deksel oplig. Die drie Mystic Lake-diamante wat Takahashi aan haar
gewys het met haar eerste besoek, is steeds daar. Een van die
oorspronklike pyp, en twee van die nuwe een.

Die rotse is die sleutel tot die geheim van die vervalste produksie-
syfers, die enigste manier hoe sy rowwe diamante kan kry sonder 'n
verduideliking. Dit sou die vervalste produksiesyfers of bevestig of
verkeerd bewys, en sonder bewyse het sy geen geloofwaardigheid nie.
Kat rol die klippe in haar hand rond, verbaas dat sy so gelukkig is.

Sy moet hulle vat. Dit is die enigste manier om diamante te kry
om te toets. Dit is nie regtig steel nie, regverdig sy haarself. Takahashi
het self gesê daar is iets snaaks aan die gang, en nou is hy dood, en sy
is die een wat dit moet bewys.

Terug in haar kar, met die verwarmer wat blaas, sit Kat die klippe
uit Takahashi se huis op die passasiersitplek neer en sy trek in tru-rat
by die oprit uit.

Sy hou die ligstraal van haar enkele hooflig dop en sorg dat dit op
die middellyn van die pad gerig is. Haar ruitveërs vee oor die winds-
kerm, en laat dowwe gedeeltes op die ruit waar hulle al verweer is.
Hoekom het sy dit nie al vervang nie? Sy is gelukkig dat daar nie
ander verkeer is om haar oor te bekommer nie.

Tien minute later, toe sy amper in die hoofstraat is, is daar skielik
'n verblindende lig in haar truspieëltjie, en 'n voertuig kom vinnig
nader van agter. Kat trap rem, 'n oomblik verblind, en verstel die
spieël. Die voertuig ry hopeloos te vinnig vir die weer, maar daar is
nie plek om af te trek nie.

Die ligte kom weer in sig toe die voertuig nader kom. 'n Trok, te
oordeel na die hoogte van die ligte, en hy ry op haar stert.

Sy ry vinniger, probeer ten minste remafstand tussen die Celica
en die trok plaas. Sy kyk na haar spoedmeter. Vyftien kilometer per
uur oor die spoedgrens in swak weersomstandighede. Nie ideaal nie,

maar die hoofstraat met sy straatligte is net 'n minuut of twee weg. Dan sal sy aftrek op die skouer en die idioot laat verbygaan.

Sy dink weer aan die diamante. Hoekom het Takahashi nie die diamante getoets nie, of het hy? Sy tel hulle van die passasiersitplek af op en druk hulle in haar sak.

Skielik is die Celica se binnekant soos daglig verlig. Die idioot gaan in haar vasry. Sy ry nóg vinniger, maar sy kan skaars die draai in die pad hanteer. Sy is nou al dertig kilometer per uur oor die spoedgrens, en sy kan skaars tien meter voor haar sien.

Sy klou aan die stuurwiel vas, voel hoe haar vingers styfspan terwyl sy op die pad voor haar konsentreer en die draaie op die onbekende pad probeer voorspel.

Die kar se binnekant word weer donker.

Toe tref die trok haar.

Sy trap die rem, maar al vier wiele sluit toe sy die volle krag van die trok agter haar voel. Haar kar gly oor die middellyn en draai sywaarts. Sy draai haar stuurwiel na regs, maar dis te laat. Toe die Celica buite beheer die pad verlaat, sien sy die rooi stertligte van 'n donker drieton-trok wegjaag.

HOOFSTUK 23

Die impak was ontploffend. Kat sukkel om te verstaan wat aan die gebeur is, en die kar wieg gevaarlik op die pad se skouer en tilt oor na die bestuurderskant toe. Sy gooi haar lyf oor na die passasierskant, terwyl sy haar hande op die stuurwiel probeer hou. Paniekbevange probeer sy die kar in die rigting van die dokke stuur, hopende om grond te wen en die kar tot stilstand te bring voor dit die water tref. Maar dit help nie.

Haar maag keer onderstebo toe die Celica op die klam houtoppervlak gly, sywaarts spin en oor die rant tuimel. Toe, donkerte. Niks behalwe swart en die klank van water om haar toe die kar in die ysige water van die rivier duik nie. Die kar dryf 'n oomblik en begin sink toe die enjin die voorkant eerste aftrek in die stilte van die modderige water in.

Kat beur aan die sitplekgordel, maar die gespe haak vas. Water lek in haar linkerskoen in terwyl sy dit sonder sukses heen en weer wikkel. 'n Siek gevoel oorval haar.

Niemand weet sy's hier nie. Sal hulle haar betyds kry? Sy probeer keer dat haar gedagtes met haar weghardloop. Sy moet dink wat sy volgende moet doen. Die koue water maak haar hande gevoelloos en dis moeilik om die gespe te manipuleer. Haar hart pomp woes in haar bors toe sy haar lot besef. Sy gaan doodgaan in die ysige water as sy nie lank genoeg kan konsentreer om die gespe los te kry nie. Sy wíl haarself om kalm te bly, en met uiterste wilsinspanning probeer sy nog een keer die gespe loswerk. Uiteindelik glip dit los.

Die water is al tot by haar knieë. Kat sukkel om die deur oop te kry. Sy baklei teen die paniek. As sy nie helder kan dink nie, gaan sy nooit uitkom nie. Die koue water maak haar lam en sy sukkel om haar arms en bene te beweeg. Haar broek is sopnat, en sy weet dis 'n kwessie van minute voor die binnekant van die kar vol water gaan wees. Die watervlak is besig om stadig maar seker te styg. Die water sluk haar in – reeds tot by haar middellyf. Die gedagte laat haar woedend na die kantvensters skop, maar haar krag is min met die water wat oor haar spoel. Sy besef skielik: daar is meer water aan die buitekant, en dit veroorsaak so baie druk teen die binnekant dat daar nie 'n manier is waarop sy dit gaan oopskop nie. Behalwe as die druk gelyk is aan altwee kante. Daar is nog te veel lug binne. Sy gaan nooit die deur so oopkry nie, behalwe as sy wag. Sy sal wag tot daar meer water in die kar is en dan weer probeer.

Kat skuif na die agtersitplek toe, wat nou teen 'n vyf-en veertig grade hoek met die water is. Die lugsak agter sal haar 'n bietjie tyd wen, maar op die meeste net 'n paar minute. Sy huiwer. Sy kan uiteindelik vasgekeer agter in die kar sit. Tog, dit is haar enigste hoop om uiteindelik uit te kom.

Die water styg stelselmatig, bereik die bopunt van die sitplekke, en Kat moet haar nek rek om haar mond en neus bokant die oppervlak van die water te hou. Die koue water is om haar, en dit maak dit amper onmoontlik om haar bors genoeg te laat uitsit om in te asem.

Binne minder as 'n minuut gaan die hele kar onderdompel wees. Sy voel na die vensterbeheer, vloek saggies toe sy besef: elektriese vensters werk nie in water nie. Sy beweeg haar liggaam sywaarts, trek haar been op vir 'n skop teen die ruit, maar in plaas van krag, voel sy 'n koue gevoelloosheid in haar bene. Sy is te swak. Sy sukkel om 'n tweede poging aan te wend, voel hoe die finaliteit van die donkerte oor haar vou en sien hoe die laaste lugsak deur die ysige water inge-sluk word.

HOOFSTUK 24

Iemand is besig om te roep. 'n Stem, vaagweg, maar dit raak al harder en harder. Kat fokus op die lig in die verte wat nader kom en weer verder gaan. Pyn skiet deur haar liggaam as sy probeer om nader te gaan. Dit begin by haar kop, loop langs haar rug af tot in haar regterbeen, af tot in haar tone soos elektriese stroom. Pyn klop deur elke sentimeter van haar liggaam. Pyn? Dit beteken sy is nie dood nie. En as sy nie dood is nie, waar is sy dan?

"Kat? Kan jy my hoor?" Die stem is nou nader en Kat maak haar oë stadig oop. Harry en Jace staan gebukkend oor haar, hul gesigte dryf in en uit fokus uit. Sy lê op 'n bed met kantreëlings in 'n eenvoudige, vaal kamer. Die enigste ander meubels wat sy sien is 'n stoel en 'n mobiele kostrollie met plastiekborde daarop.

"Waar is ek? Hoe laat is dit?" 'n Golf van naarheid oorval haar toe sy probeer regop sit. Alles in die kamer is skielik draaiend en uit fokus. Haar kop klop as sy probeer om weer te fokus op Harry en Jace. Sy krimp ineen en laat sak haar kop terug op die kussing. Dan onthou sy: die ongeluk, sinkende in die ysige water van die Fraserrivier.

"Jy's in die hospitaal, Kat. Dis half elf, en die dok sê jy moenie nou al beweeg nie." Harry tik liggies op Kat se arm. "Ontspan en slaap nog 'n bietjie. Jy sal later beter voel."

Half elf? In die oggend? Paniek omvou haar. Sy moet die klippe by Cindy kry vir analise, en sy het 'n ton ander werk om te doen, soos om Bancroft Richardson se Libanese kontak te ondersoek. Porter se vyandige oornamebod het ook 'n hele nuwe dimensie aan die eienaardige dinge wat by Liberty aangaan, gegee, en Nick se spertyd om die geld terug te kry, dreig.

Geen tyd om te mors nie. Sy moet uit die hospitaal uitkom – en gou.

"Ek moet regtig gaan. Ek het werk om te doen en ek–"

"Jy gaan nêrens heen nie, jong dame." Harry se stem het 'n vermandende ondertoon.

"Dok het gesê ten minste nog vier-en-twintig uur voordat hulle dit enigsins sal oorweeg om jou te ontslaan. Jy het harsingskudding, gekneusde ribbes, en 'n klomp ander snye en skrape. Wat het in elk geval gebeur? Die polisie sê jy het agter die wiel aan die slaap geraak. Onthou jy enigiets van gisteraand?"

"Wat?" Ek het nie aan die slaap geraak nie. Iemand het my van die pad afgery!" Kat is woedend. "Ek was in Rivierstraat toe 'n groot trok van agter af kom en in my vasry en toe–"

"'n Trok het jou getref?" vra Harry.

"Dis wat ek sê – 'n trok."

"Hoe weet jy dit was 'n trok? Was dit nie donker nie?"

"Ek het dit gesien. Sal jy my asseblief laat klaar praat?" Kat soek met haar regterhand vir die beheerknoppie van die bed. Uiteindelik kry sy dit en druk dit sodat sy die bed 'n bietjie kan lig.

"Oukei, oukei. Gaan aan."

"Toe ek draai, toe raak die kar buite beheer en beland in die rivier. Die laaste ding wat ek kan onthou, was dat ek vasgekeer is in my kar en dat dit besig was om te sink."

"Het jy die bestuurder gesien?" Vra Harry.

"Nee. Al wat ek gesien het, is die hoofligte in die truspieëltjie." Sy flits 'n oomblik terug na die oomblik voor die ongeluk: die Celica se binnekant vir 'n oomblik verlig deur die trok se hoofligte, dan vasgekeer deur haar sitplekgordel toe die motor van die jettie aftuimel. Sy ril.

"Jy seker, Kat? Die getuie sê daar was niemand nie. Die impak moes gewees het van die hawemuur wat jy getref het voor jy in die water ingegaan het."

"Watter getuie? Die trokdrywer?"

"Taxibestuurder," sê Jace.

"Daar was nie 'n trokdrywer nie," sê Harry.

"Jy glo my nie? Ek sê vir jou, Oom Harry, iemand het my van die pad af gestamp." Kat se stem styg van frustrasie. "Jy was nie daar nie – ek was."

"Ek twyfel nie dat jy dink dit het gebeur nie, Kat. Dit is maklik om foute te maak as jy moeg is."

"Ek weet wat gebeur het. Jy sal die bewyse op my kar sien."

"Wel, jou kar is in die rivier. Die polisie is nie eens seker of hulle dit kan uittrek nie."

"Jy is baie gelukkig, Kat." Onderbreek Jace haar. "Die cabbie was op pad in die ander rigting toe hy sien hoe jy van die pad af ry."

"Maar daar was niemand anders daar nie." Niemand nie."

"Hy's die een wat die polisie gebel het. Gesê jy het heen en weer oor die pad gery asof jy dronk is. Dis wat hulle sê van te min slaap – dis net soos drink en bestuur."

"Ek sê julle – ek is van die pad af gery! Dit was 'n groot trok. Ek weet nie hoe enigiemand dit kon gemis het nie. Iemand het my probeer doodmaak!" Kat sit skielik regop, maar lê gou weer toe 'n skerp pyn deur haar liggaam skiet.

"Ja, toe nou maar, Kat," sê Jace. "Lê maar weer."

Sy voel hoe haar gesig warm word van woede toe sy vir Jace kyk.

"Jy was reg oor Buddy. Iemand probeer keer dat ek dieper in Liberty se dinge grawe."

"Miskien is dit tyd om die handdoek in te gooi, Kat. As iemand regtig besig is om jou te jag, is dit nie jou veiligheid werd nie."

"Ek kan nie. Nie nou nie. Nie terwyl ek so naby daaraan is om uit te vind oor Bryant en die geld, en om die bedrog by Mystic Lake te ontrafel nie. Ek moet terugkom by die kantoor!" Kat besef dit met 'n skok. Enigeen wat so baie moeite doen om haar van die pad af te ry, moet weet wat sy ontdek het. Dat sy bewus is van die vervalste produksiesyfers. Hulle sal tot enige uiterstes gaan om haar en die bewyse wat hulle inkrimineer, te vernietig.

"Laat my gaan, Kat. Ek sal dit hanteer," dring Harry aan.

"Nee, jy verstaan nie. Ek moet hulle keer voor hulle die papier-spoor vernietig."

"Kat, jy gaan nie uit hierdie hospitaal uit nie. Die verpleegster en die dokter sê altwee so. Laat Harry gaan." Jace trek die kostrollie oor haar bed. "Eet ten minste ontbyt."

"Oukei," sê Kat. Sy rits 'n lys lêers af wat Harry saam met haar skootrekenaar vir haar moet bring. Om enigiets vir Harry te vra, benewens om die telefoon te beantwoord en liassering, is om te vra vir 'n katastrofe. Aan die anderkant, niemand buiten Harry sal daardie lêers kan kry met sy deurmekaar liasseerstelsels nie. Kat neem 'n happie van haar roosterbrood. Dit is pap en yskoud.

Om die geld vandag te kry terwyl sy vasgekeer is in die hospitaal, is onmoontlik. Selfs as sy dit regkry om die Libanese konneksie na te spoor, sal die banke daar al toe wees.

"Dit is ongelooflik. Ek kry uiteindelik 'n groot projek. Dan, wanneer ek begin vordering maak om dit op te los, probeer iemand my doodmaak! My kar is afgeskryf. Ek het nie geld vir 'n ander kar wat ek broodnodig het nie! En nou word ek gevange gehou in 'n hospitaal. Die dief wat ek jaag, is waarskynlik op die oomblik besig om al die bewyse te vernietig, en niemand glo my nie. En arme Buddy is dood as gevolg van my. Dit is die ergste dag van my lewe!"

"Dit is nie die ergste dag van jou lewe nie, Kat," sê Jace saggies.

"Nie?" Kat voel 'n glimmering van hoop.

"Nee, dis net die ergste dag van jou lewe *sover*."

"Jace, jy maak dat ek op die oomblik nie baie van jou hou nie. Dit was nou baie bemoedigend."

"Kat, al wat ek sê is dat jy nie weet wat die toekoms inhou nie. Wat my herinner – daar's nóg iets."

"Hoe sê?"

Jace oorhandig 'n gevoude stukkie papier aan haar. "Dit was op die voorstoep."

"Ek wil dit nie sien nie." Kat druk sy hand terug toe die beelde van Buddy deur haar gedagtes flits. Miskien is Jace reg. Liberty is nie al hierdie nonsens werd nie.

"Jammer. Dis anders as Buddy se nota. Handgeskrewe. Lyk vroulik."

Kat vou die nota stadig oop, steeds bang om te kyk. Die handskrif is klein en presies, maar geskryf in 'n bewerige handskrif.

Mulch the roses, cover their feet. The mint is overpowering. I saw him do it.

"Wie gesien?" vra Kat. Sy het nie ment in die tuin raakgesien nie. Ment neem oor, maar gewoonlik gaan dit dood met die eerste ryp. Beslis nie iets wat onmiddellik aandag vereis nie.

"Ek weet nie, Kat. Ek het gehoop dat jy sou weet."

Sy weet nie en haar kop is seer. Sy voel hoe die swaarte van slaap haar weer oorneem. Maar nie voordat sy sien hoe Jace oor haar buk en haar op die voorkop soen nie. Dit is die laaste ding wat sy voel toe sy terugsak in die diep slaap van algehele uitputting.

HOOFSTUK 25

K at skrik wakker met 'n ruk, en die bekende gevoel van paniek wat haar oorweldig. Sy probeer haar bene loskry, maar sy kan nie. Binne sekondes onthou sy alles.

Sy ril: die ongeluk, die hospitaal en die bed waarin sy lê. Dan slaak sy 'n hewige sug van verligting toe sy haar oë oopmaak. Haar voete is net onder die beddegoed vasgewoel – sy sit nie meer vasgekeer in haar kar nie. Die laaste 24 uur is 'n waas.

Sonlig stroom nou by die venster in en oor die vloer, en vang die spikkeltjies stof in sy pad, verhelder die dowwe, beige mure van die hospitaalsaal. Stemme en haastige voetstappe dryf in van die gang af, die gebabbel van die verpleegsters wat hul naweek bespreek. Kat maak 'n vinnige berekening. Maandagaand was sy by Takahashi se plek. En dit is weer oggend. Dit maak vandag Dinsdag. Dit tyd loop aan, en hoe gouer sy uit hierdie plek uitkom, hoe beter. Sy kyk na haar bedkassie. Haar skootrekenaar lê veilig daar. Harry het dit gebring, soos belowe.

Sy rol om en onderdruk 'n kreun toe 'n spasma deur haar ribbes skiet. Sy maak die laai oop en strek om haar foon te kry. Dit is daar, saam met 'n paar klam kwitansies, haar horlosie, en 'n handvol kleingeld. Dit moes in haar sakke gewees het toe sy uit die kar gehaal is.

Dan onthou sy. Die diamante! Waar sou dit wees? Het dit verlore geraak met die impak van die ongeluk? Indien wel, is dit vir altyd verlore. Kat se hart sink in haar skoene. Die diamante was haar laaste kans. Dit moet in die rivier wees, saam met die kar en sy inhoud, onmoontlik om uit te haal. Hoe anders kan sy Liberty-diamante kry om vir outentisiteit te toets? Dit is die enigste manier hoe sy ooit haar teorie van die vervalste produksie kan bewys.

Sy druk haar selfoon se knoppies. Dis dood. Die water het dit onherstelbaar beskadig. Die foon kan vervang word, maar die diamante nie.

Kat rol haar bene oor die rant van die bed en gebruik haar arms om haarself regop te stoot. Sy krimp ineen toe pyn deur haar liggaam skiet. Haar kop klop toe sy tot in 'n staande posisie kom. Sy voel liggies aan haar voorkop en die groot knop wat sy voel, is vuurwarm. Nog 'n skietpyn laat haar vooroor buig. Sy voel soos 'n gewonde, en al wat sy wil doen is om weer te gaan lê tot die pyn verdwyn. Maar nou is nie die tyd daarvoor nie. Die tyd raak min en sy moet 'n paar Liberty-diamante in die hande kry.

Sy skuifel in haar hospitaaljurk en pantoffels in die kamer rond, soek na die res van haar besittings. Waar is haar klere? Dit moet iewers in die kamer wees. Nog 'n skietpyn laat haar verstyf, terwyl sy treetjie vir treetjie in die kamer rondbeweeg. In 'n klein kassie agter haar bed wat sy vantevore opgemerk het nie, kry sy haar jeans en hemp wat sy aangehad het toe die ongeluk gebeur het. Sy voel deur die sakke, vol hoop dat sy die diamante sal kry. Niks.

Ook nie skoene nie. Sy is dus vir die oomblik in die hospitaal vasgekeer. Tot sy haar skoene kan kry en meer mobiel is. Sy skuif gelate weer terug in die bed – uitgeput.

Sy skakel die skootrekenaar aan en teken op haar e-posrekening in. Sy sif deur haar inboks en vee aanbiedinge van gratis vakansies, goedkoop voorskrifte en geld van Nigeriese bankiers uit. Die enigste waardevolle e-pos is van Susan Sullivan by Liberty, gister gedateer. Sy maak dit oop en verstyf toe sy die boodskap op die skerm lees.

Dit staar terug na haar toe—drie sinne in swart en wit, dat Kat se dienste nie meer benodig word nie.

Wat de hel gaan aan? Susan het niks genoem van afdanking by die laaste vergadering nie. In teendeel, sy het haar in haar vertroue geneem oor Nick. Dit is tog sekerlik 'n fout? Sy gaan vir Susan bel en alles uitsorteer.

Sy trek haarself regop en klim uit die bed uit. Sy kyk eers vinnig hoe sy voel. Die pyn is hanteerbaar solank as wat sy stadig beweeg. Sy glip 'n paar hospitaalpantoffels aan en stap dan stadig in die gang af. Sy voel soos 'n gevangene wat ontsnap, en vermy enige oogkontak met iemand in regte skoene terwyl sy by die verpleegsterstasie verbyskuifel in haar onvlyende hospitaaljurk. Gelukkig is die verpleegsters druk in gesprek en hulle sien haar nie raak toe sy verby loop nie. Sy moet 'n betaaltelefoon kry.

Uiteindelik kry sy een buite die Noodingang, reg langs die parkeerarea. 'n Groep rokers, heelparty aan 'n drup en ander apparate gekoppel, kyk nuuskierig in haar rigting. Sy is duidelik nie aangetrek vir die elemente nie. Sy ignoreer hulle en skakel Susan se nommer. Sy gebruik een van die munstukke wat op 'n manier in haar broeksak agtergebly het. Sy besluit om nie vir Susan te sê waarvandaan sy bel nie.

"Susan Sullivan."

"Susan. Dis Kat. Ek weet jy't my verwyder van die saak, maar daar is iets waaroor ek met jou moet praat. Dis belangrik."

Daar is 'n lang stilte aan die ander kant.

"Kat, ek is jammer dat dit nie uitgewerk het nie. Ek is regtig. Ek moet gaan. Ek het baie werk met hierdie oorname."

"Maar Susan, die geld is net 'n gedeelte van die storie. Daar is iets wat jy moet weet van Mystic Lake."

"Regtig, Kat, ek het nie nou tyd om te luister na een van jou teorieë sonder bewyse wat moontlik of moontlik nié iets te doene het met die vermiste geld nie. Noudat ons die geld na Libanon nagespoor het, behoort ons dit te kan terugkry. Ek moet nou gaan. Tot siens."

Ons? Kat het die geld nagespoor tot in Libanon, nie Susan of enigiemand by Liberty nie. Met Jace se hulp, natuurlik, maar Susan weet nie daarvan nie. Hoe gerieflik vir Susan om krediet te neem vir iets wat sy nie gedoen het nie.

"Susan, asseblief, moenie neersit nie!" Kat gil amper in die gehoorstuk in. 'n Oorgewig vrou in die rokersgroep hou in die middel van haar sin op met praat en staar Kat aan asof sy besete is.

"Jy moet na jou ring laat kyk, Susan. Die diamante kom nie van Mystic Lake af nie. Ek kan dit bewys. Iemand is besig om die uitset by daardie myn te vervals met onwettige diamante."

"Kat, dis mal. Natuurlik kom dit van Mystic Lake af. Dit was een van die eerste klippe uit die pyp. Ek weet eerlikwaar nie waarvan jy praat nie. Ek moet regtig nou gaan."

Kat besluit om te waag. Daar is nie 'n manier waarop sy dit kan bewys sonder om Susan se ring te laat ontleed nie. Maar sy het nie 'n keuse nie.

"Susan, die diamant in jou ring is van 'n myn in Afrika. Ek het die toetse om dit te bewys."

Stilte aan die anderkant van die lyn, dan 'n klik. Susan het neergesit.

Kat stap terug na die saal, haar gekneusde ribbes pyn met elke tree. Die gevoel van dringend-heid wat sy ervaar het word vervang met een van moedeloosheid. Tegnies het sy gedoen waarvoor sy gehuur is, selfs al is die geld nog nie terug by Liberty nie. Om van Susan en Liberty te vergeet behoort vir haar verligting te bring. Sy sal 'n makliker kliënt kry - een waarvoor sy nie haar lewe hoef te waag nie. En sy sal tyd hê om vir Jace te help om die huis reg te kry om te verkoop.

Maar om nog te leef, is net geluk. Wie ookal agter haar ongeluk sit, is ook verantwoordelik vir die moorde op Takahashi, Braithwaite en waarskynlik Buddy. Sy is dit aan hulle verskuldig om uit te vind wie hulle vermoor het. Miljarde op die spel beteken niks sal hulle keer nie, en afgedank of nie, hulle sal haar dalk steeds wil stilmaak. Iemand moet hulle vang en verseker dat reg geskied. Is Susan so kortsigtig dat sy dit nie kan sien nie? Of is sy medepligtig in die bedrog?

Die verpleegsters is nêrens te sien toe sy terugstap nie. Sy stap in haar kamer in en word begroet deur Tannie Elsie, en 'n eienaardige reuk wat sy eers nie kan plaas nie. Sandelhout.

"Tannie Elsie! Tannie kan nie wierook brand hier nie! Maak dit dood."

"Ek kan nie, hartjie. As jy dit eers aangesteek het, moet jy dit laat brand tot dit klaar is." Tannie Elsie staan op uit die stoel langs die bed en stap na haar toe, swaai die wierookstokkie deur die lug. Sy dra 'n turquoise brokaatjas met 'n geborduurde krisantpatroon, in lyn met haar nuutste tema van alles wat oosters is. 'n Eenvoudige swart rok en tweeduim-insteekskoene voltooi die prentjie. Dit is die enigste deel van haar lewe waar sy enige sin vir die praktiese toon, en vondse in *vintage* tweedehandse winkels kombineer met basiese klerekasitems. Sy hou vol dat enige pensioenaris uitsonderlik kan aantrek.

"Maar dis 'n hospitaal hierdie. Tannie kan nie goed brand nie! Gooi dit in die badkamer in die wasbak af. Sit dit onder die kraan." Kat het genoeg moeilikheid sonder om haar nog moeilikheid met die mediese personeel ook op die hals te haal. Ten minste is die hospitaal nie besig om van haar ontslae te probeer raak nie.

Elsie kyk seergemaak na Kat. "Ek is jammer, Kat. Ek probeer net 'n bietjie ambiance skep. Die plek voel so koud en inrigtingagtig. Ek is nie 'n Feng Shui-meester nie, maar hierdie kamer kort iets. Die wierook maak dit beter. Hier, kry bietjie tee."

Twee porseleinkoppies met varsgebroude Earl Grey-tee staan op die bedkassie en Kat besluit om nie oor die logistiek daarvan uit te vra nie.

"Hartjie, ek het nie 'n idee gehad dat rekeningkunde so gevaarlik is nie. Jy moes gaan verpleeg het, soos ek."

"Wag 'n bietjie, Tannie Elsie, is Tannie se konvooi nie in 'n lokval gelei toe Tannie in Afrika was nie?" Elsie was 'n verpleeglektor by UNESCO voordat sy met Harry getroud is.

"Wel, ja, maar ten minste weet jy met wie jy te doene het."

Kat kan nie sien hoe dit anders is om deur iemand geskiet te word wat jy ken as deur 'n vreemdeling nie, maar besluit om nie verder daaroor te redeneer nie.

"Tannie Elsie, Tannie was in Sierra Leone in die vyftigs. Het hulle diamante gemyn daar? Elsie het daar gewerk voor sy vir Harry ontmoet en met hom getroud is.

"Ja, hartjie. Het ek jou gesê dat Claude 'n diamanthandelaar was?"

"Regtig?"

Claude was Elsie se kêrel voor Harry. Kat het 'n bietjie van hom gehoor, maar het altyd aangeneem dat hy ook by UNESCO was.

"Hy het rowwe diamante gekoop en hulle verkoop aan diamantjuweliers in Antwerpen. Hy het sy geld as middelman gemaak."

"Waar het hy hulle gekry?" Kat sukkel om die vuurwarm tee afgesluk te kry. Dit brand haar verhemelte. Sy is onkant gevang met hierdie voorheen onbekende stukkie inligting.

"Soms van die myne, maar meestal van die individuele delwers. In Sierra Leone was daar baie eenmanbedrywe, ten minste in daardie tyd. Die meeste diamante is in die rivierbeddings gemyn. Rivierdelwerye is wat hulle dit genoem het. In elk geval, Claude het goed sake gedoen. Hy het 'n mark voorsien vir die delwers, en hulle het hom voorsien van die produk. Het ek ooit vir jou die diamantring gewys wat hy my gegee het?"

"Nee. Ek is seker dis mooi, maar ek wil eintlik weet of ..."

"O, Kat, dit is mooi. Dit sal eendag joune wees. Dit is 'n eenkaraat, briljantgesnyde geel diamant van die Konodistrik in Sierra Leone. Claude het dit vir my gegee net voor hy geskiet is."

"Geskiet? Deur wie?"

"'n Weermagkaptein. Hy wou 'n deel hê, net soos al die ander. Claude het geweier. Toe maak hy hom dood."

"Hy het hom doodgemaak? Wat het Tannie gedoen?"

Elsie vee 'n traan af.

"Daar was niks wat ek kon doen nie. Dis toe wat ek huis toe gekom het.

"Was Claude wettig? Was hy betrokke by die wettige handel of die swartmark?"

"Daardie tyd was almal 'n bietjie van altwee. Daar was nie regulasies soos nou nie. En daar was nie regtig 'n swartmark nie. Alles het deur dieselfde kanale gewerk. Dit kon deur die maatskappy gemyn word gedurende die dag, of deur nagdelwers wat die wagte omgekoop het om in die nag in te glip en te myn. Niemand het regtig op daardie manier daaroor gedink nie. Ek het 'n paar rowwe diamante ook. Dit lyk presies soos jou klippe, om die waarheid te sê."

"My klippe?"

"Jy weet, dié wat jy gister by jou gehad het. Net soos hulle."

"Tannie weet van hulle?" Kat se hart mis 'n slag. Miskien is daar tog nog hoop. "Weet Tannie waar hulle is?"

"Natuurlik, hartjie. Ek het hulle. Jy weet hoe hospitale is. Jy laat een ding buite lê, en voor jy weet, is dit weg. Ek het besluit ek hou hulle om hulle te bewaar."

"O, Tannie Elsie, tannie het geen idee hoe belangrik dit is nie! Kan tannie hulle terugbring?"

"Ja, hartjie. As jy uit die hospitaal en veilig terug is by die huis, sal ek dit vir jou teruggee. Nou waar het ek hulle gesit? Hmmm....kluis of my juwelierskissie? Ek kan nie nou onthou nie."

"Probeer dink, Tannie Elsie. Asseblief? Dis regtig belangrik."

"Ek sal, hartjie, ek sal. Dit sal terugkom. Dit mag dalk 'n paar dae neem, maar ek sal onthou. Dinge gaan maar 'n bietjie stadiger as jy my ouderdom bereik. Maar dit sal terugkom. Jy sal sien."

Teen haar beterwete besluit Kat om vir Jace en Oom Harry nog meer te betrek. Sy moet die diamante so gou as moontlik by Cindy kry. Haar toekoms hang daarvan af.

HOOFSTUK 26

Gister se hospitaalontslag voel soos antieke geskiedenis en Kat is dankbaar om uit te wees. Sy is besig om geheg te raak aan Verna se huis. Tina spin langs haar en sy het 'n nuutgeverfde, skoon kombuis met 'n yskas vol kos – danksy Jace.

Houers met meel, suiker en ander bestanddele, waaronder ook die Franse kookkuns se staatmaker, botter, staan uitgesprei op die toonbank. Elke bord, stukkie gereedskap en elke sentimeter van die toonbank is in gebruik, maar met die kombuis se uitleg voel dit nie deurmekaar nie.

Sy het Verna se resepte opgespoor toe sy Maandag die kaste reggepak het, en het 'n paar vir haar Franse spyskaart gekies. Kat en Cindy het weke gelede al aandete beplan, voor Liberty Diamantmyne en voor sy haar woonstel verloor en Verna se huis gekry het. Dit was deel van haar multifaset-Parysmarathon-oefenprogram: om alles Frans te doen in die weke voor die wedloop. Alles, behalwe om Gitanes te rook of slakke te eet, bygesê.

Sy't niks gekry oor Verna toe sy haar ge-*Google* het nie - hierdie Verna, wat vir Martha Stewart 'n ding of twee sou kon leer, te oordeel aan haar huis. Jace het ook nie veel by die bure kon uitvind nie; die huis het reeds leeggestaan toe hulle twee jaar gelede ingetrek het.

Versamelaars van Lomoges-porselein en Julia Child-kookboeke verdwyn nie net spoorloos uit hul huise, of verloor hul huise in belas- tingverkopings nie. Versamelaars het te veel bagasie. Om die huis by die belastingverkoping te koop, mag geheel en al wettig wees, maar dit voel soos om iemand se bestaan te steel. Terwyl sy nie die redes vir Verna se verdwyning ken nie, kan Kat maar net die porselein, die Baccarat-kristal en die eeue-oue meubels soos 'n tydelike bewaarder vertroetel. Hulle kan nie die huis verkoop met al die skatte nie, maar wat moet hulle doen? Sy besluit om, soos met 'n werpsel klein katjies, vir hulle goeie huise te kry.

Die eier-alarm gaan af (die stooftydhouer werk nie meer nie) en Kat trek die oondmowwe oor haar hande. Sy multitaak—'n soufflé wag om in die oond te gaan sodra die Franse uiesop uitkom. 'n Vars mesclun-slaai wag geduldig op sy vinaigrette-sous. Sy kyk na die sop en stel die tydhouer vir nog tien minute.

Cindy gaan enige oomblik daar wees. Marathon-oefening beteken dat elke sekonde van jou lewe gewy word om aan kos te dink - die aankope, die voorbereiding. Om natuurlik by Liberty afgedank te word, het haar meer vrye tyd gegee, en vandag gee sy glad nie om vir die voorbereidingswerk nie. Geen hospitaalkos wat fyngemaak is of in 'n homogene massa op haar bord aangebied word nie. Uithon- gering is beter as daardie smaaklose pulp.

Sy staan en wag nog vir die Franse uiesop in die oond toe Cindy by die agterdeur inbars en Kat net betyds opkyk om te sien hoe Tina by die deur uitskiet voor dit toegaan. Cindy se arms trek Kat se aandag. Dis vol geskenke: 'n franse brood, 'n bottel Pinot Gris, en 'n bakkeryboks wat lyk asof dit 'n lieflike nagereg kan huisves.

"Mmmmm. Dit ruik lekker, Kat!" Sê sy toe sy vir Kat 'n drukkie gee. "Jy lyk nie sleg nie. Het jy jou kar teruggekry?"

"Nee. Die versekeringsmaatskappy sê dit kan weke, miskien maande wees voor dit uit die rivier gehaal word. So buiten dat ek nou werkloos is, is ek karloos ook!"

Cindy sit die sakke op die toonbank neer en help haarself aan 'n gevulde sampioen.

"Hierdie is heerlik." Sy druk nog een in haar mond. "In elk geval, dis goedkoper om nie te ry nie. Geen petrol, dienste of karwasse nie. In plaas daarvan hardloop jy oral."

"Dis soort van onprakties, Cindy.

Ek kan nie net sopnatgesweet by plekke opdaag nie. Buitendien, die hardloop maak dat ek net meer wil eet. Ek bestee omtrent net soveel aan inkopies as wat ek aan petrol bestee het."

"Hoekom moet jy altyd 'n voordele- en nadele-ontleding van alles maak? Ten minste help jy die omgewing. Waar's Jace?"

"Uit op 'n soektog alweer. 'n Langafstand-skiër word op Mount Seymour vermis sedert laas nag. Hy is 04:00 uitgeroep toe 'n patrol-leerder die skiër se kar in die parkeerarea aangetref het." Jace is 'n lid van die Noordkus Soek-en-Reddingspan. Uitroepe kom gewoonlik laatnag, wanneer familie en vriende die persoon as vermis aanmeld, of baie vroeg in die oggend, wanneer die ski-patrollie die kar in die parkeerarea opmerk.

"Wanneer sal hy terug wees?"

"Ek weet nie. Hy het nie gebel nie, so ek twyfel of hy sal terug wees vir aandete." 'n Soektog kan enigiets van 'n paar uur tot heel-party dae neem. Selfs ervare skiërs en stappers onderskat die Noord-kus-platteland, en raak gerus omdat dit na aan die stad is.

"Ek hoop hy's gou terug," sê Cindy. "Ek hoor die gletserrisiko is buitengewoon hoog op die oomblik."

Kat wil nie daaraan dink nie. Die Soek-en-Reddingspan word dikwels in gevaar gestel om skiërs te red wat willens en wetens buite die grense ski op soek na nuwe uitdagings. Sy verander die onderwerp.

"Het jy die diamante gekry?" Harry moes hulle aflewer nadat Elsie uiteindelik haar spesiale wegsteekplek onthou het.

"Ja, ek het hulle gekry." Cindy trek 'n klein pergamynkoevert uit haar handsak en hou dit uit. "Hier, ek wil hê jy moet dit terugvat."

"Nee! Jy moet dit laat toets. Ek moet bewys dat dit vuil diamante is, Cindy. Jy is die enigste een wat my kan help."

"Nie voordat ek weet waar hulle vandaan kom nie. Wie het hulle vir jou gegee?"

"Ee.. wel, ek kan later vir jou die detail gee. Die feit dat hulle onwettig is, is wat belangrik is. Jy wil mos misdadigers vang, dan nie? Ek belowe jou dit sal lei tot wie dit ookal is."

Kat trek die Franse uiesop-bakkies uit die oond en sit hulle op 'n rak om effens af te koel. Die kaas is gesmelt en mooi bruin, net soos die prentjie in die Betty Crocker-boek. Sy maak die kaas-soufflé gereed en sit dit in die oond.

"En wie sal dit wees?"

"Wel, ek het moontlikhede uitgeskakel en dit het my tot by 'n paar mense by Liberty gebring, maar ek kan nog nie vir seker sê wie nie. Maar ek weet die diamante is nie wettig nie. Ek weet waar hulle nié vandaan kom nie. Jy sal vir my sê waar hulle wel vandaan kom as jy die laboratoriumontleding kry. Ek is seker hulle is nie van Mystic Lake nie."

"Maar, Kat, ek kan nie net 'n handvol diamante bring en vra hulle moet sonder 'n rede getoets word nie."

"Daar is 'n rede. Ek het bewyse dat die syfers vervals is; twee mense is vermoor, en ek was volgende op die lys. Is dit nie genoeg nie?"

"Die ongeluk? Harry sê jy het aan die slaap geraak toe jy huis toe gery het."

"Nie heeltemal nie. 'n Trok het my getref, en as hulle my kar uit die dekselse rivier trek, sal die skade duidelik wees. En voor dit is arme Buddy doodgemaak. Dis toe ek die lelike nota gekry het. Jy móét my help, Cindy. Daar gaan veel meer aan by Liberty, maar as die diamante nie ontleed word nie, kan ek dit nie bewys nie."

Cindy sug.

"Jy is seker hieroor? Want as ons met niks vorendag kom nie, gaan ek in die pekelwater wees omdat ek kosbare hulpbronne gemors het. Begrotingsbeperkings en al – jy ken die dril."

"Ek weet hierdie diamante kom nie van Liberty af nie. Daarom moet hulle van iewers anders af kom. Jy het my vertel van die Kimberly-proses en die sertifiseringstelsel. Elke diamand se oorsprong moet gedokumenteer word. Gebaseer daarop, moet hierdie onwettige diamante wees."

Cindy sug en kyk oorwonne na Kat terwyl sy die wyn se kurk uittrek. "Goed, ek sal hulle laat nagaan. Jy skuld my."

"Ek weet. Maar jy sal sien. En jy sal vergoed word wanneer ons die ouens vang wat agter hierdie bedrogspul sit."

Tina miaau by Kat se voete. Snaaks. Tina het dan uitgegaan toe Cindy ingekom het. Miskien het sy 'n venster oopgelos. Tina hou nie van katkos nie. Sy verkies mensekos. Kat het elke soort katkos denkbaar probeer, maar Tina gaan eenvoudig op 'n hongerstaking totdat Kat toegee en haar gee wat syself eet. Veral kaas.

Kat rasper 'n handvol Gruyère vir Tina toe Cindy se selfoon lui. Cindy sit die diamante op die toonbank neer en stap uit om die oproep op die stoep te neem. Kat is gewoond daaraan; Cindy se geheime werk beteken dat sy nie kan toelaat dat iemand anders hoor nie – vir haar eie beskerming, maar ook ander s'n.

Kat kan die gevoel nie afskud dat sy dopgehou word nie. Sy tuur by die agterdeur uit, maar sien net vir Cindy, haar rug na Kat toe terwyl sy op die foon praat.

Sy trek die Franse uiesop van die afkoelrak af en sit dit op die tafel. Sy is net besig om die baguette te sny toe sy 'n beweging uit die hoek van haar oog sien. Cindy is nog buite, en sy verwag nie vir Jace voor oor 'n paar uur nie, indien enigsins.

Sy skrik toe sy skielik vir speurder Platt in die eetkamer se deur opmerk. Hy hou haar dop. Hoe het hy ingekom? Sy is amper seker die voordeur was gesluit. Die agterdeur word steeds deur Cindy geblokkeer waar sy 'n oomblik gelede met haar foon gaan staan het. As sy nie wakker was nie, het sy dit as 'n nagmerrie geklassifiseer. Sy besluit daar is nie plek vir mooipraatjies nie. Die ou is uiters ongeskik.

"Bars jy altyd in sonder om te klop? Wat wil jy hê?"

"Katerina, daar is geen rede om onbeleefd te wees nie."

Kat staar na hom, amper nie in staat om haarself te beteuel nie. Het hy gehoor toe hulle oor die diamante gepraat het?

"Sê my wat jy wil hê. Vra my enigiets. Kla my aan, of verklaar my skoon. Ek het niks verkeerd gedoen nie, en ek is moeg daarvoor om soos 'n krimineel behandel te word."

"Ek wil hê jy moet my die waarheid vertel. Hoekom is jy terug na Takahashi se huis toe?"

"Waarvan praat jy? Hoekom sou ek teruggaan soontoe?"

"Sê jy vir my, Katerina. Jy was Maandagaand daar. Ons het jou gesien."

"Julle het my gesien? Agtervolg julle my? Wie gee jou die reg om my so te teister?"

Op daardie oomblik besluit sy dat sy nie net nie van Platt hou nie, maar dat sy hom háát.

Cindy, wat die harde stemme gehoor het, vang Kat se oog aan die anderkant van die deur. Kat beduie vir haar om in te kom.

"Antwoord die vraag, Katerina. Hoekom was jy daar?" Platt se harde blou oë boor in hare terwyl hy sy arms voor sy bors kruis. Hy gaan blykbaar nêrens heen voor Kat nie sy vraag beantwoord nie.

Cindy kom binne, maar bly stil eenkant staan. Platt groet haar nie. In plaas daarvan bly sy oë op Kat gerig, en hy wag vir 'n antwoord.

"Al hierdie ondervraging oor Takahashi grens aan teistering."

"Ek loop nie sonder 'n antwoord nie." Hy bly na haar staar, terwyl sy oë niks verklap nie.

"Ek moes soontoe gaan. Ek moes gaan seker maak van iets."

Die diamante. Die glassienpakkie lê steeds op die toonbank waar Cindy dit gelos het. Kat probeer nie kyk nie, en hoop dat Platt nie sal agterkom nie.

"Ek het gesien jy sit iets in jou sak toe jy weg is. Betreding en verwydering van eiendom sonder toestemming is 'n misdaad. Ek behoort jou nou in hegtenis te neem."

"Jy kan my nie in hegtenis neem nie. Ek het niks verwyder nie. Ek het lekkergoed geëet en die papier in my sak gesit."

"Sersant Platt, is Kat 'n verdagte?" Vra Cindy.

"Kom ons sê sy's 'n persoon van belang. Ons kan haar nie nou oorweeg of uitskakel sonder haar samewerking nie."

"Sy is dus."

Platt antwoord nie en hou aan om na Kat te staar. Sy voel soos 'n padda wat in die Biologieklas onder die mikroskoop ontleed word.

"Sersant Platt, onskuldige mense word vermoor. En iemand het Sondag probeer om my te vermoor. Maar jy weet dit reeds as jy my agtervolg. Ek het 'n paar vrae van my eie. As jy my agtervolg het, hoekom om hemelsnaam het jy nie iets gedoen toe die trok my tref en in die rivier laat beland nie?"

"Ons was nie eintlik besig om jou te volg nie. Ons het Takahashi se huis dopgehou en het jou gesien kom en gaan. Jy het nog nie my vraag beantwoord nie. Hoekom was jy daar?"

"Net rondgekyk. Vir bewyse wat jy misgekyk het. Die arme man is vermoor en jy soek op die verkeerde plek. Ek weet ek is nie die moordenaar nie, maar jy weet dit blykbaar nie. As jy nie jou werk behoorlik kan doen en die moordenaar kry nie, dan moet ek, vir Ken se onthalwe. Te veel tyd gaan verlore."

"Benewens die feit dat jy oortree het op private eiendom, het jy geen reg om 'n misdaadtoneel te betree nie."

Kat sien 'n splitsekond van vuur in Platt se koue blou oë. Sy het hom kwaadgemaak. Goed so. Twee kan die speletjie speel.

"Ek hoop jy praat die waarheid, Katerina. As jy enigiets uit daardie huis geneem het, gaan ek uitvind."

Cindy se mond val oop. Sy besef skielik waar die diamante vandaan gekom het. Sy maak dit net so vinnig weer toe en haar gesig raak uitdrukkingloos. Sy is ontsteld, maar sy bly egter stil en dra niks verder tot die gesprek by nie.

"Wat as ek kan bewys dat Takahashi vermoor is oor 'n toesmeerdery by Liberty?"

"Ek luister."

"Ek werk nog aan die detail. Ek sal jou laat weet as ek dit het."

"Moenie te lank wag nie. Ek gee jou een laaste kans – het jy enigiets uit daardie huis verwyder?" Platt se koel houding is weg en sy gesig is rooi. Sy besluit om dit uit te buit.

"Wat as ek het? Wat gaan jy daaromtrent doen?"

Cindy gee vir Kat 'n waarskuwende kyk.

"Peutering met bewyse word in 'n baie ernstige lig beskou. Benewens die feit dat jy oortree het, mag jy niks van 'n misdaadtoneel verwyder nie."

"Jy het nie vantevore daarvoor omgegee nie."

"Kom ek maak myself duidelik. Dis 'n misdaad, en as ek uitvind dat jy het, gaan jy aangekla word."

"Reg so. Maar jy moet al die mense wat 'n rede gehad het om Takahashi dood te maak, ondersoek. Hy is vermoor omdat hy te veel vrae gevra het."

"Hy is lank terug al by Liberty afgedank. As dit verband hou, sou hy toe al vermoor geword het. Moenie my van die spoor af probeer ly nie. Jy is steeds my hoofverdagte."

"Liberty was vyfmiljarddollar ryker 'n paar maande gelede, het nie bankrotskap in die oë gestaar nie en het nie 'n uitvoerendehoof-skandaal gehad nie. Jy is op die verkeerde spoor, en die tyd wat jy mors om my dop te hou beteken die moordenaar is vry om ander mense dood te maak. Hy het alreeds vir Takahashi, Braithwaite en waarskynlik vir Bryant ook vermoor. Wie's volgende?"

"Wag so bietjie. Ons het geen bewyse dat die moorde verband hou met mekaar nie. En Bryant word vermis. Hy is nie vermoor nie."

"Komaan, sersant Platt. Braithwaite is vermoor omdat hy uitge-sproke was en daar 'n magstryd tussen hom en Nick Racine aan die gang was. Takahashi is vermoor omdat iemand bang was hy gaan met my praat oor die vervalste uitsetsyfers by Mystic Lake. Weer, 'n konflik met iemand by Liberty. Hy is uit sy werk gedwing. En ek is amper doodgemaak terwyl ek aan die Liberty-bedrog gewerk het. Dit is redelik verdoemende bewyse dat dit alles aan Liberty verbind is. Bryant is die sondebok vir die vermiste geld gemaak. Hy het nie die geld gevat nie. Dit was betaling vir die diamante. Liberty word gebruik as 'n kanaal vir vuil diamante."

Kat verwag nie hy sal haar glo nie. En hy glo haar nie.

"Ek behoort nie die persoon onder verdenking te wees nie. Ek is in gevaar. Iemand dryf my in die rivier in na ek 'n dreignota op my dooie kat kry? Wat gaan volgende met my gebeur?"

"Pas jy maar net op wat jy doen. Jy oorskry jou grense." Platt draai om en storm by die patiodeur uit. Die reuk van brand kom van die oond af aangedryf.

Kat maak die oonddeur oop en vloek. Haar soufflé is verbrand en het platgeval. Maar dit is niks in vergelyking met Cindy se humeur nie.

"Kat! Hoe kon jy dit gedoen het? Nou's ek deel van jou enkelvrou-misdaadgolf. Dit was nie 'n lekkergoedpapier daardie nie. Jy het die diamante uit Takahashi se huis gesteel. Ek kan nie glo jy't dit gedoen nie!" Cindy deurboor 'n sampioen met meer krag as wat nodig is en breek 'n tandestokkie in die middel deur.

"Ek's jammer. Jy weet ek sou jou nie by die gemors betrek het as ek 'n keuse gehad het nie . As die diamante getoets is, sal ek my bewyse hê."

"Ek kan my werk verloor hieroor. As Platt uitvind dat ek betrokke is, sal ek nooit weer in die polisie kan werk nie."

"Nee, dit sal geregverdig word. Jy sal sien. Wag net tot die resultate terugkom. Ek belowe jou dat dit sal 'n diamantwassery uitwys. En dit sal Platt van my rug af kry en op die persoon se spoor wat verantwoordelik is vir Takahashi se moord."

Kat maak die nou koue Franse sop in die mikrogolf warm. Verseker 'n faux pas in enige opregte Parysenaar se boek, maar dit het die gewenste uitwerking.

Platt het 'n reputasie. Hy gee nooit op nie."

"Kan nie wees nie."

"Ek's ernstig. My loopbaan is op die koffie as dit sy moordondersoek in die wiele ry."

Cindy haal twee wynglase uit die kas en skink van die Pinos Gris. Die vriendelike Parys-vrolike ambiance van oomblikke gelede het verdamp.

"Maar hy's nie baie goed in sy werk nie, Cindy. Hy het nie daardie diamante verwyder nie. Waarom is ek die een wat die kolletjies verbind? As hy slim is, sal hy fokus op mense wat motiewe het vir Takahashi se moord. Ek het nie 'n motief nie."

"Diefstal."

"Wat?"

"Diefstal. Jy het die diamante uit sy huis gesteel. Dit maak dit diefstal."

"Maar as jy daardie diamante getoets het—"

"Kat, jy plaas my in 'n ongemaklike situasie. Eers kontamineer jy 'n moordtoneel, en dan gee jy vir my potensiële bewyse van daardie moordtoneel – wat jy gesteel het – sonder om vir my te sê hoe jy dit gekry het. Jy het my geïnkrimineer. Hoekom moet ek jou help?"

"Ek het gedink ek bewys jou 'n guns."

"Noem jy dit 'n guns? Ek bewys jou 'n guns deur jou agterent te red. Met my eie op die spel, om die waarheid te sê."

"Goed. Ek veronderstel jy's reg. Ek moes jou gesê het. Maar ek is seker die ontleding gaan wys dat dit vuil diamante is. Sal dit my nie ook uitskakel as 'n verdagte nie?"

"Ek weet nie of dit jou sal uitskakel nie. Ek bedoel, jou DNA is oral oor Takahashi se plek. Maar dit sal 'n ander motief byvoeg, wat ander verdagtes beteken. Daar is egter een ding wat Platt nie oorweeg het nie."

"Wat?"

"Dit is vir my vreemd dat jy 'n geveg teen Takahashi sou wen."

"Omdat ek 'n vrou is?"

"Ja. Selfs as jy langer as Takahashi se 1,7 meter is, het jy nie die liggaamskrag in jou bolyf as die meeste mans nie. As hy moes veg vir sy lewe, twyfel ek of hy sou verloor teen jou."

"Ek doen gewigte. Ek is sterker as wat jy dink."

"Ek kritiseer jou nie. Ek konstateer net 'n feit. Op die uiterste, indien jy in 'n lewe-en-dood stryd met 'n mes is, sal jy waarskynlik ook 'n paar merke hê. Ek is verbaas dat Platt dit nie bevraagteken nie. Of miskien het hy. Hy het net nie ander leidrade op die oomblik nie."

"Dis presies my punt. Hy probeer ook nie eintlik kry nie."

"Kat, ek is aan jou kant. Ek hou net nie altyd van die manier hoe jy dinge doen nie. Ek weet jy's nie 'n moordenaar nie. Kom ons los dit nou. Ek sal die diamante laat toets."

"Is jy seker? Jy kan enige tyd kop uittrek."

"Nie nou meer nie. Ek kan nie. Om die diamante te laat toets is die enigste manier om my naam skoon te kry. As Platt uitvind dat ek daardie diamante gehad het en niks gedoen het nie, is ek geskiedenis."

Kat sny die soufflé oop in die hoop om deeltjies te kry wat gered kan word. Daar is niks nie. Selfs Tina sal nie daaraan raak nie. Sy gooi dit in die drom en sit water op die stoof om te kook. Hulle sal tevrede moet wees met 'n Kraft-aandete.

"O, amper vergeet ek," sê Cindy en sy hou 'n toegevoude stuk papier na Kat toe uit. "Ek het dit op jou agterstoep gekry."

Kat vou dit oop. Dit is in dieselfde bewerige handskrif geskryf as die nota wat Jace haar gister gewys het, met een belangrike verskil. Die nota is onderteken.

Liewe Versorger,
My toer is verleng. Bly asseblief aan.
Die tuin lyk goed, maar die rhodo's kan doen
met 'n bietjie bemesting.
Groete, Verna

HOOFSTUK 27

K at raak ongeduldig. Audrey Braithwaite is vyf-en-veertig minute laat. Die kelner stap verby en hervul haar glas water met 'n grootse gebaar.

"Steeds wagtend vir jou vriende?"

Hy gaan nie veel van 'n footjie verdien met haar kraanwater nie. Dit is net voor elf en Carlisle's is vol sakemense. Die kelner is angstig om haar tafel aan 'n meer winsgewende eter te oorhandig. Sy sal binnekort moet gaan, of iets bestel van hulle spyskaart met sy buitensporige pryse.

Sy besluit om Audrey nog vyf minute te gee. Sy kyk na die kos op die nabygeleë tafels. Ook maar goed. Die voorgeregte is miniskuul. Kunstig gerangskik of nie, die slakke op die tafel langs hare herinner haar aan die natuurlewe wat sy vanoggend op haar sypaadjie gesien het. Sy sou net die uitgawe kon regverdig as dit die moeite werd is.

Kat dink na oor die versorger-nota van gister. Was dit regtig Verna, of net iemand se siek idee van 'n grap? Die handskrif lyk soos die van 'n ou vrou s'n, maar dit kan vervals wees. Kan Verna die persoon wees wat sy vroeër in die agterplaas gesien het?

As sy die persoon kan voorkeer wat die notas los, sal sy dalk haar antwoord kry. Miskien sal sy meer uitvind oor Verna en waarom sy haar huis opgegee het vir die belastingverkoping.

"Sy's hier."

Die kelner se stem trek Kat se aandag. Sy kyk op van haar spyskaart en sien die voor-op-die-wa kelner met Audrey aangestap kom. Alle tekens van arrogansie is weg, en hy glimlag breed terwyl hy haar na Kat se tafel agter in die restaurant lei. Te oordeel aan hul gebabbel, ken hulle mekaar, wat nie 'n groot verrassing is nie aangesien Audrey die restaurant gekies het.

Audrey lyk asof sy by die sestig kan wees, maar sy is goed opgepas. Kat stel haar 'n weermag van persoonlike afrigters, plastiese chirurge en wie ookal ryk mense nog aanstel om hul jeug te koop, voor. Sy flits 'n kunsmatige wit glimlag toe sy kom sit.

"Wat sal dit wees, mev. Braithwaite? Die gewone? En jy, juffrou? Nog 'n water?"

Audrey bestel 'n dubbel jenewer en tonikum vir hul albei voordat Kat kan beswaar kan maak. Haar kop sing steeds van gisteraand se Pinot Gris. Alkohol maak haar brein wollerig, en sy moet vinnig werk voor die alkohol sy uitwerking toon. Dit is nou of nooit.

Sy is ook versigtig-optimisties. Hulle mag dalk net kliek oor 'n paar drankies. 'n Klein tête-à-tête, en miskien kan sy die volgende kriminele daad keer.

Sy teug versigtig aan haar jenewer en tonikum en raak amper naar. Dit is suiwer alkohol en Kat se eerste sessie met jenewer. Nie eintlik smaaklik nie, maar sy is vasbeslote om in Audrey se goeie boekies te kom, maak nie saak wat nie. As dit beteken om sterk drank op 'n leë maag te drink, sal sy dit doen.

Audrey sluk hare met twee vinnige teue af.

"So jy is die meisie wat aan die Bryant-bedrog werk. Ek het baie van jou gehoor."

Klaarblyklik nie sóveel nie, of sy sou geweet het dat Kat afgedank is. En sy is beswaarlik 'n meisie, maar sy besluit om nie geaffronteerd te wees met Audrey se opmerking nie. Ouer mense onderskat altyd ouderdom om een of ander rede. Dis 'n vorm van self-ontkenning.

"Nou sê my: waaroor gaan dit?"

Kat bring Audrey op datum met die besonderhede van die Porter-transaksie en die kelner kom op hulle afgepeil met 'n vars drankie vir Audrey.

"So jy dink nie dis 'n goeie idee om aan Porter te tender nie?"

"Nee, ek dink u word uitgebuit. Iemand is besig om Liberty kort te verkoop op 'n massiewe skaal en dryf die aandeleprys af. Dit word waarskynlik georkestreer deur dieselfde mense wat probeer om Liberty teen 'n groot afslagprys te koop."

"Porter? Maar dis ons laaste kans om ons geld uit te kry. Ons aanvaar Liberty se aanbod of is bankrot. Daar is soveel skuld weens Bryant se diefstal dat ons nie 'n ander keuse het nie. Die aandele is waardeloos soos dit is. Wat anders kan ons doen?"

"Moenie die aanbod aanvaar nie. Om julle aandele te tender is om in Porter se hande te speel. Sien jy nie? Eers het hulle die aandeleprys gemanipuleer deur te *short*, en nou probeer hulle die maatskappy van julle afneem. Buitendien, Liberty se skuld is geherfinansier vir die kort termyn, so daar is nie gevaar van bankrotskap vir ten minste nog 'n paar maaande nie. Ons het net nog 'n bietjie meer tyd nodig om die vyfmiljard terug te kry."

Die kelner bring nog twee jenewers, een vir elk. Kat het nog driekwart om te gaan met die eerste een. Nie die kelner of Audrey lyk haastig met die kosbestelling nie. 'n Stukkie brood om die alkohol in haar maag op te neem sal ook lekker wees. Audrey neem 'n gesonde sluk en leun vorentoe en fluister sameswerend.

"Hou jy nie van die jenewer nie? Ek sal dit terugstuur as jy nie daarvan hou nie."

"Eee.. nee. Dis volrond, baie goed. Ek geniet net die smaak."

"Wel, daar is nog waar daardie vandaan kom. Moenie skaam wees nie."

Hoe doen Audrey dit? Sy is 'n fraksie van Kat se grootte, weeg skaars meer as 45 kg. Sy is 'n nr. 6, stereotipiese, anoreksiese sosiale matriarg. Kat met haar nr. 10 kom nie naby Audrey nie. Kat stuur in die stilligheid 'n skietgebedjie vir haar lewer op en vat nog 'n sluk. Sy sal later oor die gevolge bekommer. Die belangrikste is om Audrey te oortuig om nie die Braithwaite-familietrust se aandele vir die aanbod te tender nie. En op hierdie oomblik is jenewer 'n band wat hulle deel.

Audrey gaan voort, onbewus van Kat se alkoholdilemma.

"Ek moet erken, al hierdie korporatiewe sake verveel my. Alex het altyd na alles gekyk. Nou is hy weg. Alhoewel, Nick was baie behulpsaam die laaste tyd. Dis nogal 'n verrassing, as mens dink hoe hy my broer gehaat het."

"Regtig? Het Nick vir jou enige advies gegee?"

"Hy't gesê dit maak nie saak wat ons doen nie. Hy het gesê sy aandele sou die lot van die maatskappy bepaal. En hy's reg. Wat Nick ookal wil hê, dit kry hy. Alex het 'n hele paar struwelinge met hom gehad. Hulle het oor niks saamgestem nie."

"Waarom dink jy is Alex vermoor?"

"Ek weet nie. My broer was 'n bietjie van 'n heethoof. Hy het vyande gehad as gevolg daarvan. Baie mense wou hom uit die pad uit hê. Maar moord? Ek het nooit gedink iemand sou sover gaan om hom dood te maak nie."

"Sou Nick? Jy sê dat Nick vir Alex gehaat het." Kat is op dun ys. Die woorde is uit voor sy besef haar gedagtes kom by haar mond uit. Dis die alkohol wat praat.

"Nick? Hy het 'n paar swak karaktertrekke, maar hy's nie 'n moordenaar nie. Ouens soos Nick hou nie daarvan om hul hande vuil te maak nie. Hy sou dit nie doen nie. Mag dalk iemand anders kry om dit te doen, noudat jy dit noem. Kan 'n mens moord delegeer?"

"'n Mens kan enigiets koop as die prys reg is."

Audrey kyk lank na Kat. "Jy dink nie dalk Alex se moord het enigiets met hierdie oorname te doen nie?

Deur die waas van alkohol kan Kat sien dat sy uiteindelik besig is om tot Audrey deur te dring.

"Wel, die tydsberekening is interessant. Ek sou nie die moontlikheid uitskakel nie." Kat is seker dat dit verband hou. Sy kan nog net nie die kolletjies verbind nie.

"Nick sal onbestrede wees, noudat Alex weg is."

"Dit wil so voorkom. Behalwe as jy en jou familietrust besluit om hom te stuit."

"Wat kan ons doen? Die ander aandeelhouers is oortuig dat hulle nie 'n sent gaan kry behalwe as hulle hul aandele verkoop nie. Hulle aandele en Nick s'n is genoeg vir 'n oorname."

"Nick is reg oor sy aandele. Hy kan die stem swaai. Maar daar is een ding wat hy nie vir julle vertel het nie. Alhoewel julle familietrust nie die meerderheid aandele het om vir die oorname te stem nie, het julle genoeg aandele om die oorname te stuit. Die oorname het 'n tweederde-meerderheid nodig om voort te gaan. Die trust het vyf-en-dertig persent. 'n Honderd persent minus vyf-en-dertig, laat vyf-en-sestig persent – minder as die tweederdemeerderheid van ses-en-sestig present."

"Genoeg om die oorname en vir Nick te stop."

"Ja." Dinge is besig om in die regte rigting te beweeg. Kat neem nog 'n slukkie jenewer. Audrey sluk die oorblywende jenewer in haar glas af en die kelner verskyn skielik weer en sit nog twee jenewers op die tafel neer.

"Audrey, hoe sou Alex gevoel het daaroor om te verkoop?"

"Hy sou dit nooit oorweeg het nie. Hy het altyd gesê dit is net die begin vir Liberty, en dat hy in is vir die lang termyn. Hy het gevoel daar is soveel onontginde potensiaal in die Kanadese noorde, en Liberty is in die beste posisie om voordeel daaruit te trek. Dit was wat Pa ook altyd gesê het." Audrey kom vir 'n oomblik peinsend voor.

Net soos Bryant, dink Kat.

"Onthou, Audrey. Jy het 'n keuse. Selfs al het Liberty op die oomblik finansiële probleme, beteken dit nie alles is verlore nie. Ons het 'n regsfirma wat op die oomblik daaraan werk om die verlore geld terug te kry."

"Wel, Nick het gesê dis ons laaste kans. Die raad het ook aanbeveel dat ons die Porter-bod aanvaar. Hulle sal dit nie doen as hulle nie voel dat die aanbod redelik is onder die omstandighede nie. Ek wil nie my pa se maatskappy verkoop nie, maar ek wil ook nie hê dat die aandele waardeloos moet word nie."

Kat weet dat Audrey Braithwaite nie 'n dag in haar lewe hoef te gewerk het nie. Haar rykdom het sonder inspanning gekom. Alex het al die besluite geneem, en aangestelde professionele mense het al die details hanteer. Dit is waarskynlik die eerste keer dat Audrey oor enigiets moes besluit wat moeiliker is as watter kleur naelpolitoer om te dra. Dit moet skrikwekkend wees vir haar.

"Jy kan dit stop, Audrey. Jou broer sou. Jy hoef nie aan Porter te verkoop nie."

"Ek wens Alex was hier. Hy sou geweet het wat om te doen. Hy het altyd die regte ding gedoen, selfs al was hy soms 'n bietjie voortvarend daaroor."

"Audrey, dis alles in jou hande. Sonder jou 'nee'-stem, gaan die ander aandeelhouers magteloos wees. Moenie dat Porter misbruik maak van 'n oomblik van swakheid nie."

"Wel, ek weet nie. Miskien is jy reg. Gee my 'n dag om daaroor te dink."

Die aandeelhouerstem is oor twee dae. Audrey staan van die tafel af op en stap weg, skynbaar glad nie geraak na vier dubbel-jenewers nie. En ook nie met 'n leër beursie nie, besef sy met 'n skok. Audrey het haar pas met die rekening gelos.

HOOFSTUK 28

K at antwoord die foon met die eerste lui. Dis vir Harry, nie vir haar nie - wat nie 'n verrassing is nie. Harry kry meer oproepe by die kantoor as sy deesdae. Neerdrukkend. Haar ore spits toe sy hoor wie dit is wat bel.

"Wag 'n bietjie. Bancroft Richardson?" Kat spring uit haar stoel uit op, en mors koffie oral oor haar sleutelbord. Maar op die oomblik gee sy nie 'n duit om nie. Dit gaan waarskynlik in elk geval teruggevat word, en hierdie kan die deurbraak wees wat sy nodig het.

"Ja. Laat mnr Denton my asseblief bel oor sy rekening."

Kat bespeur 'n ligte neerhalende toon in die vrou se stem. Sy neem waarskynlik aan dat Kat die ontvangsdame is.

"Het dit enigiets te doen met Opal Holdings, Frank Moretti of Liberty?" Harry het seker die kantoornommer gegee om te keer dat Elsie dinge agterkom.

Die lyn is vir 'n oomblik stil.

"Ek is bevrees, ja. Ek moet met mnr Denton praat en hom verseker dat ons alles in ons vermoë doen om die kwessie op te los."

"Miskien moet jy met my ook gesels. Ek werk aan die bedrogsaak rakende Liberty. Ons kan aantekeninge uitruil." Kat sien nie die skade daarin om te jok nie. Net omdat sy afgedank is, beteken nie sy kon nie nog steeds aan die saak werk op haar eie nie. Sy mag dalk net die wêreld se eerste vrywilliger fornensiese rekeningkundige wees.

Minder as twee ure later sit Kat oorkant Rashida Devane in haar oordadig-gemeubileerde Bancroft Richardson-kantoor. Dis geleë in 'n wolkekrabber oorkant die straat van Liberty af en sy sou direk in Susan se kantoor kon inkyk was dit nie vir die getinte vensters van die Liberty-gebou nie.

"So Liberty het jou aangestel om aan die bedrogsaak te werk?"

"Ja." Tegnies is dit waar. Rashida het nie gevra of sy afgedank is nie, so sy bly stil daaroor. "En soos ek genoem het oor die foon, dink ek dat die aandeleprys gemanipuleer word."

"En dit is waar Frank Moretti en Opal in die prentjie kom?"

Kat knik terwyl sy in die vertrek rondkyk. 'n Mens kan baie aflei uit 'n persoon se kantoor. Rashida s'n is weelderig, die dekor in skakerings van wynrooi en donker hout. Die antieke mahonie lessenaar tussen hulle is in die middel van die kantoor, en die dakhoogte vensters word beklemtoon met swaar damask gordyne. Twee Tiffany-vloerlampe skep 'n goue gloed. As hulle eg is, is dit 'n groot belegging in beligting. Die meisie het vir seker 'n smaak vir die luukse. Beslis nie in lyn met die korporatiewe standaard wat Kat gesien het toe sy by Bancroft Richardson aangekom het nie. Kat glip haar skoen uit en voel die sagte wol van die Kashan-mat onder haar voet.

"Dis reg. Maar vertel my oor die verhandelings."

"Wel, ek kan nie met jou praat oor enige van ons kliënterekeninge nie. Dis vertroulik. Hoewel ek veronderstel ons kan oor die openbare aspekte van die saak gesels."

Rashida vertel Kat oor die groot volume van Liberty se aankope wat Frank gedoen het onder die drie fondse wat hy bestuur het, sowel as die volumes wat via Opal se transaksies gekoop is. Die onlangse transaksies vir die fondse was aankope. Daar was geen aankope of verkope vir Opal sedert die kortverkooptransaksie voor Bryant se verdwyning nie. Voor dit was die verhandelinge vir Opal en die fondse identies. Hulle het beide beduidende hoeveelhede Liberty-aandele gekoop net voor die Mystic Lake-ontdekking, en het kortverkoop net voor Bryant se verdwyning. Die tydsberekening is net te toevallig vir Kat. "Het jy al sy aflandige rekeninge opgespoor?"

"Watter aflandige rekeninge"

"Die enigste rede waarom hy geld sou waag op so 'n geldverloorder vir die wedersydse fondse is om die aandeleprys op te jaag. Waarom? Sodat hy sy persoonlike aandeel kan verloop." Kat het 'n berekende raaiskoot gewaag oor die aflandige rekeninge, maar sy moet oortuigend voorkom vir Rashieda. "Ek wed hy het 'n klomp geld vas in Liberty-aandele, en hy moet keer dat die aandeleprys val. Hy gebruik 'n aflandige rekening om waarneming vry te spring, waarskynlik 'n houmaatskappy sodat dit nie in sy naam is nie. Dring deur die korporatiewe sluier en jy sal sien dit is verbind aan Frand Moretti."

"Maar 'n deel van Bancroft Richardson se regulasies bepaal dat hy al sy beleggings moet verklaar. Daar was nie enige aflandige rekeninge gelys nie."

"Hy is nie juis 'n eerlike ou nie, soos wat jy so pas uitgewys het." Kat wonder of Rashida se onkunde opreg is en of sy voorgee.

"Dis waar," sê Rashida. "As ons veronderstel hy het 'n groot Liberty-belegging gehad, sou hy van sy eie rekening verkoop het dieselfde tyd toe hy groot hoeveelhede vir die fondse gekoop het, dan nie?"

"Ek dink so. Is daar 'n manier om dit na te gaan?"

"Die sekuriteitekommissie gaan al die transaksies na. Selfs as sy persoonlike verhandelinge aflandig was, sou hulle steeds deur die aandelemark moes gaan. Ons behoort hoëvolume-transaksies na te spoor deur die verhandelingsrekords te kontroleer. Alhoewel 'n mens waarskynlik 'n hofbevel sal moet kry."

"Dit behoort nie 'n probleem te wees nie. Die ondersoek is reeds aan die gang. Dis net nog een saak wat gekontroleer moet word." Kat kyk hoe Rashida 'n dik lêer uit haar lessenaarlaai haal.

Toe Rashida die lêer oopmaak, val 'n foto uit en beland voor Kat op die lessenaar. Haar mond val oop. Sy ken die gesig, selfs al verskil die haarstyl en -kleur. Kat tel dit op en gee dit vir Rashida terug.

"Hou jy normaalweg foto's van die direkteure van die maatskappy waarin jy belê?"

"Dis Clara de la Cruz, die sekretaresse van Opal Holdings. Ons word wetlik verplig om foto's van alle rekeninghouers in ons lêers te hê."

Kat het pas 'n groot deel van die legkaart ontdek. Die foto is van Susan Sullivan.

HOOFSTUK 29

'N Ligte reëntjie val toe Kat met Denmanstraat afstap na die supermark toe. Die reën is genoeg om haar vel klam te maak, maar nie genoeg vir 'n sambreel nie. Dit is vieruur en sy smag na stysel na haar jenewer-marathon saam met Audrey. Pasta, of selfs 'n homp Franse brood, dik gesmeer met botter, sal haar konsentrasie baie aanhelp.

Sy't gemaak of sy 'n afspraak het, en belowe dat sy Rashida môre sal bel. Sy voel skuldig omdat sy haar ontdekking geheim hou, maar sy kan nie die risiko neem dat Rashida Clara ontmasker voor sy nie 'n plan van aksie het nie. Die Susan/Clara-konneksie het alles in plek laat val. Nou het sy 'n plan nodig om Clara te ontmasker sonder die risiko dat sy vlug. En om Platt van haar rug af te kry en op Clara s'n.

Sy flap haar selfoon oop en druk die knoppies op die sleutelbord om vir Jace te bel terwyl sy loop. Sy bekyk die winkelpoppe in die vensters en dink aan Susan se geheime identiteit.

"Pas op!"

Kat het nie die ou man raakgesien nie. Sy grys reënjas maak hom amper onsigbaar teen die betonmuur. Toe hulle in mekaar vasloop, glip sy kierie sywaarts en val teen die muur, direk onder lekkende geut.

"Wat de hel gaan met jou aan?" Hy staan nou regop teen die muur, sy bleskop nat van die druppende water. Hy lig sy kierie tot by sy middellyf en wys na haar. "Stadiger!"

Kat mompel 'n verskoning net toe Jace optel. Sy vertel hom van die Susan/Clara-ontdekking net toe sy by die supermark instap.

"Wow! Wat sê jy is haar naam?"

"Clara—Clara de la Cruz."

Kat gryp 'n winkelmandjie. Sy kan ten minste maak of sy inkopies doen terwyl sy in die winkelgange kyk vir gratis monsters. 'n Sent gespaar is 'n pennie wat nie rente verdien op haar Visa-balans nie. Selfs suinig-wees kan pret wees met die regte ingesteldheid.

Kat hoor hoe Jace aan die anderkant van die foon op sy sleutel-bord hamer.

"Interessant ... Daar's 'n Clara de la Cruz in Argentinië wat onder-soek is vir geldwassery. Daar is 'n skakel na die artikel hier. Dit sê sy is nooit aangekla nie."

"Geldwassery? Dis beslis haar soort van ding."

"Daar's nog. Sy word verbind met een of ander grootkop-wapen-handelaar in Argentinië. Die ou se naam is Emilio Ortega Ruiz. Hy's haar pa."

"Clara het beslis goeie kontakte, net nie heeltemal soos wat ek gedink het nie," sê Kat terwyl sy op die bakkery afpyl.

"Ortega beheer grotendeels die verkeer deur die Driegrens. Hy hanteer meer wapen- en ammunisietransaksies daar as enigiemand anders."

"Driegrens?"

"Dis in Suid-Amerika," sê Jace, "waar die grense van Brazilië, Paraguay en Argentinië bymekaarkom. Dit is 'n reuse versendings-punt vir alles van grys elektronika tot gesteelde karre, meestal deur Paraguay. Brasiliane en Argentyne gaan soek oor naweke winskopies in Ciudad del Este, maar die meeste van hul vondse is gesteel of vervals."

"Nou onthou ek dat ek van die plek gehoor het. Dis ook een van die grootste sentrums vir internasionale spioene, terroriste en misdadigers in die wêreld." Kat glimlag vir die toonbankmeisie en steek 'n piesangbroodmonster met 'n tandestokkie raak.

"Kat dis 'n reuse storie. Ek het geweet dit is groot, maar nie soos hierdie nie."

"Dit word selfd beter. Clara het Liberty kortverhandel deur Opal Holdings. Die vyfmiljard is gebruik om Liberty-aandele kort te verkoop net voor Bryant se verdwyning aangekondig is. Toe Bryant se diefstal eers openbaar is, was Liberty se aandele waardeloos. En dit is tóé wat die kortverkooptransaksie gesluit is vir 'n reuse wins." Kat vertel Jace alles wat sy nog by Rashida uitgevind het oor Opal se verhandelings.

"'n Uitvoerende hoof wat aandele van haar eie maatskappy kortverkoop?"

"Ek weet," sê Kat. "Opal is 'n front. Ek dink Clara en haar pa is agter Bryant se verdwyning en die gesteelde vyfmiljard. Opal se kortverkope het natuurlik plaasgevind net voor Bryant verdwyn het. Waarom anders sou sy die aandeleprys laer dryf en haar bonus opgee?"

"Goeie punt. Sy verloor miljoene in bonusgeld maar wen miljarde van die kortverkope."

"Dis reg. Sy het die tydsberekening van die kortverkope beplan net voor sy Bryant se diefstal aangekondig het, want sy't geweet dit sou die aandele bykans waardeloos maak. Opal het Liberty-aandele verkoop vir ná aan 'n honderd dollar per aandeel kort voor die persverklaring. En koop dit toe terug vir pennies per aandeel en sluit hul posisie uit."

"Wat dink jy het hulle gemaak?"

"Rashida het my net 'n klein deeltjie van die lêer gewys, maar my raaiskoot is miljarde. Ons weet vyfmiljard is oorgedra na die rekening in Libanon. Al wat Rashida wou sê is dat Opal 'n reuse wins gemaak het. Wat is 'n reuse wins op vyfmiljard?"

"Geen wonder Susan was gewillig om vir twee jaar rond te hang nie," sê Jace.

Kat wag aan die einde van die sopgang, waar klein papierbekertjies met *butternut*, squash en rooipepersop op 'n silwer skinkbord gerangskik is. Daar is selfs 'n klein *crouton* in die middel van elke bekertjie. Sy gryp 'n bekertjie en skep 'n mondjievol met die klein plastieklepeltjie, en probeer om nie te slurp nie.

"Wat is daai geluid?"

"Ee.. niks. Daar is nog een finale stukkie van die legkaart."

"Wat's dit?"

"Porter. Amper-bankrot maatskappye soos Liberty kry nie gewoonlik tenders vir oorname nie. Hoekom wil Porter vir Liberty hê?"

"Wel, die prys is reg," sê Jace.

"Goedkoop prys, maar waar's die waarde? Liberty is gestroop van sy kontant, gelaai met skuld, en sy aandele is amper waardeloos."

"Daar moet 'n verklaring wees."

"Daar is. Ek dink Porter is op 'n manier verbind aan Opal. Opal Holdings se basis is op die Cayman-eilande. Volgens Porter se tender-dokument, is hulle basis ook in die Cayman-eilande. Miskien is dit nie al wat hulle in gemeen het nie."

"Dink jy Porter word beheer deur Clara of haar pa? Waarom sou hulle Liberty wou hê nadat hulle dit leeggetap het?"

"Om konflikdiamante te was. Onthou die produksiedata? Ek het geweet die syfers is vervals, maar ek kon nie agterkom hoekom nie. Diamante wat deur Liberty gekanaliseer word, kan as wettig voor-gehou word. Die uitdaging vir Clara en haar pa was om betaling vir die diamante te kry. Die vyfmiljard het vir van die diamante betaal, maar dit het so goed gewerk, dat hulle dit wou aanhou doen. Deur die maatskappy te koop, beteken die wins gaan terug na hulle toe."

Kat hoor nog 'n verdere getik aan die anderkant van die lyn.

"Jace, sê my asseblief dat jy nog nie hieroor skryf nie."

"Dis net 'n *draft*. Maak dit net makliker om later bymekaar te trek. Moenie bekommer nie, niks gaan nog koerant toe nie."

"Ek hoop nie so nie. Ek wil nie vir Clara skrikmaak voor sy nie gevang en aangekla is nie. Dit plaas alles in 'n heeltemal nuwe lig."

"En onderstreep wat jy nog die heeltyd gesê het – dat Bryant die sondebok gemaak is. Het jy nie gewonder hoekom sy jou vir so 'n groot saak gehuur het nie? Ek dink sy het staatgemaak daarop dat jy nie die verminte geld sou kon opspoor nie."

"Goeiste, Jace, dankie vir die mosie van vertroue."

"Wel, jy het gesê dat Nick een van die groot rekeningkundige firmas wou aanstel, maar Susan – ek bedoel Clara – het nie. Ek probeer haar net uit*figure*. Eers stel sy jou aan, en toe dit lyk asof jy iets regkry, toe dank sy jou af."

"Wel, sy gaan nie so maklik van my ontslae raak nie. Ek gaan haar verkeerd bewys."

HOOFSTUK 30

K at sluip by die huis uit, versigtig om nie 'n geluidjie te maak wat Jace kan wakker maak nie. Maar te oordeel aan sy gesnork, is hy vas aan die slaap. Waarskynlik steeds uitgeput van Saterdag en Sondag wat hy in die berge gespandeer het. Hulle het nie die vermiste skiër voor die vroeë môre-ure van Maandag gekry nie, en hy is werk toe sonder slaap.

Jace gaan beslis nie goedkeur waarmee sy besig is nie. Harry ook nie, veral as hy moet uitvind sy kar is op die punt om vir 'n misdaad gebruik te word nie. Maar sy het nie veel opsies nie. Sy draai die sleutel in die aansitter en ry in die rigting van Snelweg 99.

Kat seil met die snelweg langs in Harry se enorme Lincoln. Die kar is tweemaal die grootte van haar gewraakte Celica, maar dit versnel gladweg en doeltreffend. Die aaneenlopende voorsitplek is groter as haar rusbank en net so gerieflik. Harry het die laat-negentigs voertuig 'n paar jaar gelede gekoop en gespog dis sy *chick magnet*. Kat twyfel effens: geen bejaarde dames met loopramme jaag agter sy uitlaatgasse aan nie. Die Lincoln sal perfek saamsmelt in die bejaarde White Rock, as iemand enigsins nog wakker is op hierdie uur.

Sy sing *Beyond the Sea* saam met Bobby Darin op die goue-oues-kanaal, en vergeet vir 'n oomblik die ernstige taak op hande. 'n Ligte reëntjie peper teen die windskerm in die koue geel gloed van die natrium snelwegligte terwyl sy in 'n suidelike rigting ry.

'n Paar minute later dwaal haar gedagtes terug na Liberty toe. So baie vrae jaag deur haar kop. Wie is Clara de la Cruz en wat wil sy hê? Om 'n fiktiewe Susan Sullivan te skep en vir twee jaar die front voor te hou, is ongelooflik. Kat kan nie oor die toevallige gelukskoot van haar ontmoeting met Rashida kom nie. Dit is die groot deurbraak wat sy nodig gehad het – net op die regte tyd. Die Lincoln ry met die afrit langs terwyl sy probeer om die stukkies bymekaar te pas.

Clara verteenwoordig Opal Holdings, die maatskappy aan die ontvangkant van die verduisterde geld, tog in haar rol as Susan Sullivan, werk sy ook vir Liberty. Kan dit beteken dat sy op een of ander manier by die moorde betrokke is? Een ding is seker – volgens die geldspoor kan sy beslis verbind word met die Paul Bryant se verdwyning.

Kat parkeer 'n paar blokke van Beachgrovestraat aan die einde van 'n doodloopstraat. Harry het haar die kar geleen - sonder vrae. Baie vertrouend van hom, in ag genome dat die vorige kar waarmee sy gery het op die bodem van die Fraserrivier lê. In Harry se oë is daar geen sameswering nie. Sy was doodeenvoudig 'n swak bestuurder.

Kat stap in die rigting van Beachgrovestraat en voel soos 'n ninja in haar swart sweetpak. Sy hoor met elke tree die rubbersole van haar Adidas op die asfalt, so stil is die buurt. Sy kyk op haar horlosie. Dit is amper drie-uur in die oggend. Sy voel 'n bietie ongemaklik om alleen in 'n vreemde buurt te wees, maar enige tyd vroeër sou die kanse op ontdekking net groter gemaak het.

Haar plan is eenvoudig. Steel Clara se rommel en sif daardeur vir leidrade. Haar rekeningkundige gene is nie op die oomblik op hul beste nie, so dis tyd om prakties te wees. Sy kan nie bekostig om rond te sit en wag om te kyk wat volgende gaan gebeur nie.

Sy bereik die hoek en laat gly haar oë oor die huisnommers. Die huis is vierde van die hoek af met 'n vlooterfenisstyl. 'n Ronde loodglasvenster met 'n seeskulpmotief pryk op wat waarskynlik die binnekant van die trapportaal is. Daar is 'n groot stoep reg rondom die huis met twee Adirondack-stoele voor. Kat meen dit is waarskynlik net vir versiering. Clara is die laaste mens wat op 'n voorstoep sal sit om oor koeitjies en kalfies met verbygangers te gesels.

Die agterkant van die huis wys na die waterfront toe. Kat stap na die paadjie toe wat afloop strand toe, en kyk intussen na die ander huise vir ligte wat aan is aan die binnekant. Niks wat sy kan sien nie. Binne 'n minuut is sy op 'n sandstrand. Sy tel vier huise van die paadjie af. 'n Lig verlig die kombuis van die huis waar sy wil wees. Sy sien niemand binne nie. Sy sal gou moet werk as sy nie gesien wil word nie. Die metaalhekkie is oop, en Kat stoot dit wyer oop. Sy luister vir 'n kraak of 'n geluid wat haar teenwoordigheid sal verklap.

Sy kruip versigtig deur die gras na die huis toe, op die uitkyk vir honde wat haar teenwoordigheid kan aankondig en haar missie in die wiele ry. Als goed so ver. Hopelik hou Susan haar rommel agter die huis.

Skielik is die werf gebaai in lig. Sy duik kant toe en probeer saamsmelt met die skaduwees van die sederheining. Sy hou haar asem op, wagtende vir iemand om haar te ontdek. Sekondes gaan verby, maar niemand kom uit om ondersoek in te stel nie. Sy moes 'n bewegingsensor geaktiveer het.

Sy sien twee metaal vullisdromme teen die kant van die huis staan. En ontdek dat sy nie die enigste besoeker is nie. 'n Familie van drie wasbere is druk besig om die een drom se deksel te probeer afkry. Sy sluip nader. Sy is nou binne 'n meter en 'n half van die dromme af.

Die grootste wasbeer spring in haar rigting en sis vir haar, sy tande ontbloot. Hondsdolheid of nie – sy't die rommel nodig. Sy tree nader en bid dat hy nie sal byt nie. Sy is groter as die klein bandiet en sy staan vas. Kat sis terug en swaai haar arms. Die wasbeer staan doodstil. Hy kyk haar in die oë en spoeg na haar kant toe, daag haar uit om nader te gaan.

Skielik klingel 'n deksel op die grond toe die ander twee die vullisdrom oopkry. Slim klein blikslaers. G'n wonder 'n mens kry nie maer wasbere nie.

'n Vrouestem sny van die balkon af deur die donkerte.

"Wie's daar?"

Kat is doodstil. Die wasbere ook. Dit voel amper soos pouse. Behalwe dat daar nie springmielies is nie. Die stem onderbreek haar gedagtes.

"Lief? Iemand is buite."

"Lief? Clara, in haar Susan-mondering, het nie melding gemaak van 'n wederhelf nie. Kat het net aangeneem dat 'n werkesel soos sy alleen sou bly, sonder kêrel, kinders of selfs vriende.

Die deur gaan oop en Kat hoor swaar voetstappe op die dek bokant haar. Sy moet gou maak! Die wasbeer se oë bly op hare vasgenael. Hy en sy kamerade bly wagstaan by die dromme, ten spyte van die feit dat sy baie groter as hulle is. Kat kyk op. 'n Man kyk oor die balkon na onder, sy gesig weggesteek in die donkerte.

"Haai! Wat gaan daar onder aan?"

Daar's nie tyd om te mors nie. Sy jaag op die wasbere af en gryp die sak uit die oop drom uit. Die wasbere spat uitmekaar, maar nie voor die groter een 'n hou na haar been gemik het nie. Sy kloutjie dring deur haar sweetpakbroek en maak dat sy ineenkrimp van die skerp brandpyn wat dit veroorsaak. Hierdie vullis beter 'n klem-in-die-kaak-inspuiting werd wees.

Sy draai om en begin hardloop net toe die man by die trap afkom. Sy sleepdra die sak oor die agterste grasperk terwyl die man skuins oor die gras na haar toe hardloop en haar pad na die hek toe probeer afsny.

"Stop! Wat de duiwel doen jy?"

Kat draai om. Onder die sensorlig sien sy 'n lang, maer man wat na haar toe aankom, minder as 20 meter weg. Sy sal nie verbaas wees as die wasbere ook weghardloop nie.

"Wat de hel—? Haai! Sit dit neer!"

Kat se hart jaag toe sy by die hek kom. Sy kon sweer sy't dit oopgelos, maar nou is dit toe. Sy vloek terwyl sy vir die handvatsel voel, maar dit sit vas. Die man se gejaagde asem kom vinnig nader. Sy kyk om en sien hom nader kom, nou minder as tien meter van haar af.

Paniekbevange slaan sy die handvatsel en uiteindelik gaan dit los.

Sy ruk die hek oop net toe die man haar kraag beetkry. Sy gil en ruk los, hardloop deur die hek op die strand uit.

•Sy probeer hardloop terwyl haar voete met elke tree diep in die sand insak. Haar vinger haak in 'n skeur in die sak vas. 'n Skerp voorwerp steek uit die sak uit en slaan haar bobeen genadeloos met elke tree. Die rommelsak is nie vir al hierdie aksie gemaak nie, maar sy haal uit so vinnig as wat sy kan en hoop die sak hou lank genoeg tot by die kar.

Kat hardloop om die hoek, spits haar ore vir enige geluide agter haar. Geen voetstappe of gejaag na asem nie. Sy waag dit nie om stadiger te hardloop nie. Nog 50 meter tot by die paadjie wat straat toe loop. Sy hardloop so vinnig as wat die sak haar toelaat, druk dit teen haar lyf vas om te keer dat dit te veel beweeg. Die Lincoln kom uiteindelik in sig. Ten minste het haar marathon-oefen haar genoeg spoed gegee om onder haar die man uit te hardloop.

Sy gooi die sak in die kattebak, spring voor in en sit die kar aan. Die straat is steeds leeg; niemand het haar gevolg nie. Tog slaak sy nie 'n sug van verligting voor sy nie by die snelweg-afrit kom nie. Frank Sinatra speel oor die radio terwyl sy vinniger ry toe sy op die snelweg is.

Die aardige reuk van oorryp vrugte dryf van agter af vorentoe in die kar. Sy dink daaraan om die vensters oop te maak, maar dis te koud buite. Die reuk is so oorheersend, dat sy later tog die vensters afdraai en die verwarmer aansit. Harry sal iets oorkom as hy weet sy kar word gebruik vir die vervoer van stinkerige vullis wat onwettig bekom is. Miskien was die wasbere gelukkig om hierdie sak mis te loop.

Sy dink weer aan die man by Clara se huis. Hy kom vreemd bekend voor, selfs in die donker. Waar het sy hom al vantevore gesien?

HOOFSTUK 31

Kat sit kruisbeen, omring met vullis, hopies netjies gesorteer volgens soort. Sy voel soos 'n hawelose Martha Stewart op 'n rommelhoop-uitstappie. Groentemateriaal is op die hoop regs, plastiek by nege-uur links, en metale agter haar. Daar is 'n groot hoop papier reg voor haar wat sy nou versigting uitmekaar haal. Dit sal ure neem voor die papier droog genoeg is om oop te vou en te hanteer. Sy het 'n tuisgemaakte wasgoedlyn geprakseer oor die voorkant van die ontvangstoonbank. Dit herinner haar aan 'n boemelaarkersvertoning, maar mense met geen vaste adres kry waarskynlik nie Kerskaartjies nie.

Toe stap Harry in. Hy stop in sy spore, sy mond wawyd oop. Hy is vir 'n paar sekondes sprakeloos voor hy homself regruk.

"Wat de dinges gaan hier aan?"

"Nie veel nie, Oom Harry. Ek doen net 'n bietjie herwinning."

"Van wanneer af is jy 'n omgewingsbewuste?"

"Van wanneer af kom Oom sesuur soggens al hier aan?"

"Moenie die onderwerp verander nie, Kat. Wat is al hierdie gemors?"

"Ek was nog altyd groen. Ek kom maar net nou eers regtig in die ding in."

Harry tel 'n leë plastiekbottel op en draai dit om om die etiket te lees. Hy kyk na Kat, uitgeboul.

"Wag 'n bietjie! Hierdie is wasgoedversagmiddel. Jy gebruik dit nie – jy's allergies daarvoor. Wat's die storie?"

"Ek mag dalk 'n paar goed opgetel het wat rondgelê het. Probeer maar net my deel doen vir herwinning."

"Is jy mal?" Harry bestudeer die vertrek. "Is jy so bankrot dat jy nou op rommelhope besoek? Hoekom het jy nie net iets gesê nie?"

"Oom Harry, dis nie soos dit lyk nie."

"Jy hoef nie só ver te gaan nie, Kat. Waarom vra jy nie net vir hulp nie? Jy's enige tyd welkom vir aandete, en as dit geld is, wel, ek kan help tot dinge weer optel."

"Oom verstaan nie. Dit is Susan Sullivan se vullis. Ek is besig om daardeur te gaan omdat ek iets móét kry."

Harry kyk haar skepties aan.

"Ek gee nie om wie se vullis dit is nie. Nooit gedink my niggie sal 'n aasvoël word nie. Vet weet, ons het jou als gegee wat ons kon. Wat het met jou gebeur?"

"Ontspan, Oom Harry. Mense los baie interessante leidrade in hul vullis. En ek is so desperaat dat ek nou tot die uiterstes toe oorgaan. Ek moet iewers vuilspel van Susan ontbloot. Letterlik."

"Dit is belaglik. Gee my daardie sak nou dadelik. Ek gaan dit weggooi. Ons gaan Safeway toe om inkopies te gaan doen. Jy het 'n nuwe laagtepunt bereik, Kat. Jy verbaas my."

"Kalmeer, Oom Harry. Soos ek gesê het, is dit Susan se rommel. Net – sy is nie Susan Sullivan nie. Sy gee voor sy is Susan, maar sy is eintlik Clara de la Cruz." Kat vertel Harry van Susan se dubbele identiteit.

"Ek gee nie om of dit Susan, Clara of die pous is nie. Gemors is gemors."

"Verstaan jy nie? Susan, Clara, of wie sy ook al is – is betrokke by die Liberty-Opal handelsfiasko, en ek gaan uitvind hoe."

"Deur in haar gemors te grawe? Dis grillerig."

"Dis al wat ek het. Ek hoop sy het iets weggegooi wat my 'n

leidraad sal gee. Iets wat ons sal help om die persoon te vang wat die geld gesteel het."

Harry lyk asof hy die saak oordink. Aaklig soos dit is, as die saak oplos, kan sy Liberty-aandele dalk nog 'n ommeswaai toon.

"Oukei." Het jy nog 'n paar handskoene?"

"Hier. Ek het 'n stelsel, Oom Harry. Groente-afval gaan daar. Papiere word versigtig verdeel en uitgesprei om droog te word." Kat beduie in 'n boog met haar arm. "Enigiets wat nie in hierdie hope pas nie, kom daar in die hoek. Ons maak later 'n plan met daardie goed."

Kat draai na die glasmuur toe sy die hysbakdeur hoor oopgaan.

Dit is die binnenshuise versierder van oorkant die gang. Hy kom by die hysbak uit en gee Kat 'n skaars verskuilde grynslag voordat hy sy foon oopklap en vining 'n klomp nommers indruk. Duidelik besig om sy oggendafsprake te herskeduleer om te keer dat sy kliënte die mal mense in die latekshandskoene van oorkant die gang raaksien. Of miskien is hy besig om die opsigter vir die tweede keer hierdie week te bel. Nie dat dit saak maak nie. Haar huurpaaiement wat agter is, beteken in elk geval dat haar dae in die gebou getel is.

Kat besef dis nie 'n mooi gesig nie. Rommel in alle vorme van verrotting lê oor die vloer en op elke horisontale oppervlak van die ontvangsarea gesaai. Sy vestig haar aandag weer op Oom Harry, wat 'n corduroy-hemp opgetel het en dit met belangstelling beskou.

"Kyk net hier! So 'n vermorsing! 'n Perfekte hemp wat saam met die rommel weggegooi is." Hy kyk na die handelsmerk op die kraag.

"Haai, dit is duur. Hulle kon dit ten minste vir Liefdadigheid gegee het."

"Sies! Moenie laf wees nie. Sit dit terug."

"'n Goeie was en dit sal soos nuut wees. En dit is selfs my grootte." Harry hou die vuil hemp teen sy bors.

"Oom het nou net gekla oor my wat in die gemors rondkrap. Wat is besig om met Oom te gebeur?"

"O, nou goed, ek sal dit terugsit. Maar dis net nog meer vir die rommelhoop."

Skielik besef sy.

"Wag – moet dit nie weggooi nie!"

"Maar jy't nou net gesê ek moet."

Sy het binne 'n oomblik besef aan wie die hemp behoort. Dis die man wat haar van Susan se huis af gejaag het. Sy onthou ook waar sy hom vantevore gesien het.

Daardie man is niemand anders as Paul Bryant nie!

HOOFSTUK 32

"Moenie met my argumenteer nie. Loop nou."

Clara byt op haar tande toe woede in haar opwel. Haar pa gee haar nooit enige krediet nie, maak nie saak hoeveel geld sy vir hom maak nie.

Sy stem donder deur die gehoorstuk. "Ek moes nooit toegelaat het dat jy Liberty se hoof word nie. Dis te gevaarlik."

"Hoekom? Omdat ek 'n vrou is?" Clara se hand verstyf om die koordlose foon terwyl sy na haar pa se stem duisende kilometers ver luister.

"Omdat jy my dogter is, dis hoekom. "Moenie met my argumenteer nie."

Deur die konflikdiamante deur Liberty te tregter, kon hulle dit as wettige diamante verkoop, teen volle markprys. Maar haar mees briljante plan was om die betaling te verdoesel as 'n diefstal, wat die betaling aan die Ortega-empire ongemerk laat verbygaan het en gekeer het dat dit onder die teengeldwasserywette aangemeld word. Sy het op die idee gekom toe sy gelees het van die jong diamantbedryf in die noorde van Kanada. Die diamantmyne in Kanada is vir minder as tien jaar aan die gang, en 'n kort geskiedenis beteken geen vergelykings om te maak wat suspisieus kan wees nie. Dit het so goed gewerk, totdat Kat die verkeerde vrae begin vra het.

"Pa, die aandeelhouers stem oor twee dae. Die hele oorname kan ontspoor as ek nie daar is nie."

Clara bestudeer haarself in die gangspieël. Haar gekleurde blonde hare is weggebind in 'n chignon, wat pas by die formele snit van haar grys wolpakkie. Dit pas die rol van Susan soos 'n handskoen. Sy kan nie wag om die vervelige klere te los en om terug te keer na iets meer aantreklik nie. Iets sensueel, sodat sy hierdie doodsheid kan afskud.

Sy stap venster toe en trek die gordyn terug. Dit is vroegoggend en nog donker, die water kabbelrig van 'n reënstorm wat buite broei. Dit is die middaguur in Buenos Aires, helder en sonnig. Haar pa bel waarskynlik van die hoektafel van sy gunsteling Recoleta restaurant, waar hy 'n staande bespreking het.

Vicente was veronderstel om Liberty se hoof te word om 'n oog te hou oor Nick en om te verseker dat hy sy belofte gestand doen. Dit was voor haar pa uitgevind het van Vicente se geheime fonds, en die liefde van haar lewe vermoor het. Sy was net 'n Plan B, bloot omdat hy niemand anders vertou nie.

"Ek het die stemme onder beheer, Clara. Dit is afgehandel."

"Maar wat as Nick—"

"Ek sal Nick hanteer. Pak net jou tasse en klim op die volgende vlug."

"Hoe weet Pa hy gaan nie 'n haas uit 'n hoed uit pluk nie?" Clara weet beter as om met haar pa te argumenteer, maar Nick se stem is nodig vir die transaksie om voort te gaan.

"Ek sal hom hanteer."

Sy weet wat dit beteken.

"Oukei." Maar gee my nog 'n paar dae. Sy het nog tyd nodig om haar wins uit die kortverkope te skuif en haar toekoms te verseker. 'n Toekoms wat nie haar pa insluit nie.

"Goed. Maar ek wil jou in Buenos Aires terughê direk na die stemmery."

"Hoe gaan ek my skielike afwesigheid verduidelik?" vra Clara terwyl sy kombuis toe loop.

"Ek weet nie—sê vir hulle jy't kanker. Of vroueprobleme en jy moet 'n operasie ondergaan. Dink iets uit."

Haar pa beheer regerings, oorloë en die internasionale wapenhandel, maar hy is nie 'n idioot as dit by mense kom nie. As hulle nie saamwerk nie, maak hy hulle dood. Clara weet sommige mense is baie nuttiger lewendig. Die menslike natuur kan altyd tot jou voordeel benut word.

"Waar laat dit my? Kom ek terug Liberty toe as die oorname afgehandel is?"

"Wanneer als oor is, bespreek ons die toekoms."

Wat beteken sy het nie een nie, ten minste nie in die Ortegakoninkryk nie.

Clara beëindig die oproep, smeulend van woede. Sy gooi die foon teen die oorkantste muur van die kombuis, kyk hoe dit die koffie-glaskan tref. Die glas spat in stukkies, maar die foon bly in een stuk toe dit op die vloer te lande kom. Glas versprei oor die toonbank en op die vloer.

Sy kyk na die 1940-Lalique-vaas op die toonbank, 'n geskenk van haar pa met haar gradeplegtigheid. Sy het dit al die pad van Argentinië af saamgebring, maar nou herinnner dit haar aan sy alewige beheer oor haar. Sy tel dit op en gooi dit met alle mag teen die mikrogolfoond. Dit maak 'n lang kraak teen die mikrogolfdeur toe dit ook in 'n duisend stukkies breek.

Altyd onder haar pa se duim. Van goewernantes na koshuise, na die wakende oog van wie ook al aangestel is om babawagter te speel. Liberty was haar eerste smakie van relatiewe vryheid in die dertig plus jaar van haar lewe, en sy wil nie weer haar ou lewe terughê nie.

Daar is net vae herinneringe aan haar ma, wat van 'n balkon afgeval het op een van die vele Ortega-landgoedere. Clara was net vier, maar daar is een ding wat sy verseker geweet het. Die amptelike weergawe van die gebeure was altyd 'n leuen. Haar pa is verantwoordelik vir die uitskakeling van die enigste twee mense wat nog ooit in haar lewe saakgemaak het.

"Wat is al die geraas?" Paul kom by die kombuis in en gaan staan toe hy die gebreekte glas op die vloer raaksien.

Clara, in haar woede, het vergeet hy is in die kamer langsaan.

"Niks. 'n Ongeluk."

"Jy is ontsteld." Hy vou haar in sy arms toe en streel haar wang. "Wat het hy vir jou gesê?"

"Hy wil hê ek moet gaan voor die stemmery plaasvind. Hy behandel my soos 'n kind."

"Het jy hom teruggehou?"

Sy knik en rus met haar kop teen sy bors. Clara het die vyfmiljard vir 'n wyle gebruik voordat dit weer die weg teruggevind het na die Ortega-organisasie. Voordat sy dit oorbetaal het, het sy dit tienvoudig laat toeneem deur Liberty se aandele kort te verkoop. Sy is ryker as enigiemand op die Forbes-lys, maar niemand sal dit ooit weet nie, veral nie haar pa nie.

"Goed so. Om nóú te gaan, sal net suspisie wek."

Clara sug terwyl sy die skade van oomblikke gelede aanskou. Sy kan later skoonmaak. Sy het nou 'n vroeë begin by Liberty nodig. Dit is tyd vir haar uittreestrategie.

Clara is op die punt om die man met die grootste mag in Buenos Aires teen te gaan. Mense doen dit net nie en oorleef om die storie te vertel nie, selfs nie sy dogter nie. Tog, herinner sy haarself, in plaas daarvan om 'n nuwe lewe saam met Vicente te begin, is sy besig om te red wat te redde is van haar eie. Haar pa sal die dag berou wat hy haar man doodgemaak het.

HOOFSTUK 33

N Flits van wit op die eikehoutvloer vang Kat se oog toe sy haar kantoordeur oopmaak. Niks goeds kom ooit van 'n hand-afgelewerde koevert nie. Miskien was dit 'n fout om vir middagete uit te gaan. Nee, sy moet eet, en sy verdien 'n beloning nadat sy die hele oggend Klara se vullis uitsorteer het. Sy't haarself bederf met middagete by Athene, die nuwe Griekse restaurant onder in die straat. Wat die koevert ook al bevat, een uur van haar dag was ten minste lekker.

Kat buk om dit op te tel. Dit is getik, geaddresseer aan Carter & Kie met geen versendingsadres nie. Sy vryf die koevert met haar duim om te sien of sy die inhoud kan uitmaak, maar die papier is te dik. Sy byt haar lip, huiwer. Hoe langer sy wag om dit oop te maak, hoe langer bly sy onbewus van die nuutste eis vir betaling, agterstallige rekening, of 'n ander negatiewe aspek van haar finansiële ineenstorting. Maar sy moet dit een of ander tyd doen, so sy haal diep asem en skeur die koevert oop. Dis erger as wat sy gedink het: Carter & Kie is amptelik uitgesit. Sy het haar huur vir die laaste keer oorgeslaan.

Kat se skouers hang in oorgawe toe sy stadig na die rusbank toe stap en gaan sit. Hoe het sy dit reggekry om in minder as 'n jaar van 'n sessyfer-salaris en stewige bonusse na sessyferskuld toe oor te slaan?

Om minder te verdien is een ding, maar om haar eie praktyk te begin? 'n vermindering in salaris en 'n werk by 'n kleiner firma sou ten minste haar skuld minder gemaak het. Van al die dom dinge wat sy kon doen, was haar eie forensiese ouditmaatskappy seker bo-aan die lys!

Die feit dat sy deur Liberty afgedank is, beteken dit sal selfs moeiliker wees om nuwe kliënte te lok, en sonder 'n kantoor lyk sy soos 'n amateur. Sy sou wat wou gee om die laaste jaar van haar lewe uit te vee en om haar ou werk terug te kry, selfs al was dit vervelig. Ten minste sou sy 'n bankbalans hê en toekomsverwagtinge. Nick was reg oor haar – sy is net 'n derderangse besigheid. Dit het uitsetting geverg om die boodskap uiteindelik tuis te bring.

Sy skrik toe die telefoon lui, iets wat nie baie gebeur die laaste tyd nie. Dit is Cindy.

"Kat, ek het die toetsresultate teruggekry van die diamante. Raai wat?"

"Ek wil nie raai nie. Sê my."

"Nou goed, grompot. Dit uiteinde is dat die diamante nie van Mystic Lake af is nie."

Kat leun vorentoe op die rusbank. Dit baat nie haar situasie enigsins nie, maar ten minste voel sy geregverdig.

"Ek het dit geweet! Wens jy nie jy het my van die begin af geglo nie?"

"Goed, Kat, ek erken – jy was reg. Maar luister gou wat jy nie geraai het nie. Die diamante wat getoets is, is eintlik van drie verskillende myne. Twee is van die Demokratiese Republiek van die Kongo en die ander is van die Ivoorkus. Beide lande is *hot spots* vir konflikdiamante."

"Drie verskillende myne het pas my teorie 'n hupstoot gegee. Wie ookal agter alles sit, doen dinge op groot skaal en hulle het maklike toegang tot diamante van 'n hele klomp myne."

"Het jy enige idee wie dit dalk kan wees?" vra Cindy. "Nie baie mense sou dit kon regkry nie. Hulle sou baie goeie swartmark-kontakte nodig hê."

"Ek het 'n paar leidrade, maar nog niks defnitief nie." Kat kan nie nou al haar vonds oor Clara, die mafiaprinses, deel nie. Kat weet Cindys sal betrokkenheid by georganiseerde misdaad as te gevaarlik beskou en aandring daarop dat sy ophou werk daaraan as sy moet weet. Maar daar is een gebied waar Cindy kan help. Kat sal net moes seker maak dat sy háár kant van die saak afhandel voor Cindy haar antwoord kry en die Clara-konneksie ontdek.

"Daar is iets waarmee jy my kan help – om uit te vind waar hierdie myne hul uitset verkoop. ëOmdat ons hulle by Liberty gekry het, neem ek aan dit word onwettig verkoop."

"Ek kan dit doen. Ek sal 'n paar oproepe maak. Wat is jou spertyd?"

"Gister – of so gou as wat ek dit kan kry." Cindy weet nie dat Kat afgedank is by Liberty nie. Sy sou haar uiteindelik moet sê, maar nou is nie die tyd nie.

"Daai tydsraamwerk gaan bietjie moeilik wees. Daar is baie leidrade om op te volg. Baie diamante in Afrika kom van klein operateurs, individue wat delwers genoem word. Hulle maak 'n lewe deur hul vondse te verkoop aan middelmanne, wat hulle pennies gee op die dollar. Dit is bykomend tot die myn se daaglikse uitset."

"Jy bedoel dis nie net die myn self wat uitset verkoop nie, maar ook individue?"

"Dis reg. Sommige van hierdie delwers betaal die myn self vir die reg om snags daar te delf. Sommige oortree net. En die middelmanne kon by enigiemand gekoop het."

Nóg 'n struikelblok. Hoekom is niks rondom Liberty eenvoudig nie?

"Ons wil dáái ouens hê – die klomp aan wie die middelmanne verkoop," sê Kat.

"Ek weet, maar om hulle te kry, moet ons by die bron begin. Dit kan ons lei na die kopers, gewoonlik dwelmsmokkelaars, georganiseerde misdaad, of ander partye wat 'n manier moet kry om hulle geld te was."

"Het die RCMP nie 'n lys van sulke mense nie?"

"Dis nie so maklik nie, Kat. As hulle nog nooit gevang is nie, weet ons nie van hulle nie. En kriminele hou daarvan om hul modus operandi af te wissel. Aan die ander kant, hierdie is groot geld en dit het waarskynlik heelwat organisering gevat. So as dit werk, is dit onwaarskynlik dat dit gou gestaak gaan word."

"Ek neem aan dat met al hierdie rondsluipery, die diamante nie gesertifiseer sal wees onder die Kimberly-proses nie. Hoe kan hulle verkoop sonder die Kimberly-sertifisering?" Sonder die regte papiere, is diamante nie veronderstel om van hande te verwissel nie. Die idee was om te voorkom dat rebelle die diamantwinste gebruik om regerings te ondermyn en omver te werp. Dit was minstens die teorie.

"Daar is plekke. As jy byvoorbeeld die regte mense in Dubai ken. Teen die regte afslag, sal íémand dit vat, Kimberly-sertifikaat of nie. 'n Dwelmbaas met miljarde dollars om te was sal bereid wees om dit te vat. En diamante is 'n voorkeur-metode van betaling vir sommige terroristegroepe in die Midde Ooste."

Cindy huiwer.

"Kat, ek verstaan steeds nie hoe die diamante by Liberty beland het nie. Sou dit nie moeilik wees om sulke groot hoeveelhede op 'n gereelde basis by 'n myn in te smokkel nie? Is die paaie na Antarktika nie gesluit in die winter nie?"

"Ja, maar hulle hoef dit nie na die myn toe te neem nie. Hulle kan dit na die snyhuise toe stuur, net soos die regtes. Die verskepingsdokumente is vervals sodat dit lyk asof dit van Liberty se Mystic Lakemyn af kom. Inderwaarheid kon dit van enige plek af gekom het."

"Oukei. Dit kan ek glo. Maar Liberty moes die diamante iewers gekoop het, nie waar nie? Sou die koste van die diamante nie enige ekstra wins uitgekanselleer het nie?"

"Jy's reg. Iemand moes dit gekoop het. En dit is wat my aan die begin verwar het. Die produksie is beslis verander. Ek kan dit bewys. Maar ek kon nie 'n betaaltransaksie kry nie. En ek is ook oortuig dat niemand diamante verniet vir Liberty sou gee nie."

"Hoeveel diamante praat ons van, Kat?"

"Wel, dit is waar dit interessant raak. Dit gaan al vir 'n paar jaar aan. Ek is oortuig Bryant se vyfmiljard was bedoel as 'n betaling vir ten minste 'n gedeelte daarvan."

Cindy gee 'n lae fluit.

"Daai bedrag koop 'n hele klompie diamante. Wanneer het dit opgehou?"

"Dit is steeds aan die gang, Cindy."

"Dink jy Bryant is *geframe*?"

"Moontlik, maar ek is nie seker nie." Kat kan nie vir Cindy vertel van Bryant wat gisteraand by Clara se huis was nie.

"Wel, as hy *geframe* is, verander dit alles. Bryant kan potensieel 'n vermiste persoon wees, en nie 'n dief nie. Wat het Liberty se bestuur gesê toe jy jou bekommernisse uitgespreek het?"

Geen reaksie.

"Kat? Jy het hulle nie vertel nie?"

"Ek kan nie. Nie totdat ek meer bewyse het nie. Dit is te gevaarlik. Enigiemand kan moontlik betrokke wees by die bedrog. Hoe weet ek wie om te vertrou? Ek het die inligting oor die middelmanne nodig."

"Ek sal bietjie grawe. Dit klink vir my jy het 'n internasionale misdaadkonneksie hier beet. Is jy seker jy het nie enige ander leidrade nie? As ek meer gehad het om op te gaan, kon ek dalk met 'n paar name vorendag gekom het."

KKat oorweeg dit om Clara se ware identeit te onthul, maar besluit dan daarteen. Dit sal dinge bespoedig – dis waar. Maar sy het nog nie die geld nie, en 'n voortydige skuif deur die polisie mag die kanse om dit terug te kry, in gevaar stel. 'n Paar drukke op 'n sleutelbord of 'n telefoonoproep en dit kan vir ewig daarmee heen wees. Sy bestudeer die lys nommers op die marinara-gevlekte papier uit Clara se rommel. As sy eers die geld het, sal sy saamwerk.

HOOFSTUK 34

Die nommers op die papier uit Clara se rommel is in drie groepe gerangskik. Die eerste lees:
$23.4B
13434589TQ
41445
119846768
784119888718
642389

Die ander stelle nommers is soortgelyk, behalwe dat hulle nie letters bevat nie. Is dit bankrekeningnommers? Staan die B vir *billion* in Engels? Die bedrag geld is astronomies. Kat maak 'n vinnige som. Die drie stelle syfers is gesamentlik vyftigmiljard. Sy kon die oorspronklike bankrekeningnommer terugspoor na die vermiste vyfmiljard. Vyftig miljard is 'n tienvoudige wins, en maak sin in die lig van Rashida se opmerkings. Is dit moontlik 'n lys van Clara se beplande oordragte?

Ongelooflik. Maar dan, om vyfmiljard in die eerste plek te steel, is redelik verregaande. As 'n mens aanneem dat "B" vir *billion* staan, is die vyftigmiljardsom meer as wat die BBP van die helfte van die wêreld se ekonomieë is. Hoe het Clara vyfmiljard omgeskakel in vyftig? Liberty het nie daai soort geld nie.

Jace het 'n paar uur gelede direk na werk met wegneempizza opgedaag. Dit is nou na nege, en Kat is geensins nader aan 'n oplossing rondom die syfers nie.

"Waar is jy heen vanoggend?" vra hy. "Ek het vieruur wakker geword en toe is jy klaar weg."

"Ek kon nie slaap nie, toe kom ek hierheen." Nie eintlik 'n leuen nie – sy het uiteindelik hierheen gekom.

"Waar kom al hierdie goed vandaan? Dit lyk soos iemand se vullis."

"Dit is vullis. Dit is uit Clara se vullisdrom by Liberty. Ek het dit onderskep – voordat sy my afgedank het." Dit is te vanselfsprekend vullis om dit as enigiets anders voor te hou. Ten minste klink 'n kantoordrommetjie beter as 'n swart rubberdrom vol kombuisafval. En sy hoef nie Bryant en die wasbere te verduidelik nie.

"Hoekom het jy my nie wakker gemaak nie? Of 'n briefie gelos nie? Ek het jou gemis."

"Ek wou jou nie pla terwyl jy slaap nie." Sy is besig om gewoond te raak daaraan om die bed met Jace te deel en die voordele van sy liggaamshitte. Maar dit bring allerhande komplikasies mee. Sy moet iets doen aan hulle slaapreëlings.

"Ek is verbaas dat ek nie agtergekom het jy's weg nie. Eerste keer in 'n week wat ek genoeg duvet gehad het." Jace hou die leë pizzaboks in sy regterhand vas terwyl hy die hope vullis beskou. "Op watter hoop kom hierdie?"

"Dis nie snaaks nie, Jace. As ek nie die vullis gesteel het nie, het ek nooit hierdie dokument gekry nie. Is jy mét my of teen my?"

"Natuurlik is ek met jou," sê Jace, en wys na een van die hope. "Clara eet darem baie blikkieskos."

Kat loop met die koffiebevlekte papier in haar hand na haar skootrekenaar toe op die toonbank.

"As hierdie Clara se bankoordragte is, bewys dit dat sy 'n misdadiger is. As ek dit regkry, kan ek die Porter-oorname stuit, of selfs die geld terugkry."

"Maar die stemmery is môre-oggend elfuur," sê Jace. "En al die banke is klaar toe."

"Ek weet. As ek net kan uit*figure* watter van hierdie vir die Opal-rekening by Bancroft Richardson is..."

"Kan jy nie net vir Rashida vroeg môre-oggend bel en vra nie?"

"Nee, sy sal my nie sê nie. Sy het klaar vir my gesê dat sy reeds te veel vertroulike inligting gegee het." Maar Kat het 'n idee.

"Harry het 'n rekening by Bancroft Richardson. As ek sy rekening-nommer het, kan ek dit vergelyk en kyk of die patroon soortgelyk is. Dit het waarskynlik dieselfde kombinasie van syfers as Clara s'n. Oom Harry is vanmiddag weg vir 'n Skotse ysspel in Saskatoon.

"Kyk Harry nie soms hier by die kantoor aanlyn na sy rekening nie? Het jy sy rekeningnommer neergeskryf toe jy met Rashida gepraat het?" Die fronse op Jace se voorkop wys hoe diep hy nadink.

"Nee, maar as Harry sy state vir Elsie wegsteek, hou hy dit dalk hier in 'n lêer." Kat kyk deur die ontvangslessenaar se laaie. Niks.

"Waar sou hy so-iets hou?"

"Die liasseerkabinet?" Kat trek die boonste laai oop en kyk onder "B" vir "Bancroft Richardson" of "Beleggings". Niks. Kat trek lêers uit verskillende afdelings in die kabinet terwyl sy probeer onthou hoe Harry se liassering werk.

"Wat van 'G' vir 'Geld'?" vra Jace.

"Dis 'n probeerslag werd." Kat maak die boonste laai toe en gaan na die tweede een. Sy trek 'n lêer uit getiteld "G-BR". 'n Halfdosyn Bancroft Richardson-state val op die grond. Sy tel dit op en kyk na die rekeningnommer. 15782631RQ.

"Dit pas by die nommer-letter-kombinasie in die eerste stel van Clara se nommers."

"Dit lyk dus na 'n Bancroft Richardson-rekening. Nou moet ons net Clara se wagwoord uit*figure*."

"Miskien is die wagwoord op dieselfde papier geskryf."

"Ek twyfel. Sy is nie so agtelosig nie. Maar as ek kan uitvind wat die samestelling is van die wagwoord van Harry se rekening, kan ek miskien raai wat Clara gebruik het. As ek by die Opal-rekening kan inkom, kan ek die transaksies in die rekening verifieer teen Clara se papier." Dit sal as bewys dien dat Clara beoog het om die fondse na haar eie rekenings oor te dra.

"Harry sal nie sy wagwoord hier hou nie. Hy sou dit gememori-seer het."

"Nee, Jace. Nie my Oom Harry nie. Hy onthou niks as hy dit nie neerskryf nie. Dit moet hier iewers wees." Kat gaan na "P" toe. "Ek dink ek het dit."

Sy trek 'n lêer met die naam "WW" uit. Daar is net een stukkie papier binne-in waarop staan: HURRYHARD. 'n Ysbalterm. Wat 'n verrassing.

"Kom ons probeer dit," sê Jace.

"Ek weet nie – dit voel nie reg om by sy rekening in te breek nie."

"Jy's reg. Ek veronderstel ons moet wag tot hy terugkom."

Maar die stemmery is môre. As sy Clara se wagwoord kan uit*figure...*

"Ek gaan dit doen. Oom Harry sal verstaan. Ek sal later om vers-koning vra."

Sy stap terug na haar lessenaar en teken in by die Bancroft Richardson –webblad. Sy tik die rekeningnommer en "HURRY-HARD" in, en wag.

"Ek's in!" Sy besluit om Harry se wagwoord te verander om uit te vind watter kombinasies van letters en syfers toegelaat word. Sy voer 'n nuwe wagwoord in met 'n paar syfers. 'n foutboodskap verskyn.

"Dit sê daar moet 6–12 letters wees. Dit sê vir ons die wagwoord is net letters – geen nommers nie. Maar dit beteken steeds 'n groot moontlike kombinasie van letters."

"Watter woord of woorde sou vir Clara betekenisvol gewees het?" Jace sit op die punt van die ontvangstoonbank, al kouend aan die laaste stukkie koue pizza.

"Geen idee nie. Maar ons moet dit uit*figure*, want ons gaan net drie raaie kry voor die rekening gesluit word. Ons moet seker wees voordat ons dit intik."

Sy gaan sit weer op die vloer langs die hoop papiere en begin deur die inhoud sif.

Sy gaan deur 'n selfoonrekening, 'n paar geskrewe notas, blaaie van 'n kalender, en 'n leë koevert met iets onleesbaar agterop geskryf.

Jace kom nader en gryp 'n vuil koevert van die hoop af en maak dit oop.

"Haai, laat my sien."

Jace gee dit vir haar. Dit is 'n groetekaartjie, geaddresseer aan Clara en Vicente, wat hulle 'n *Feliz Anniversario* toewens.

"Clara is getroud?" vra Kat.

Maar Jace is klaar by Kat se skootrekenaar besig. Hy google Clara de la Cruz en Vicente.

"Vicente is haar man. Vicente Sastre. Of was. Hy is twee jaar gelede vermoor. Niemand is aangekla nie."

"Vicente is sewe letters," sê Kat. "Miskien moet ons dit probeer."

"Wat as dit verkeerd is? Hoekom wag ons nie en kyk wat ons nóg kry nie?"

"Ons kan nie bekostig om te wag vir die stemmery môre nie. Buitendien, ons kan een of twee keer probeer. As dit nie werk nie, geen probleem nie. Dit sal self *reset* binne vier-en-twintig uur." Kat weet egter dat as die aandeelhouerstem in Clara se guns is, daar geen rede vir haar is om te bly nie.

Sy tik die rekeningnommer bo-aan die bladsy in en tik dan VICENTE in.

Intekening foutief.

"Probeer weer, hierdie keer nie hoofletters nie."

"Maar hoe – alles kleinletters of met die "V" hoofletter?"

Sy het eintlik nog net een kans, want as sy die derde keer verkeerd is, word sy geheel en al uitgesluit uit die rekening.

"Hmmm. Die regte manier is met 'n hoofletter V, maar die meeste mense doen dit nie so nie. Ek sou alles kleinletters probeer."

Kat stem saam. Sy tik 'vicente' in en staar vir 'n minuut na die skerm.

"Ag, wat de hel." Sy druk 'enter' en hou haar asem op. Niks gebeur nie.

Dan verskyn die welkomskerm. Sy is in!

Rekening 1343589TQ behoort aan Opal Holdings.

"Man, jy is goed – slim én sexy!"

Kat glimlag vir Jace.

"Jy het gehelp. Kom ons kyk wat ons het." Kat kliek op "Rekening-geskiedenis" en gaan deur die rekords.

"Kyk hier." Sy wys na die eerste ry. Dit is 'n deposito vir vyfmiljard dollar – twee weke gelede gemaak. Dit blote grootte van die transaksie sou aandag trek getrek het: Rashida en almal by Bancroft Richardson sou hieroor bespiegel het.

"Hoekom was sy dan nie dadelik suspisieus nie? Iemand deponeer vyfmiljard in kontant in 'n makelaarsrekening by jou maatskappy, maak 'n reuseprofyt op een aandeel, en jy weet niks daarvan nie?" Jace loop na die venster toe.

"Miskien het sy nie. Vrae kon moontlik by antwoorde uitkom wat sy nie wou hoor nie – antwoorde wat die deposito in gevaar sou stel. 'n Vyfmiljard dollar deposito genereer 'n groot klomp fooie vir Bancroft Richardson. Beter om jou kop in die sand te hou en geld te maak uit die kommissie en transaksiefooie. Buitendien, dit is nie Rashida se rekening nie. Dit behoort aan daardie glibberige makelaar, Moretti. Maar ander mense sou dit ook gesien het of bewus gewees het daarvan. Die boekhouers en die bankiers, byvoorbeeld."

"Dit is gedeponeer 'n paar dae na Bryant verdwyn het met die vyfmiljard – soort van toevallig, dink jy nie?"

"Té toevallig." Kat rol met haar muis teen die skerm af. Die rekening is geopen met die vyfmiljard-bankoordrag uit Libanon. Daar is 'n aantal transaksies daarna, sommige kontant en ander kortverkope van Liberty-aandele, wat een en elk winsgewend is. Die rekeningbalans was drie dae gelede net kort van vyftigmiljard.

Dan 'n reeks oordragte wat die bankrekening terugbring na net oor die vyfmiljard.

"Gee my daai lys."

Jace gee dit aan, en sy vergelyk die bedrae wat oorgedra is met die syfers onder die Bancroft Richardson-rekeningnommer.

"Kyk hier." Kat wys na 'n ry halfpad teen die skerm af. "Dit is dieselfde as Clara se lys. Dis 'n oordrag van 'n ander bank af. Sy het *walking accounts* opgestel om een tree voor te bly."

"*Walking accounts*? "Wat's dit?"

"As jy jou geld wil rondskuif sonder dat iemand jou uitvang, stel jy 'n reeks bankrekeninge by verskillende banke regoor die wêreld op. Wanneer dit die eerste een bereik, dra jy dit onmiddellik oor na 'n tweede rekening. Wanneer dit die tweede een bereik, reël jy dat dit dadelik na die derde toe gaan, en so aan."

"So jy bly een tree voor enigiemand wat probeer om die geld na te spoor?"

"Presies," sê Kat. "Sy maak haar spore toe sodat niemand die geld kan volg nie."

"Ek verstaan. Teen die tyd wat jy dit uitge*figure* het, is sy lank reeds weg."

"Dis reg. Die ander nommers op die lys is ander makelaars of bankrekeninge."

"So, as 'n mens aanneem dat sy dieselfde wagwoord gebruik, en die meeste mense doen dit, kan ons die geld volg deur by haar ander rekeninge in te teken?"

"Hopelik. Daar is net een probleem. Daar is geen beskrywing by die uitgaande oordragte nie – net rekeningnommers. Dit maak dit moeilik om uit te *figure* na watter banke die geld toe is. Daar is duisende moontlikhede. Dit kan die Caymans, Guernsey of Malta wees, wie weet?"

Hoe kan sy die lys korter maak? Sou Clara 'n Argentynse bank gebruik het? Waarskynlik nie, dink Kat. Sy sou 'n belastinghawe vind met soliede banksekuriteitswette. Dit laat steeds honderde banke om te oorweeg. Sy kyk na haar horlosie, verbaas oor die tyd. Dit is klaar 3:30 vm. Die aandelersstem is oor minder as ses ure.

HOOFSTUK 36

Die Kristal-balsaal in die Waterfront Hotel is oordadig versier, met swaar brokaatgordyne wat die vensters omraam met 'n panoramiese uitsig oor die hawe. 'n Reuse kristalkandelaar hang uit die dak van die geboogde plafon, en weerkaats die lig in alle rigtings. Redelik *fancy* vir 'n maatskappy wat op die rantjie van bankrotskap is, dink Kat.

Sy kyk deur die vol vertrek, soek vir bekende gesigte. Die aandeelhouers maak stadig maar seker die vertrek vol, angstig om te stem vir die Porter-oorname. Sommige sit reeds, terwyl ander in klein groepies saamkluister en gesels en wag vir Liberty se spesiale aandeelhouers-vergadering om te begin.

Kat het moeite gedoen om op haar beste aan te trek vir hierdie aardverskuiwende vergadering. Sy het 'n smaraggroen Elie Tahari-pakkie gekies, wat sy gekoop het toe sy nog teen vergoeding in diens was. Dit komplimenteer haar oë en beklemtoon haar rooibruin hare, wat teruggekam is in 'n *chignon*. Dit voel goed om 'n slag weer mooi aan te trek. Haar bedanking het haar in 'n mode-insinking laat beland, en sy hang rond in geskeurde jeans en ou T-hemde. Met grimering en lipstif voel sy weer volwasse. Die adrenalien stroom deur haar lyf. Dit voel asof sy die wêreld kan aanvat, en dis 'n goeie ding, want sy ís op die punt om dit te doen.

Nick Racine is voor die podium vasgevang in 'n gesprek met 'n petite silwerhaar-vrou in 'n roomkleurige sakepakkie. Haar rug is na Kat gedraai. Skielik sluit Nick se oë vas op Kat, en hy onderbreek sy gesprek, loop met lang treë nader, sonder om sy oë van haar af te haal.

"Verskoon my, Kat. Hierdie vergadering is vir aandeelhouers alleenlik. As jy jouself net stil sal verwyder?"

"Verskoon my, Nick. Maar ek is 'n aandeelhouer. As jy my nou sal verskoon, ek wil seker maak ek kry 'n sitplek reg voor. Ek verwag dit gaan 'n lewendige vergadering wees." Kat sukkel om die grinnik van haar gesig af te kry. Sy het verlede week 'n honderd aandele gekoop met die uitsluitlike doel om die vergadering by te woon. Sy kon dit nie eintlik bekostig nie. Dan weer, sy kon nie bekostig om dit nié te koop nie. Kat druk by Nick verby en kyk oor die vertrek. Hy gaan haar nie intimideer nie.

Harry is hier, terug van sy *bonspiel* en hy wink vir haar na waar hy in die tweede ry van voor af sit. Hy is ook netjies aangetrek. Sy pak was dalk twintig jaar gelede in die mode, maar die penstrepies laat hom soos 'n ou bendelid lyk.

"Is dit nie opwindend nie? Ek gaan alles oor my maatskappy hoor. En al hierdie..." Harry waai sy arm oor die vertrek. "Dit is alles myne. Ten minste gedeeltelik myne. Ek kan die stem wees wat die verskil maak."

Hy sou nie, maar Kat het nie die hart om dit vir hom te sê nie. Sy kyk weer oor die vertrek terwyl meer mense inkom . Die vergadering moet oor vyf minute begin, maar die een persoon wat Kat gehoop het 'n verskil sou maak, is nie daar nie. Dit beteken nie noodwendig iets nie. Audrey Braithwaite hoef nie die vergadering persoonlik by te woon nie. Die Braithwaite-familietrustaandele sou waarskynlik deur 'n aange-wese persoon hanteer word, of sy kon met volmag stem. Of sy opdaag of nie, Kat hoop dat Audrey téén die Porter-oorname gaan stem.

"Kat? Dit lyk nie of jou aandag hier is nie."

"Jammer, Oom Harry. Ek probeer iemand opspoor."

"Ha! Sou dit nie eienaardig wees as daai Bryant-ou vandag opdaag nie?"

Maar Kat luister nie. Sy gryp haar beursie en haas haar na die deur waar Audrey pas verskyn het. Haar spiere spring in werking, ongetwyfeld 'n voordeel van al daardie oefenlopies van haar.

"Audrey!" Kat probeer haar asemhaling onder beheer kry sodat sy nie na haar asem snak nie. Chanel No. 5 omvou haar toe sy nadergaan.

"Audrey – daar is iets wat jy moet weet. Liberty is besig om diamante vir georganiseerde misdaad te was. Die myn by Mystic Lake? Vals. Alles om die aandeleprys op te jaag."

"Wat? Dit is belaglik! Buitendien, ek is nie veronderstel om met jou te praat nie. Toe ek vir Nick van ons vergadering vertel, toe sê hy jy is afgedank. Jy maak net stories op om jou te wreek. Ek hou nie van liegbekke nie."

"Ek het nooit gesê ek werk nog vir Liberty nie. En ek maak nie enigiets op nie. Daar is baie erger mense in hierdie vertrek op die oomblik, glo my. Kan ek net 'n oomblik van jou tyd kry? Asseblief."

Audrey kyk ongemaklik oor die vertrek, ongetwyfeld op soek na Nick.

"Wel, goed. Maak dit vinnig."

Mikrofoonterugvoer sny deur die lug toe iemand die klank toets.

Kat gee Audrey 'n eenminuutopsomming van die vals produksie, aandelemarkmanipulasie deur Opal, die Argentynse mafiakonneksie, en hoe dit inskakel by die Porter-aanbod.

"Die Mafia? Jy maak seker 'n grap." Audrey kan dit nie glo nie. "Geen wonder Nick het jou afgedank nie. Om met mal stories vorendag te kom, gaan niks verander nie."

"Audrey, asseblief. Jy moet my glo. Hulle gebruik Liberty as 'n diamantwasskema. Hierdie is gevaarlike mense. Hulle het waarskynlik iets met jou broer se moord te doen ."

"Moet nou nie weer die Alex-kaart speel nie. Om my broer hiermee te verbind, is 'n lae hou. Het jy geen respek nie? Ek praat nie verder met jou nie." Sy begin wegloop.

"Wag! Dis die waarheid, Audrey." Kan sy waag om dit te sê? "Iemand aan die binnekant is skelm."

Audrey kyk weer oor die vertrek vir iemand om haar te red.

"Audrey, Susan Sullivan is nie wie sy voorgee om te wees nie. Sy is die dogter van 'n Argentynse mafiadon. En sy is hier om jou en jou familie uit jul maatskappy te swendel."

"Dit is verregaande. Het iemand jou drankie gedokter? Los my nou uit."

Audrey draai in haar spore om.

Kat gryp haar skouer.

Audrey kyk na Kat met 'n mengsel van skok en vrees. Toe Kat haar greep op Audrey se skouer laat gaan, voel sy soos een van die *untouchables*, in 'n soort verbode interkasteelstryd.

"Audrey, moenie tender vir die aanbod nie. Susan Sullivan is 'n indringer. Haar regte naam is Clara de la Cruz Ortega en sy word in Suid-Amerika gesoek vir geldverduistering, dwelmsmokkelary en geldwassery. Sy werk vir een van die grootste georganiseerde misdaadorganisasies in die wêreld. Jy is op die punt om Liberty vir hulle te gee."

Kat sien 'n oomblik se huiwering in Audrey se oë.

"Wil jy weet wat met Alex gebeur het? Ek wed jou Susan, of liewer Clara, weet. Hoekom vra jy haar nie?"

"Jy kan nie ernstig wees nie."

"Ek is baie ernstig. Haar pa is die mees roekelose georganiseerde misdaadbaas in Suid-Amerika. Hy sal by niks stop nie. Om jou broer en Ken Takahashi te vermoor is net deel van besigheid vir hom. Hy is besig om Liberty onder jou uit te steel. Gee jy nie om nie?"

"Ek – Ek moet gaan." Audrey draai om en stap uit die vertrek uit toe die spreker die begin van die vergadering aankondig. Kat sug van teleurstelling. Sy het nie verwag om vir Audrey op die oomblik te oortuig nie, maar sy het gehoop dat die inligting haar ten minste twee maal sal laat nadink voor sy die Braithwaite-familietrust se aandele tender. Tyd vir Plan B.

HOOFSTUK 37

Kat staan op en skree in die hardste stem as wat sy kan, en oordonder Susan Sullivan se toespraak aan die aandeelhouers. Almal draai in hul sitplekke om en staar verwilderd na Kat toe sy die skare toespreek.

"Indringer! Susan Sullivan is 'n misdadiger. Susan en haar mafiapa probeer om Liberty onder jul neuse te steel."

Daar is 'n gemurmel onder die skare toe almal probeer om die indringer te sien. 'n Paar stewige sekuriteitswagte is reeds met die gangetjie op pad na haar toe van agter in die vertrek. Kat haas haar na die podium en gryp die mikrofoon uit sy houer voor Susan. Susan staan sprakeloos, haar mond oop terwyl sy in ongeloof na Kat staar.

"Susan se regte naam is Clara de la Cruz Ortega. Haar pa is die hoof van die Argentynse mafia. Hy handel in dwelms, wapens en landmyne. Hy maak mense dood. En hy wil vir Liberty baie graag hê. Dit is hoekom Susan, sy dogter, die afgelope twee jaar CEO was."

"Genoeg!" Nick Racine stap met lang tree na die podium en gryp die mikrofoon uit Kat se hande. "Sy jok. Wat ons hier het is 'n ontevrede konsultant. Sy was nie in staat om Bryant en die verlore geld terug te vind nie, en nou kom sy vorendag met hierdie belaglike leuens om haar onbekwaamheid weg te steek."

Nick wys na die twee sekuriteitswagte wat nou langs die podium staan. "My magtig, Sekuriteit! Wat de hel is dit met julle? Kry haar uit – nóú!"

Hulle beweeg nader aan Kat. Een van die sekuriteitswagte gryp haar linkerarm stewig vas en probeer haar in die rigting van die gangetjie druk. Nick gluur na Kat van die podium af terwyl Susan senuweeagtig langs hom kriewel, Kat se blik vermy en niks sê nie.

Kat pomp 'n elmboog in die wag se ribbes en ruk haar los uit sy greep. Sy draai om na Nick toe.

"Sê vir hierdie ou om sy hande tuis te hou! Jy wil nie die waarheid in die gesig staar nie, Nick. Waarom? Is jy deel van hierdie sameswering?"

Nick beduie weer vir die sekuriteitswag om Kat weg te vat. Kat voel iemand aan haar regterarm trek. Dis Harry, wat die wag uitbalanseer, wat haar aan die linkerarm beet het. Sy voel soos 'n lappop wat stukkend geskeur gaan word in 'n toutrekkompetisie.

"Laat haar gaan! Sy is wetlik geregtig om hier te wees. Sy is 'n aandeelhouer. Julle kan haar nie net so uitgooi nie!"

Nick kom tussenbeide. "Sy veroorsaak 'n steurnis. Wanordelike gedrag is genoeg gronde om haar uit te gooi."

"Daar is 'n goeie rede waarom sy 'n steurnis veroorsaak. Sy word nie toegelaat om te praat nie. Dit is iets wat al ons aandeelhouers raak. Ek is 'n aandeelhouer, en ek wil hoor wat sy te sê het."

Verskeie mense in die skare staan nou ook ter ondersteuning op. Die geraas in die vertrek raak al hoe harder.

"Hoor, hoor, laat die vrou praat."

Voor Kat 'n woord verder kan sê, staan Audrey in die voorste ry op en stap na Nick en die mikrofoon toe.

"Wag 'n bietjie, Nick. Ek wil ook hoor wat sy te sê het. Laat haar ten minste haar sê sê.

Nick se gesig raak rooi, maar hy sê nie 'n woord nie. Hy gluur na Audrey, dan na Kat, maar keer terug na sy sitplek. Die wagte laat los hul greep. Audrey beduie vir Kat om terug te keer na die mikrofoon.

"Susan Sullivan is 'n indringer, en ek het bewyse." Kat hou die foto van Clara in die lug. "Hier is sy. Ook bekend as Clara de la Cruz

Ortega. Sy het haar pa, Emilio Ortega, Ruiz, hoop dat julle 'ja' sal stem vir die Porter Holdings-oorname."

"Hoekom? Omdat hulle in beheer is van Porter Holdings. As julle eers 'ja' gestem het, het hulle 'n lekker diamantmaatskappy om al hul vuil diamante deur te was." Kat is besig om te bluf. Sy het nie die harde bewyse dat Porter Holdings verwant is aan Opal nie, maar om dit te kry is net 'n kwessie van tyd.

Daar is 'n lae gemurmel in die skare. 'n Skraal, gryshaar man aan die agterkant staan op.

"Is dit waar, juf. Sullivan? Waarom sê jy niks nie?"

"Dis 'n leuen!" Susan draai na Kat toe. "Juf. Carter, jy sal van my prokureurs hoor. Hou aan om hierdie ongegronde beskuldigings te maak, en ek sal jou van laster aankla."

Kat haal die Opal Holdings-staat wat sy van die rekenaar af uitgedruk het, uit.

"Sien julle hierdie? Julle uitvoerende hoof het Liberty-aandele *geshort*. Hoe lyk dit vir 'n mosie van vertroue? Lekker winsie gemaak ook." Kat hou die staat op vir effek. "Die bewyse is alles hier."

"Susan? Is dit waar?' vra Audrey. "As dit is, het jy geen reg om uitvoerende hoof te wees nie. Jy moet dadelik uittree."

"Clara, waarom praat jy nie?' sê Kat en kyk direk na Susan. "Het jy niks vir jouself te sê nie?"

Susan sit passief, geen teken van emosie nie. Sy kyk na Nick, wag vir hom om haar te red. Kat draai na hom toe.

"En wat van jou, Nick Racine? Hy het haar aangestel, mense. Hy is nie 'n idioot nie. Moenie vir een oomblik dink dat hy nie geweet het wie sy regtig is nie. Clara de la Cruz Ortega. Liberty se eie mafia-prinses."

Die skare murmel toe almal na mekaar toe draai om met die rondom hulle te praat. Kat wag tot dinge weer kalmeer voordat sy voortgaan. Maar voordat sy nog 'n woord kan sê, gryp Audrey die mikrofoon.

"'n Mosie voorgestel om die Porter-oornamestem vir twee besigheidsdae uit te stel."

"Mosie gesekondeer!" sê Harry terwyl hy sy arm in die lug opstoot.

"Mosie om die uitvoerende hoof te skors hangende verdere ondersoek."

"Mosie gesekondeer!" Harry kan homself skaars inhou. Aandeelhouer-aktivisme is sy nuwe roeping.

Sy slaak 'n sug van verligting. Twee besigheidsdae is nie baie tyd nie, maar ten minste het sy die groothandeldiefstal van Liberty uitgestel.

Behalwe dat dit nou 'n resies teen tyd is. Deur Clara te ontmasker het haar nou in 'n vlugrisiko verander, en Kat verwag dat sy enige oomblik gaan vlug. Daar is nie tyd te verspil nie. Kat mag die Porter-oorname uitgestel het, maar sy het pas iets veel erger losgelaat. Sy het vir Ortega kennis gegee om te kom vir haar.

HOOFSTUK 38

"U klink anders, Juf. De la Cruz."

"Regtig? Dis 'n aaklige verkoue. Ek is besig om my stem te verloor. Verskoon my," sê Kat terwyl sy haar keel skoonmaak.

"U behoort nie te praat nie. Dit gaan dit net erger maak," sê die behulpsame vrou by die Cayman Bank.

Kat het 'n kans gevat, en die oproep teen toemaaktyd gemaak. Dit het gewerk. In plaas van Opal Holdings se persoonlike bankier, het sy by 'n jonger assistent uitgekom, iemand wat nie haar stem sou herken of haar roetine-navraag oor 'n klein oordrag na haar rekening nie. Daar was nie so 'n oordrag nie, maar dit is net 'n verskoning om die bank te bel en te verifieer dat die geld nog daar is.

"Ja, ek kan bevestig dat die balans steeds dieselfde as gister is. Is dit al, Juf. De la Cruz?"

"Geen uitstaande oordragte in of uit nie, reg?"

"Dis reg."

"Goed so, dankie. Jy het baie gehelp."

"Dankie, juf. De la Cruz. En kyk asseblief na daardie verkoue."

Kat bedank haar en sit die telefoon neer, teleurgesteld dat haar oproep nie meer vrugte afgewerp het nie. Sy het gehoop om op 'n dreigende oordrag af te kom sodat sy dit kon kanselleer. Deur dit te kanselleer sou sy tyd wen, en die poging tot oordrag sou 'n ouditspoor gelaat het van Clara se intensies. Steeds, sy is verlig dat die geld steeds in Opal Holdings se Caymans-rekening is. Dit gaan nie lank hou nie – die geld sou binnekort weer beweeg.

Sy sal die owerhede moet laat weet. Maar wie? Die sekuriteitereguleerders? Die polisie? Dit is die probleem met jurisdiksies wat oorvleuel. Uiteindelik is niemand aanspreeklik nie.

Sy besluit om vir Platt te bel. Sy redeneer dat dit 'n vanselfsprekende motief vir die moorde verskaf, en dit mag hom oortuig om haar van die lysie verdagtes te haal. Buitendien, hopelik is daar minder burokratiese omslagtigheid by die polisie as met die reguleerders. Dis wat sy dink terwyl sy aanhou. Hy klink haastig toe hy die telefoon optel.

"Wil jy haar nie arresteer nie?"

"Dit is nie my jurisdiksie nie. Ek is moord."

"Maar, speurder Platt – dit hou verband met die moorde. Ek is seker daarvan."

"Om seker te wees is nie dieselfde as om bewyse te hê nie, Katerina."

"Ek bied bewys aan. Die risiko is daar om beide Clara en die geld te verloor. Ek weet sy is agter die moorde. Waarom ignoreer jy 'n vanselfsprekende leidraad?'

"Katerina. Ek kan nie met jou bespreek watter leidrade ek opvolg en watter nie."

"Sê my net, sersant – volg julle Clara op of nie?'

Stilte.

"So ek is steeds 'n verdagte?'

Die enigste manier waarop Kat weet dat Platt steeds op die lyn is, is sy asemhaling. Sy voel hoe die woede in haar opwel. Nie alleen is Clara op die punt om weg te kom met moord nie, maar sy gaan ook baie ryk word in

"Katerina, ek–"

Speursersant, hoe kan jy nie bekommerd wees oor 'n persoon met die sterkste moontlike motiewe om Takahashi en Braithwaite te

vermoor nie? Clara de la Cruz werk onder 'n vals naam, het verbinte-
nisse met georganiseerde misdaad. Sy word verbind met die grootste
bedrogsaak in die geskiedenis, is op die punt om die land te verlaat
met miljarde in gesteelde geld. Watter sterker motief is daar?"

"Goed. Ek sal opvolg."

"Ek sal jou my notas stuur."

"Dit sal nie nodig wees nie.'

"Sal jy my laat weet?"

"Katerina, ek kan nie aspekte van die ondersoek met jou bespreek
nie."

"Ek bedoel – laat weet my of ek nog 'n verdagte is of nie."

"Goed.

Klik. Platt sit die foon in haar oor neer.

Kat is woedend.

Dit is duidelik dat Platt haar nie ingelig gaan hou nie. Kan sy hom
vertou om op te volg op Clara? Sy dink nie so nie. Sy het 'n Plan B
nodig. Maar wat? Dit sou die sekuriteitekommissie ten beste 'n dag of
twee neem om 'n hofbevel te kry om die fondse te vries. Maar dit is
waar 'n Kanadese bank ter sprake is. Die geld is nou buite Kanada.
Daar is geen doeltreffende regsroete nie, anders as om hofaksie te
neem, wat haar sou bind vir jare nie, lank nadat Clara verdwyn het
met die geld.

Kat kyk na die kitscherige Duitse koekoekhorlosie bokant Verna
se kombuistafel. Dit is twintig minute na een en nóg 'n sonnige
middag, raar vir Vancouver in die winter. Dit pas by haar gemoed.

Sy het geseëvier oor Nick en Clara. Hulle kan haar maar name
noem en haar vermoëns bevraagteken, maar dit verander niks aan
die feit dat sy hulle uitgevang het nie.

Sy tuur by die kombuisvenster uit terwyl sy haar volgende stappe
oorweeg. 'n Eekhoring spring van boom tot boom, vermy net-net 'n
ramp toe die tak neerswieg onder sy gewig. Hy hang onderstebo aan
die tak en vir 'n splitsekonde, kry homself regop en skarrel teen die
stam af grond toe. Hy hardloop oor die werf en gaan dan skielikbot-
stil staan, luisterend.

Kat kan haar oë nie glo nie. Geboë oor die groentetuin, direk voor die eekhoring, is 'n vrou in 'n rooi tartan reënjas. Sy staan stadig regop, hou van die blare in haar gehandskoende regterhand vas.

Kat spring uit haar sitplek op en hardloop op haar sokkies op die agterstoep uit.

"Verna?"

Die vrou reageer nie. Kat hardloop met die trappies af op die gras, die nat gras deurweek haar sokkies. Haar voete slop-slop soos sy na die vrou toe loop.

"Verna Beechy?"

Die vrou draai om en glimlag vir Kat. Die knope van haar reënjas is in die verkeerde knoopsgate, en sy dra ooptoon-sandale in plaas van skoene.

"Dis ek. Wie is jy?

"My naam is Kat."

"Wie?"

"Kat. Die, ee... opsigter." Hoe anders beskryf sy haarself nadat sy by Verna se huis uitgekom het?

"Het jy my notas gekry?"

"Ek het. Daar is iets wat ek jou wil vra oor hulle."

Dit is asof Verna haar nie hoor nie.

"Jy sal aanbly as ek weg is?"

"Ja. Wanneer dink jy sal jy terug wees?"

'O, ek weet nie. Hulle het pas die toer verleng. Ek moet weer by die bus uitkom of hulle ry sonder my. Ons is in Italië hierdie week."

"Wel, ek sal jou nie lank ophou nie," sê Kat. "Verna, het jy vergeet om jou belasting te betaal?"

"Natuurlik nie. Ek het genoeg belasting betaal deur die jare. Ek het besluit ek betaal niks meer nie. Buitendien, ek is met vakansie. Waarom moet ek belasting betaal as ek nie hier is nie."

Verna is duidelik 'n bietjie deurmekaar.

"Jy sal mos omsien na dinge, dan nie?" vra Verna.

"Natuurlik sal ek. Waar sluit jy weer by die toer aan?"

"By die Goue Boë, net in die straat af."

Goue Boë? Bly Verna by die Goue Eike? Die lantermyn tehuis is minder as twee blokke ver. Dit mag verklaar waarom sy haar huis gelos het soos dit was. Maar het sy geen familie of vriende nie? Hoe kon enigieen toelaat dat sy haar huis in 'n belastingverkoping verloor?

"Kom ek stap saam met jou. Ek kry net gou my skoene binne."

"Nou goed. Maar maak gou."

Kat hardloop met die trappe op en na die voorste gang. Sy maak haar Adidas se veters vas en gryp 'n baadjie. Sy haas haar na buite, maar Verna is weg.

HOOFSTUK 39

Kat begin hardloop in die donker. Vyfuur vm. is vroeg, maar sy het 'n vinnige hardloop nodig om haar kop skoon te kry. Waar sou iemand soos Clara die geld heen beweeg? Om die geld-oordragte uit Opal Bancroft Richardson se rekening na te spoor is vervelig. Sy het nagegaan en honderde banke wêreldwyd gisteraand uitgeskakel, maar daar is steeds dosyne om te doen. As Clara die geld weer skuif, is dit vir altyd weg.

Sy hardloop met die voetpaadjie langs in inkswart donkterte, sit haar voete versigtig neer om nie oor die takke en los klippe te val nie. Dit is soos om in die sneeu te hardloop, om jou voete neer te sit sonder om presies te weet wat kom. Een misstap en sy kan haar enkel verstuit of erger.

Straatligte is niebestaande op die paadjie na die rivier, so sy sal haar koplamp gebruik tot sy die bootlanseerplek en parkeerarea aan die suidekant van die park langs die rivier bereik. Die stilte word slegs verbreek deur haar voetstappe en die geluid van 'n trein wat 'n kilometer binneland toe fluit.

Haar koplamp skyn op 'n oopte na regs wat gestrooi lê van vullis en inkopietrollies. Onder die drie hompe komberse met karton is hawelose mense uitgekamp onder die bome om van die reën te ontsnap. Sy is nie heeltemal alleen nie. Sy versnel haar pas en kom by die oopte.

Die dag breek geleidelik, 'n grys vroemôrelig wat die Port Mann-brug omraam. Maquabeak Park, geleë onder die brug, is onbekend aan almal behalwe die booteienaars, hondelopers en drawwers. Dit is Kat se gunstelingplek om haar gedagtes uit te sorteer.

Vandag stel nie teleur nie. 'n Ligte briesie waai in van die rivier af, en die bossies glinster met die oggenddou. Die aandeelhouersverga-dering rus nog steeds swaar op Kat se gemoed. Haar toespraak het die aandag getrek van diegene by die vergadering, maar Nick en die Braithwaite-familietrust het beheer oor hul aandele. Het sy vir Audrey oortuig? Of dink sy nog steeds aan haar as 'n aandagsoe-kende, mal persoon? Dis moeilik om te sê. Die stemmery gaan môre op die een of ander manier voortgaan.

Liberty gaan onder die aandeelhouers uit verkoop word en blyk-baar is sy die enigste een wat omgee. Niemand gaan haar glo nie, want dis net te verregaande om te dink dat Liberty gebruik gaan word vir diamantwassery deur georganiseerde misdaad. Behalwe as sy die geld na Porter toe kan naspoor...

Clara se ontmaskering is 'n goeie ding, maar sonder 'n verbintenis met die geld, is daar geen rede om haar aan te kla nie. Die skorsing sou waarskynlik ook nie voortduur nie. Nick het 'n persverklaring uitgereik om dinge uit te stryk, en gesê dat Susan Sullivan eenvoudig Clara se poging was om 'n meer Engelse naam te aanvaar, en om haarself van haar berugte pa te distansieer. Kat vermoed Clara gaan vlug, en so enige kans dat sy aangekla word of skuldig bevind word aan bedrog, uit die weg ruim. Sy is oortuig Clara sit agter alles, selfs die moorde op Braithwaite en Takahashi.

As sy net kan uitvind aan watter banke daai rekeningnommers behoort. Hoe kan sy die moontlikhede verklein uit die duisende banke wêreldwyd?

Sy vat kortpad deur die parkeerarea in die rigting van die spoor-lyn. Dis leeg behalwe vir 'n donker paneelwa wat by die verste punt geparkeer staan. Waarskynlik iemand wat vroegoggend met 'n hond kom stap het, hoewel sy nog niemand gesien het nie... Vandag se roete neem haar langs die grense van die Kolonieplaas Natuurreser-vaat wat aan die park grens. Die geluid van die vroegoggendverkeer vanaf die hoofweg klink duideliker op terwyl sy nader daaraan beweeg met die spoorlyn langs.

Nog 'n hardloper kom van voor af. Hy is stewig gebou, nie die tipiese, skraal langafstand-drawwer wat Kat gewoonlik op hierdie roetes raakloop nie. Kat probeer uitmaak hoe hy lyk, maar dis donker en hy het 'n kappie oor sy kop getrek. Dit maak haar ongemaklik. Dis te warm om met 'n kappie te hardloop, en dit reën nie meer nie.

Hy vermy haar blik toe hy verbykom en uit sy swaar asemhaling, twyfel sy of hy meer as 'n paar honder meter verder kan hardloop sonder om te stop om asem te skep. Dis 'n afgeleë plek, ten minste 'n paar kilometer van die pad af, en sy wonder hoekom 'n duidelik onfikse drawwer hier sou wees op so 'n vroeë uur.

Dit moet sy paneelwa wees wat in die parkeerarea staan, dink sy.

Sy oorweeg dit om met 'n draai terug te hardloop, maar verander dan van plan. Die parkeerarea is net so verlate. As sy voortdurend aan haarself twyfel, gaan sy nooit haar draf inkry nie. Sy gaan aanhou met die paadjie tot by die ingang na die gemeenskapstuin, en terug-gaan met die Arendsroete, soos wat sy aanvanklik beoog het.

Skielik gryp iemand haar van agter af. Een arm vou om haar nek in 'n wurggreep en die ander om haar middel. Sy snak na asem terwyl sy sukkel om asem te kry. Sy voel die warm asem agter teen haar nek.

Toe baklei sy. Sy skop na agter met haar voet, probeer kontak maak. Hy verstewig sy greep, hou haar arms vas dat sy nie kan beweeg nie.

Stupid! Watter dom idee om alleen in die donker te kom hardloop. Hoe lank voor iemand haar liggaam kry? Nooit weer doen sy iets so idioties nie, belowe sy haarself. As sy ooit hier uitkom!

"Moet niks sê nie, teef, of jy's dood!"

Hy swaai haar om. Dis die ou wat by haar verbygekom het.

"Wil jy geld hê? Ek het nie hier nie, maar ek kan kry–"

"Bly stil. Is jy doof of iets?"

Kat maak haar mond oop om te skree. Net 'n heserige kraakgeluid kom uit. Niemand kan haar in elk geval hoor nie, selfs nie die hawelose mense nie. Hy druk sy hand onder haar ken, op haar hoofslagaar, sodat sy sukkel om asem te kry. Sy staar na hom, memoriseer sy gesig vir ingeval sy lewendig hier uitkom. Hy grinnik vir haar met vrot, geel tande wat lyk soos verbrande springmielies in 'n skewe ry. Duidelik geniet hy dit.

"Asseblief, laat my gaan. Ek belowe ek sal nie—"

Hy slaan haar teen die kant van die kop en alles word donker. Haar bene vou onder haar in, en sy sak op die grond neer. Hy vang haar nek in die V van sy hand en gryp haar keel, breek haar val. Sy wurg. Sy sukkel om weer op haar voete te kom om die drukking op haar nek te verlig. Sy greep verstewig raak toe sy dit regkry.

Haar enigste kans is om te hardloop. As sy net uit die greep kan kom en 'n paar treë kan wen. Sy kan hom dalk weghardloop as sy 'n voorsprong kry. Sy som hom op. Lank en stewig gebou, soos 'n opgepompte voorry. Hy is ten minste tweehonderd en vyftig pond en 'n goeie vier duim langer as sy. Sy sal hom moet verras voor hy kan reageer.

Sy kappie is nou af en sy kan sy gesig beter sien. Dit is die ou wat by haar kantoor ingebreek het, die tikslaaf. Hy is net nou heelwat beter aangetrek in 'n Reebok-sweetpak. Sy wilde, groen oë gluur haar aan, som haar op. Sy kry die gevoel hy voel geen verpligting om haar in een stuk te hou nie.

Die kantoorinbraak was dus glad nie sommer net nie. Dit hou duidelik verband met Liberty. Enige tevredenheid met die feit dat sy reg was, word verdwerg deur die gevoel van onheil wat haar nou oorweldig. Is dit hoe dit met Takahashi en Braithwaite gebeur het? Wat gaan hy nou doen?

Tik-ou verlig sy greep momenteel terwyl hy in sy baadjiesak vir iets soek. Hy bring 'n nylon kabelbinder te voorskyn en maak haar gewrigte aan mekaar vas.

"Wat jy ook al wil hê, ek sal jou betaal. Laat my net gaan. Ek sal jou meer gee as wie ook al jou gehuur het. Ek sal vir niemand sê nie. Ek belowe. Asseblief, laat ek net—"

"Wat het ek nou net gesê?"

"Ek moet stil bly?'

"Ja. So bly nou stil of jy gaan jammer wees."

Kat benut die oomblik, mik na regs en hardloop links by hom verby – pomp haar arms om weg te kom. Hy gryp na haar en sy vingerpunte kry rakelings haar hemp beet. Sy spring vorentoe, bevry haarself uit sy greep. Dan loop hy haar van die kant af storm, gryp haar en trek haar af en druk haar gesig in die modderige grond.

Die laaste ding wat sy voel is 'n harde hou teen die agterkant van haar kop. Dan niks meer nie.

HOOFSTUK 40

Kat word wakker met 'n kloppende hoofpyn. Sy raak bewus van haar rug wat erg seer is. Sy lê op 'n harde teëlvloer en sy is kry koud. Sy probeer haar arms beweeg, maar hou dadelik op toe die nylon kabelbinder in haar gewrigte insny. Nou onthou sy: Tik-ou en die parkroete. Sy belowe haarself sy gaan nooit weer alleen hardloop nie.

Sy is in 'n gebou, klam en onverhit. Donkerte omvou haar waar sy bewend in haar steeds-klam drafklere lê. Sy lê stil, luister vir enige teken van mense, maar daar is nie 'n geluidjie nie. Dit klink of sy alleen hier is.

Na 'n paar probeerslae, kry Kat dit reg om haarself regop te stoot tot 'n sittende posisie. Sy doen 'n vinnige inventaris. Behalwe vir die kabelbinder om haar gewrigte, is sy los en kan sy beweeg. Sy beweeg haar knieë en druk haarself op tot sy staan. Skielik voel sy hoë die vloer onder haar beweeg. Sy huiwer 'n oomblik, maar dit gebeur nie weer nie. Miskien is sy duiselig van die hou teen die kop, dink sy toe sy die knop teen die kant van haar kop voel.

Kat herwin haar ewewig, en beweeg haar arms dan stadig in 'n boog rondom haar. Heuphoogte kom sy 'n toonbank teë. Sy voel met die oppervlak langs en kry twee wasbakke. Aan die ander kant kry sy swaaideure. Sy is in 'n badkamer.

Sy voel met die rant van die toonbank langs tot sy 'n muur bereik. Sy druk 'n ligskakelaar op, maar niks gebeur nie. Sy strek haar vinger om die ligskakelaar op haar horlosie te druk, terwyl die kabelbinder ongemaklik teen haar gewrigsbeen druk. Na 'n paar probeerslae, verlig die horlosie se gesig en kan sy die deur in die effense lig raaksien. Sy druk die deur op 'n skrefie oop en loer versigtig uit.

Sy word begroet met die gesig van restaurantafels en stoele - die soort wat aan die vloer vasgebout is. Gesplinterde daglig filter deur die vensters wat vuil en besmeer is. Die plek lyk verlate.

Voetjie vir voetjie loop sy verder in die restaruant in, versigtig om nie te raas nie. Sy loop om die draai en gaan botstil staan. Haar hart hamer in haar ore. Direk voor haar is 'n man met sy rug na haar toe. Hy staan doodstil. Sy kan terughardloop na die badkamer, maar hy sal haar waarskynlik hoor. In plaas daarvan loop sy stilletjies nader om beter te sien.

Dan sien sy dis 'n reuse, lewensgrootte Ronald McDonald – aan die vloer vasgebout! Sy verwens haarself omdat sy nie die afskuwelike geel en rooi uitrusting dadelik herken het nie, selfs met sy rug na haar toe. Stadig kyk sy by Ronald verby vir enige teken van lewe in die restaurant. Daar is niks nie, net nog stowwerige tafels en stoele.

Gemeet aan die lae pryse op die spyskaart, bedien hulle al lank nie meer Big Macs hier nie. Die bord sê dat 'n glimlag verniet is, maar daar is niemand agter die toonbank om een aan te bied nie. Sy voel weer die eienaardige sensasie van die grond wat onder haar beweeg – net vir 'n oomblik.

Sy skrik vervaard toe sy 'n man hoor hoes. Haar hart klop weer woes. Tik-ou moet hier wees! Sy beweeg versigting, so sag as wat sy kan met die draftekkies wat sopnat is van die velddraf in die rigting van die geluid. Daar is 'n muur voor haar. Sy kyk versigtig om die hoek en sien 'n donker figuur by die verste tafel sit.

Dit is die laaste persoon wat sy verwag het om in 'n plek soos hierdie te sien!

HOOFSTUK 41

"Kat? Is dit jy? Vra hy, in 'n vreemde versoenende stemtoon, veel vriendeliker as wat hy gewoonlik met haar praat. Hoekom het sy voortdurend hierdie bizar ontmoetings? Eers Tik-ou, en nou Nick Racine. Toe sy nader gaan, sien sy sy arms is vasgemaak aan die stoel agter hom, en sy bene op dieselfde manier aan die stoelpote. Sy ag haarself gelukkig dat sy vrylik kan rondbeweeg.

Nick se pak is gekreukel en sy gesig is verdonker met 'n vyfuurs-kaduwee.

"Nick? Wat maak jy hier? Wat de hel gaan aan?"

"Ek weet nie. Iets met Susan te doen."

"Jy bedoel Clara."

"Ja, Susan, Clara, wat ookal. Kyk, jy was reg, oukei."

"Moenie maak of jy onskuldig is nie. Jy is ook in hierdie ding. Ek het nog nie uitge*figure* hóé nie, maar jy's duidelik kop in een mus met Clara."

"Kat dink daaroor. Sou ek nou hier gesit het as dit die geval was?" Nick verskuif sy gewig effens, ongemaklik op die harde plastiekstoel. Kat wonder of hy al ooit vantevore in 'n McDonalds was.

"Clara sou nie eens by Liberty gewees het as dit nie vir jou was nie. Het jy nie eens haar agtergrond nagegaan toe jy haar aangestel het nie?"

"Kom ons hou hierdie bespreking vir later en fokus daarop om uit te kom. Hulle gaan terugkom vir ons. Binnekort." Nick skakel weer om na sy outokratiese, arrogante self. "Gaan kombuis toe en kry 'n mes om my kabelbinders–"

"Ek dink nie so nie. Nie tot jy die waarheid praat nie."

In die effense lig van die vuil vensters kan Kat sien hoe Nick se gesig rooi word van woede. Sy sal nie swig nie. Nick sou nie naastenby saamwerk in 'n minder gevaarlike posisie nie. Sy draai om om weg te loop.

"Goed! Kry jou sin. Ek hoop net nie jy kry ons altwee doodgemaak as gevolg daarvan nie."

"Hoekom is jy hier, Nick? Het jy probeer om Clara uit te skop – om al die geld vir jouself te hou?" Kat sif deur die smaakmiddelhouer, maar al wat sy kry, is 'n paar strooitjies en 'n paar souspakkies.

"Ek het die Porter-oornameaanbod bevraagteken. Die aanbod was te laag. Al wat ek probeer doen het, was om 'n regverdige prys vir die aandeelhouers te kry. Dit beteken gewoonlik om rond te kyk vir ander kopers." Nick klink nie so altruïsties as 'n mens in ag neem dat hy die meerderheidaandeelhouer is nie. "Clara het nie daarvan gehou nie. Dis hoe ek uitgevind het wie sy regtig is."

"Komaan, Nick. Jy het geweet wie sy is toe jy haar aangestel het. Ek is nie dom nie. Iets het verkeerd gegaan en jy het probeer uitkom. Is ek reg? Wat was dit?" Kat kyk op die toonbank vir iets skerp genoeg om die kabelbinders mee af te sny. Is daar enigiets in die plek wat nie plastiek is nie?

"Oukei, goed. Ek het geld geskuld. Dobbelskuld, en 'n paar skelms was agter my aan. Clara se pa het my die geld geleen, en in ruil wou hy hê een van sy werknemers moes by Liberty instaan om te leer oor die diamantbesigheid."

Kat onderdruk 'n lag. Is Nick ernstig? 'n Kriminele mentorskapprogram? Hy is selfs nog meer onkapabel as wat sy aanvanklik gedink het. Nick se pa het hom 'n fortuin agtergelaat, volgens Jace se navorsing. Waarom sou hy 'n lening nodig hê met sy Liberty-salaris en erfporsie?

"Laat ek gou die feite regkry. Jy het geld geleen by 'n *loan shark*, en toe jy in die moeilikheid beland, toe vra jy 'n mafia-grootkop om jou re red? Van hoeveel geld praat ons hier, Nick?"

"Net 'n paar miljoen. En die voorwaarde was dat sy werknemer sou bly tot ek dit terugbetaal het." Nick skuif rond in sy stoel, duidelik ongemaklik. Kat wonder hoe lank hy al daar is.

"Laat ek raai. Jy het dit nie terugbetaal nie."

"Nee. Ek was van plan, maar hy het my ekstra gegee. Ek het besluit om nog aandele te koop met die geld wat oor was. Die aandeelprys het geval, en dit was 'n geleentheid om dit vinnig te laat verdubbel. Of so het ek gedink. Maar die aandeelprys het selfs nog verder geval. Ek kon nie vorendag kom met die geld om die deposito te betaal nie. Al my geld was vas."

"Jy doen daghandel met jou eie maatskappy?" Dis 'n nuwe laagtepunt. Liberty se uitvoerende hoof manipuleer die aandele.

"Haai, moet dit nie daghandel noem nie. My plan was om dit vir 'n paar maande te hou. Dit was 'n kans om my verliese terug te kry en my lewe weer op dreef te kry. Ek was van plan om te verkoop as die aandele eers teruggebons het, en om die geld terug te betaal. Die enigste probleem is, die aandeelprys het nooit herstel nie. Toe ek die margeopvordering kry, moes ek dit betaal of verkoop. Ek het nie geld gehad om te betaal nie, so ek het verkoop. Dit het my verliese verseël en het beteken ek het nie geld gehad om die lening terug te betaal nie."

"Lyk of jou leerling jou 'n streep getrek het." Is daar enigiemand wat nie Liberty-aandele manipuleer nie?

"Ja, ek veronderstel so as jou teorie reg is dat Clara Liberty-aandele kortverkoop het."

"Dis nie 'n teorie nie, Nick. Dis 'n feit." Gaan hy haar nooit krediet gee nie?

"In elk geval, ek het gedink 'n goeie oornamestorie mag dalk die aandeelprys weer laat styg en ek het die idee met Ortega gedeel. Die enigste ding is dat hy dit toe deurgevoer het. Ek was nooit van plan om te verkoop nie. Dit was net 'n manier om die prys op te stoot."

"Is dit nie onwettig nie?" Nick, iemand in die binnekring wat *pump-and-dump*.

"Hulle my ge*trick*. Hulle het die aandele gemanipuleer sodat ek geld sou verloor. En met my aandele as sekuriteit, sou hulle dit opgeëis het as ek nie die lening terugbetaal het nie." Nick se skouers sak in algehele moedeloosheid.

"Wie is 'hulle'?" Clara?"

"Nee. Nie dirck nie. Haar pa. Hy het gesê dat die sekuriteit net 'n formaliteit is. In daardie stadium het ek nie geweet hy was van plan om die maatskappy te steel met 'n laehou oorname-aanbod nie."

"Nick, wat het jy verwag? Jy het hier met misdadigers te doen ."

Was hy regtig so onnosel? Of hou hy hom net dom? Hy moes van Clara geweet het.

"Verstaan jy nie, Kat? Die aandeelhouersvergadering is môre. As ek nie daar is nie, kan ek nie stem nie. En as ek nie 'n verteenwoordiger aanstel nie, kan Clara, as die bestuur, stem soos sy wil."

"Dis waar. Maar jy het Clara aangestel. Daar is iets oor jou storie wat nie reg klink nie. Wat is dit wat jy my nie sê nie?"

"Kom ons hou hierdie bespreking vir later en fokus daarop om uit te kom. Ons kan mekaar help. Ons moet net iets kry om die kabelbinders te knip."

"Ons? Ek dink jy bedoel ek, aangesien ek die enigste een is wat kan rondloop op die oomblik. Ek doen niks nie – tot jy my sê wat aangaan. Hoekom moet ek jou help?"

Die geluid van 'n enjin buite die restaurant oordonder Nick se antwoord. Kat draai om en hardloop terug badkamer toe. Sy kom sover as die toonbank toe 'n ketting teen die toegeplankte voordeur raas. Dan bars die deur oop.

HOOFSTUK 42

Tik-ou storm by die restaurant in. Hierdie keer is hy nie alleen nie. Agter hom is nog 'n skermunkel, korter en stewiger, met 'n haarlyn wat wegraak afgerond met 'n poniestert. Altwee is uitgerus in swart leerbaadjies, leertops en vuil denims. Ou sigaretrook dryf tot by Kat waar sy op die vloer voor die toonbank sit.

"Waar is hy, Gus?"

"Ag, Vaderland, Mitch! "Wat het ek nou net gesê?" Moenie my naam gebruik nie."

"Oukei, baas. Maar jy het nou net myne ook gebruik. So ons is *even*."

So Tikkop is Gus. En hy het skynbaar onderdane.

"Makie sakie. Hou net jou bliksemse mond toe." Gus gluur na Mitch terwyl hulle Kat geheel en al ignoreer en voor die toonbank verbyloop. Hulle stap na die hoek toe waar Nick vasgemaak sit. Die namiddagson is vinnig besig om te verdwyn en Mitch sit 'n flitslig aan en rig die straal op Nick. Dit lig vang iets anders. Kat sien iets blink in Gus se hand.

"Ek kan nog steeds hierdie ou doen, né, baas?"

"Ja. Hou dit net eenvoudig, oukei? Nie soos laas keer nie. Niks fênsie goed nie."

Bedoel Gus Takahashi? Gaan hulle vir Nick doodmaak? Vir wie werk hulle? Vrae jaag deur Kat se kop terwyl sy sukkel om die gesprek om die draai te hoor.

"Reg met my."

"Dankie tog. Jy het tot jou sinne gekom. Maak eers my hande los. Ek moet–"

"Poephol! Ek sê – bly stil!"

"Eina! Haai, dit maak seer!"

Kat bly op die grond, maar skuif nader sodat sy om die hoek kan loer. Gus is voor Nick, en blokkeer Kat se uitsig. Hy het 'n rewolwer in sy hand, op Nick gerig. Wat Mitch ook al aan Nick doen, moet seer wees, te oordeel aan Nick se gille.

Skielik slaan die voordeur. Kat se hart klop hard in haar bors toe sy omkyk. Toe ontspan sy. Cindy kom skielik te voorskyn, asof vanuit nêrens.

"Wat 'n verligting! Jy het geen idee–"

Cindy onderbreek Kat met 'n harde vinnige skop in haar rug. Kat gil en krul in 'n bondeltjie op die vloer toe die pyn deur haar rug skiet.

"Bly stil, teef!"

Pynspasmas stroom teen Kat se ruggraat af terwyl sy sukkel om nie te kreun nie. Trane stroom oor haar wange terwyl sy snak na asem. Cindy se skop voel of dit haar rug in twee gebreek het. Sy kreun onwillekeurig toe sy probeer om weg te skuif.

"Ek het gesê, BLY STIL!"

Kat se mond val oop. Cindy troon oor haar waar sy op die vloer lê. Sy is in leer uitgerus van haar baadjie tot by haar pynigende stiletto-boots. Sy trek diep aan haar sigaret toe sy op Kat skree.

"Jy luister nie mooi nie. Wil jy opeindig soos Nick daarso?"

Cindy wag nie vir 'n antwoord van Kat se kant af nie. Sy tip haar sigaret en laat val van die as op Kat se gesig.

Kat nies toe sy die as by haar neus inasem.

"Bly stil, teef. Verstaan jy?"

"J-ja." Cindy gaan haar nie red nie. Sy gaan haar dood te maak. Cindy is een van húlle, 'n skelm polisievrou. Het Clara haar gekoop?

Nou maak alles sin. Dit verklaar hoe hulle die heeltyd een stappie voor was, hoe Gus geweet het waar sy sou hardloop daardie dag. Alles, selfs tot by Platt wat haar as verdagte sien in die Takahashi-moord.

"Kom ons gaan, ouens."

Cindy laat val haar sigaret op Kat se bobeen. Kat voel hoe dit deur haar rekbroek brand en die materiaal in haar been vassmelt. Cindy druk die stompie met haar stewel dood.

Mitch druk 'n strompelende Nick vorentoe, druk hom in die rug. Nick se hande is steeds agter sy rug vasgemaak, maar sy bene is nou los. Gus is kort op Mitch se hakke, en beide blyk onderdanig te wees aan Cindy se opdragte.

"Goed so. Bly nou stil en bly in jou hoek soos jy gesê word. Ons kom later terug vir jou." Cindy marsjeer weg in haar stewels en Gus en Mitch volg, slaan die deur hard agter hulle toe. Kat hoor hoe hulle die ketting weer aan die deur sit en waarskynlik met 'n slot sluit.

Binne 'n minuut hoor sy twee skote buitekant. Toe skakel die enjin aan. Dit luier vir ongeveer 'n halfuur voordat dit uiteindelik wegbeweeg. Sy lê op die vloer waar Cindy haar gelos het, nog steeds bang om te beweeg. Sy luister vir enigiets anders, 'n roep of 'n skree. Maar al wat sy hoor, is stilte.

Kat se vroeëre paniek verander nou in angs vir die onvermydelike. Hulle het vir Nick geskiet. Dit is net 'n kwessie van tyd voor hulle terugkom om haar dood te maak.

HOOFSTUK 43

Die oggendlig sypel uiteindelik genoeg by die vuil vensters in vir Kat om te sien. Sy snuffel weer deur die kombuis, maak kaste en laaie oop, hoop dat sy gister iets gemis het. Sy het nie. Die kaste is steeds leeg. Daar is niks om die kabelbinder om haar gewrig af te sny nie, nie eens 'n plastiekmes nie.

Die aandeelhouers stem vandag. Haar tweedag-uitstel het niks verander nie. Cindy het daarvoor gesorg deur haar hier vas te keer. Die stem sou voortgaan, en die enigste verskil is dat die bestuur oor Nick se aandele gaan stem. En dit sal Clara wees, want haar skorsing gaan beëindig word as Kat nie vorendag kom met bewyse van haar oneerlikheid nie.

'n Gevoel van verdoemenis kom oor Clara terwyl sy na haar horlosie kyk.

Dit is al na agt vm. Cindy en kie sal verseker enige oomblik terug wees. Sy sak terug teen die yskas, moedeloos. Sy kyk weer deur die vertrek, en haar blik kom tot rus op die toonbank oorkant haar. Sy het nie vroeër die boks Saran Wrap raakgesien nie. Die geriffelde rant mag dalk skerp genoeg wees om die kabelbinder te sny.

Sy druk die een punt teen haar maag om dit stil te hou, en beweeg haar gewrigte heen en weer oor die snykant. Na 'n minuut van volgehoue saagwerk, word sy beloon vir haar pogings. Die lem maak 'n ligte indentasie in die binder en dit skaaf die plastiek stadig maar seker tot 'n growwe poeier.

Die groef verdiep toe sy vinniger saag. In haar haas om die binder deur te sny, laat glip sy. Die metaalrant sny deur haar horlosieban-djie, dan in haar vel in.

"Eina! Sy gil van die pyn toe die riffelrant haar vang. Haar horlosie val op die grond toe sy ruk. Die geriffelde sny oor haar gewrig word gou rooi toe die bloed uitlek. Haar gil eggo deur die leë kombuis. Maar die plastiekbinder hang nou net aan 'n draadjie.

Sy asem diep in, baklei teen die naarheid wat in haar maag opstoot. Sy draai haar gewrigte en ruk hulle van mekaar af weg in 'n vinnige beweging. Die binder breek, en 'n gevoel van verligting vloed deur haar.

Stroompies bloed drup teen haar arm af. Het sy iets afgesny? Paniek wel in haar op. Hoekom het sy nie opgelet in noodhulpklas nie? Sy moet dit op 'n manier verbind, maar waarmee?

Kat kry 'n stapel servette in 'n kas en gryp 'n handvol, druk dit hard op haar arm om die bloeding te stop. Die servette raak gou rooi, met bloed deurweek, terwyl sy daarna kyk in morbiede fassinasie. Sy laat val die deurweekte servette op die vloer en druk 'n tweede stapel teen die wond. Hierdie keer raak die bloeding stadiger. Sy kyk die kombuis deur vir iets om die servette vas te hou, iets om haar gewrig te verbind. Hoe ironies is dit? Sy kyk na die Susan Wrap. Dit sal heel goed werk. Sy trek 'n meter lange stuk af en draai dit versigtig om haar gewrig en die servette, en knoop dit in plek vas.

Sy hardloop uit die kombuis uit, druk steeds op haar arm om die bloeding te stop. Elke oomblik wat sy in die restaurant bestee, beteken minder tyd tot Cindy en haar trawante terugkom om haar dood te maak.

Sy druk die kombuisdeur oop en loop na die voorkant van die restaurant toe. Sy trek aan die voordeur, maar Cindy het die ketting weer toegesluit toe sy gisteraand weg is. Sy moet 'n ander pad uit kry. Daar is 'n venster regs van die deur. Sy soek iets om dit mee te breek en sien 'n metaal servethouer op een van die tafels. Sy gooi die servethouer so hard as wat sy kan teen die venster. Dit spat terug en land op die vloer, maar nie voor dit 'n baie klein krakie gemaak het nie. Sy gooi weer en weer, mik vir die kraak.

Na 'n halfdosyn probeerslae breek die ruit uiteindelik. Sy sal kan deurklim, maar eers moet sy die stukkende glas verwyder. Hoe kan daar so baie gevaarlike goed in 'n restaurant wees wat amper geheel en al van plastiek gemaak is. Sy het 'n borsel van een of ander aard nodig, maar sy kan nie onthou dat sy enige gereedskap gesien het toe sy die kombuis deursoek het nie. Dan kry sy 'n idee. Sy trek een van haar tekkies uit.

Sy gebruik haar skoen soos handskoen en vee die oorblywende splinters uit die vensterraam uit en loer buitentoe.

Hoewel sy geen benul gehad het van waar sy is nie, kom dit nog steeds as 'n skok.

'n Stewige wind waai teen haar gesig, swiep haar hare voor haar oë en slaan haar asem weg. Sy gryp die vensterraam en leun so ver uit as wat sy dit kan waag. In plaas van asfalt en sement, sien sy water. Dit breek in klein wit maanhaartjies onder haar. Die restaurant is op 'n sleepboot. Te oordeel aan die ligging van die Noordoewerberge, effens na links, moet sy in die omgewing van Burrard Inlet wees. Dit verklaar die eienaardige sensasie van die vloer wat onder haar voete beweeg.

Regs van haar is die naaste land, 'n rotsagtige kuslyn – dig bewoud met geen teken van aktiwiteit nie. Dis omtrent 'n halfmyl weg; te ver om te swem. Direk voor haar is water, en sy raai dat sy ongeveer vyf myl oos van Vancouver is. Wat die hel maak 'n drywende restaurant in Burrard Inlet?

Die deur links het 'n klein dek aan die onderkant, omring met 'n heuphoë reling, maar die landing kom nie tot by die venster nie. Om te ontsnap, sal sy moet uitklim, aan die reling gryp, en haarself ophys na die platform toe. 'n Gevoel van onheil oorval haar. Wat as sy misvat?

Sy span haar ore in om te luister vir bootverkeer terwyl sy haar skoen aantrek, maar daar is niks nie – net die spoelwater. Ten spyte van die vensters reg in die rondte, is dit te vuil vir haar om na buite te sien. Sy debatteer of sy nóg 'n venster moet breek aan die ander kant. Miskien is daar nog 'n dek waar sy miskien gesien kan word en gered kan word. 'n Tweede oop venster beteken nog wind en koue, maar dit neem haar net 'n sekonde om daarvan te vergeet. Koudkry is beter as om te wag om doodgemaak te word. Cindy en haar bende gaan terugkom as hulle van Nick se liggaam ontslae geraak het. Die waarheid sink in by Kat soos 'n rots. Hoe kon haar beste vriendin haar so verraai?

Dit is egter nie nou die tyd om haarself te bejammer nie. Sy stap met lang treë na die oorkant toe en gebruik weer die servethouer, breek 'n tweede venster. Hierdie keer breek dit met haar eerste probeerslag en los 'n klein gaatjie wat sy uithamer met die houer. Skielik hoor sy vaagweg stemme. Sy leun by die venster uit en sien 'n paar roeiers in die verte in die branders rondspoel.

"Haai!

Die roeiers hou aan praat, onbewus van haar uitroepe.

"Help!"

Die twee roeiers krimp vinnig tot twee klein kolletjies, laag in die water. Binnekort gaan hulle verdwyn. Sy kan hulle nie meer hoor nie. Sy skree vir nog tien minute, hoop iemand anders is dalk naby, maar geen reaksie nie.

Niemand kan haar binne-in die boot sien nie. Sy moet buite kom. Daar is toe nie 'n dek onder die tweede venster nie, en ook nie een naby wat sy kan sien nie.

Dit beteken haar enigstre hoop is om tot op die platform onder die deur te probeer kom. Sy stap terug en kyk by die eerste venster uit. Herinneringe van gimklas kom terug na haar toe. Sy was nooit goed met opstote of klimwerk van enige aard nie. Daar is 'n goeie kans dat sy dit nie gaan maak nie, en as sy in die water beland, is sy in groot moeilikheid. Aan die ander kant, wat is erger as haar huidige situasie? Albei lei tot haar dood. Ten minste sal iemand haar dalk buite op die dek raaksien.

Die lug verdonker en die wind tel op, fluit deur die stukkende venster. Dit gaan nog kouer wees buite op die platform. Sy het maksimum omtrent 'n uur voor hipotermie intree. Een fout en sy is in die water, met niemand om haar te red nie, niemand om haar te sien verdrink nie.

Ten spyte van die koue, sweet haar handpalms. Sy vee hulle teen haar bobene af en trek haar asem diep in. Sy klim op en trap op die vensterraam, balanseer eers teen die egalige wieg van die boot. Sy strek haar arm uit om die afstand te skat. Die reling is omtrent 'n armlengte buite haar bereik. Die enigste manier om dit beet te kry, is om te spring terwyl sy haar hande uitstrek. Sy sal die reling moet gryp en haarself optrek tot op die platform. As sy mis, is sy in die water. Maar dis net twintig sentimeter. Sy sal tog seker kan doen? Sal sy genoeg krag hê om haarself op te trek?

Sy bibber en haal haar oor vir die sprong. Sy asem diep in en dan spring sy, probeer soveel moontlik veerkrag in die sprong sit om haar tot by die reling te du. Sy gryp, haar vingers uitgestrek, maar in plaas van reling is daar net lug. Wild bly sy gryp-gryp, terwyl sy voel hoe haar liggaam val.

HOOFSTUK 44

Dan vou haar vingers om koue nat metaal – die oppervlak verweer van die seelug. Haar arms voel of hul uit hul potjies geruk word toe hulle die skok van haar liggaamsgewig teen die reling absorbeer. 'n Golf van verligting kom oor haar terwyl sy haar asem terugkry. Sy het die boonste reling gemis en die twee daaronder, maar sy het die onderste reling raakgevat. Sy klou verbete, haar oë gelyk met die dek.

Haar enkels raak-raak aan die water soos wat die boot op en af wieg in die kabbelrige water. Sy moet haarself optrek. Sy bring haar regterbeen tentatief op en druk die sool van haar voet teen die kant van die boot, onthou haar enigste poging tot rotsklim twee jaar gelede. Die idee is om jou bene te gebruik, nie jou arms nie.

Sy strek met een hand vir die hoër sport en druk weg met haar been, herhaal dan aan die ander kant. Dan het sy 'n fermer greep op die reling en haar selfvertroue keer terug. Sy klim totdat haar hande die boonste sport bereik. Die gaping tussen die sporte is groot genoeg vir haar lyf, en sy sukkel moeisaam om eers haar voete, en dan haar lyf deur te stoot. Dan sak sy in 'n hopie ineen op die platform, trots op wat sy reggekry het.

Toe sy terugkyk na die venster, besef sy daar is geen manier terug nie – geen handvatsels aan die buitekant van die sleepboot nie. Sy is vasgekeer buite op die platform. Met nat voete het sy waarskynlik 'n halfuur voordat hipotermie intree.

Haar oë vee oor die horison. Dieselfde as voorheen. Geen boot-verkeer nie en niks aan wal nie. Sy leun terug met haar rug teen die deur, probeer haar bes om haar liggaam teen die koue te beskerm. Haar tande klapper reeds op mekaar, en sy is honger.

Die geluid van 'n motor onderbreek haar gedagtes. Sy druk haarself regop, haar hart klop vinnig. Wat as dit Cindy en haar trawante is? Maar dit is nie, of ten minste, dit klink nie so nie. Dis 'n sleepboot, die motor veel harder as die een wat sy gisteraand gehoor het. Dieselwalms waai in haar rigting terwyl sy opstaan en gil.

"Help!"

Die sleepboot hou steeds sy koers – reguit wal toe.

Sy waai haar arms woedend terwyl sy aanhou aanhou skree.

"Haai – hier! "Help!"

Die sleepboot loop stadiger vir 'n oomblik en dan draai dit om. Haar hart mis 'n slag toe sy besef dat sy raakgesien is. Die boot kom nader en trek langs haar in. 'n Man met 'n rooierige gesig in helder reënklere kom by die kajuit uit, kyk haar suspisieus aan.

"Dame, wat op aarde maak jy hier?"

"Ek is ontvoer. Kan jy my van hierdie ding af kry?"

"Ontvoer?" Hy kyk haar skepties aan. "Ek sal die polisie bel. Hulle sal jou kom haal."

Hy sit sy hand in sy sak en haal sy selfoon uit.

"Nee! Jy kan hulle nie bel nie. Ten minste, nog nie. Dan gaan hulle weet waar ek is."

"Is dit nie wat jy sou wou hê as jy ontvoer is nie?" Hy bly stil en hoes aamborstig. "Nog iemand daarbinne?"

Hy is meer suspisieus as wat hy simpatiek is.

Kat besef nou hoe sy deur sy oë moet lyk – vuil, verkreukeld, met 'n spanbroek wat oortrek is van sigaretbrandmerke.

"Nee! Hulle het 'n man doodgemaak en gesê hulle gaan later terugkom vir my. Kan ons nie net gaan nie asseblief?"

"Net as ek eers die polisie kan bel. Ten minste sal hulle op pad wees as jou ontvoerders terugkom." Hy sê onvoerders met ekstra klem, asof hy haar steeds nie glo nie.

"Hulle sal nie. Kry my net dadelikvan die boot af. Asseblief?"

Hy gee haar 'n wantrouige kyk.

"Ek verstaan jou nie. As jy eg was, sou jy wou gehad het ek moet hulle bel."

"Ek weet dis eienaardig, maar ek het 'n goeie rede. Hoe meer tyd ons mors, hoe gevaarliker raak dinge. Ek sal verduidelik as ons van hierdie ding af is. Val dit nie onder die seevaarders se erekode of iets nie? Moet jy my nie red nie?"

Sy oë gaan oor haar, oënskynlik om te kyk hoeveel moeilikheid sy moontlik kan veroorsaak. Uiteindelik besluit hy dat sy skadeloos genoeg is.

"Goed. Ek sal jou vat. Maar jy sal moet afspring tot hier." Die sleepboot is omtrent drie meter laer as die restaurantskip. Maar die ergste is die meter-breë strook tussen die twee vaartuie. Onder normale omstandighede was dit dalk nie 'n groot uitdaging nie, maar die koue lug en gebrek aan kos het haar energie getap. As sy mis, val sy binne-in die yskoue water.

"Gereed? Hier, gryp dit." Die man gooi 'n tou na haar toe oor.

"Hoekom het ek 'n tou nodig?"

"Ingeval jy misspring. Dan kan ek jou optrek."

Maar sy spring nie mis nie. Sy land op die dek. Haar knieë absorbeer die meeste van die impak met 'n slag. Haar knieskywe skree, maar na 'n minuut raak die pyn minder. Sy rol om op haar sy en lê daar, geheel en al uitgeput. Sy is finaal van die dônerse boot af.

Die sleepbootoperateur se dik hande gryp hare en trek haar regop. Hy wys na die kajuit.

"Die naam is Rory. Nou, in by daardie deur. Daar is 'n kombers daarbinne. Ek is nou daar."

Kat maak soos wat sy gesê word en maak haar tuis in die warmte van die kajuit met 'n muwwerige wolkombers rondom haar. Sy bewe terwyl sy terugkyk na die drywende restaurant. Dis 'n monster van glas en staal uit die tagtigs, drywend op 'n verhewe platform omtrent vyf meter bokant die water. Die eens wit staal aan die buitekant is sleg geroes, en dit hel oor in die water.

Rory kom in en raak besig met die kontroles terwyl hy wegtrek.

"Ek sal jou na die marina toe neem. Maar verduidelik eers. Wat de hel doen jy op die McBarge?"

"McBarge?"

Hy frons terwyl hy haar gesig bestudeer.

"Weet jy nie?"

"Weet ek nie wat nie?"

"Dis 'n ou McDonald's restaurant. Kom jy van hier af?"

Kat knik.

"Toe dan. Jy moet dit tog onthou. Expo '86?"

Herinneringe van Vancouver se Wêreldskou stroom terug. Harry en Elsie het haar hierheen gebring elke geleentheid wat hulle kon in die somer van 1986. Sy het 'n paar keer op die drywende McDonald's geëet. In daardie dae het sy net oor die kos omgegee, nie die dekor raakgesien nie, so sy het dit nie herken nie. Sy staar na die roestende monster wat in die water dryf, verwonderd dat dit nog al die tyd hier is.

"Ek veronderstel ek onthou dit so effens. Ek het geen idee gehad dat dit nog al die tyd hier is nie."

"Dit is nie veronderstel om te wees nie." McDonalds wou dit gehou het, maar die stad wou dit nie toelaat nie. Elke keer as hulle vorendag gekom het met 'n nuwe ligging, kon hulle nie die hersone-ring goedgekeur kry nie.

"Toe skuif hulle die McBarge hierheen?"

"Dit was veronderstel om tydelik te wees. Die maande raak toe jare, en toe McDonalds nie goedkeuring kry nie, het hulle later opgegee en dit net gelos. En hier dryf dit sedertdien, soos 'n halfgeëte Happy Meal. Maar jy moet nog steeds verduidelik – hoekom bel ons nie die polisie nie?"

Kat gee Rory 'n kort opsomming van wat gebeur het sedert sy gisteroggend by die huis weg is vir haar draf. Sy laat die besonder-hede oor Liberty uit, sê net dat sy 'n misdaad gesien het. Iemand het 'n korrupte polisiebeampte betaal, wat klaar die ander ontvoering-slagoffer doodgemaak het.

Rory klink nou simpatiek.

"Nou verstaan ek. Korrupte polisiemanne is die toppunt. Dis hulle woord teen joune. Maar daar moet iemand wees wat jy kan vertrou. Is daar nie?"

Kat skud haar kop. Na Cindy se verraad, is daar net een persoon op wie sy nou vertrou: haarself.

HOOFSTUK 45

"Wat het met jou gebeur? Jy's 'n totale wrak!" Platt se ysige blou oë deurpriem haar toe hy in die gangetjie af na die tafel toe aankom waar sy sit. Die marina-restaurant se vensters kyk uit oor die water, maar dit is mistig van die humiditeit, en skep 'n sagte gloed van gebreekte sonlig binne.

Platt se indigo pak en leerskoene is net so uit in Maggie se Surf 'n Turf soos Kat se grunge-punk voorkoms. Die restaurant se *regulars* bekyk en beskinder haar sigaretgebrande bobene en Saran-toegedraaide verband vir die grootste deel van die laaste uur. Hulle het nog nie veel anders gekry om oor te praat sedert Rory haar afgelaai het en vir Maggie gesê het om die ete op sy rekening te sit nie. Kat sluk 'n happie van haar omelet en sit haar vurk neer.

Maggie kom omtrent dieselfde tyd as Platt daar aan, en sit 'n stomende koppie koffie voor hom neer voor hy nog aan die sitplek geraak het.

"Dis deel van wat ek jou moet vertel. Daar was nog 'n moord." Sy drink die laaste bietjie van haar bitter koffie uit en staan op. "Waar is jou kar?"

"Nie so vinnig nie. Jy het my 'n wenk oor Takahashi belowe. Wat is dit?" Platt gooi altwee verromers in sy koffie, neem dan 'n slukkie sonder om te roer.

Hy gaan weer sit.

"Ek kan jou nie hier vertel nie. Iemand luister dalk." Dit is 'n eufemisme. Lewe in die eetplek kom momenteel tot stilstand. Terwyl sy praat, raak die gesprekke stil en die geklang van messegoed en breekware hou skielik op. "Ek sal jou in die kar vertel."

"Goed. Maar gee my 'n oomblik, oukei?" Platt is nie in 'n goeie bui nie. "Dis my tweede piektyd verkeer vandag. Ek wil net 'n paar minute hê voor ek dit vir 'n derde keer doen."

Vancouver se verkeersopeenhoping raak elke dag erger. Die oggendverkeer hou tot ten minste tien dertig aan, met 'n klein vensterperiode voordat dit weer vir die middaguur begin.

"Oukei, maar elke minuut wat ons mors mag dalk minder bewyse beteken."

Platt leun terug in sy sitplek, neem klein slukkies van sy koffie, en spoel dit in sy mond rond voordat hy sluk. Kat probeer haar afkeer wegsteek. Alles aan hom irriteer haar. Maar hy is die enigste polisieman wat sy op die oomblik vertrou. Met geen liefde verlore tussen hom en Cindy nie, is sy redelik seker hy is nie betrokke by die ontvoering nie.

"Dit beter die moeite werd wees – vir my om al die pad hierheen uit te kom. Ek is nie 'n taxidiens nie."

Vyftien minute later vertel Kat vir Platt alles toe hulle in Platt se ongemerkte, maar duidelike polisiemotor met die groot antenna ry. Sy vertel hom oor die ontvoering, die McBarge, en Nick se dood, en laat Cindy se betrokkenheid vir die oomblik uit.

"As dit waar is, moet ons na die McBarge toe ry, nie in die teenoorgestelde rigting ry nie." Platt hou die stuurwiel styf vas, die punte van sy vingers spierwit. "Hoekom het jy dit nie by die marina gesê nie? Ek kon al iemand by die boot gehad het teen hierdie tyd."

Hy los die stuurwiel vir 'n oomblik terwyl hy ongemaklik nommers op sy selfoon intik.

"Ons moet by die Liberty-aandeelhouersvergadering uitkom voordat die stem plaasvind."

"Stem vir wat?" vra hy.

Platt is of dig of hy probeer baie hard om haar kwaad te maak. Hoe kan hy Takahashi se moord ondersoek en nie weet van die oorname-storie nie?

Hy blaf polisiebevele in sy selfoon oor die McBarge. Hy stuur iemand anders na die toneel om dit te gaan beveilig.

"Die aandeelhouers stem almal vandag oor die Porter-oorname-aanbod. Porter Holdings is inderwaarheid 'n front vir georganiseerde misdaad." Sy kyk na Platt vir 'n reaksie, maar sy uitdrukking bly passief.

"Hulle wil beheer van Liberty hê sodat hulle dit kan gebruik om swartmarkdiamante te was."

"Het hulle 'n maatskappy nodig om dit te kan doen?"

"Jy sal sien as ons by die vergadering is. Nick is die grootste aandeelhouer. As Nick nie daar is om te stem oor sy aandele nie, gaan iemand anders met volmag op die bestuur stem."

'n Lig gaan vir Platt op.

"Aaa.... 'n Motief. Iemand anders mag dalk ten gunste van die oorname stem."

Briljant. Die man het net 'n bietjie leiding nodig.

"Dis reg. Dan behoort Liberty aan Porter. Toe Nick te veel vrae begin vra het oor die oorname, is hy ontvoer." Hulle is net 'n paar blokke van die hotel af weg, maar die verkeer is buffer teen buffer.

"Hoekom maak Nick se stem so baie saak? Hoekom ontvoer hulle nie die ander aandeelhouers nie?"

Kat haal diep asem. Het hy nog nie die verband getrek met Braithwaite of Takahashi se moorde nie? Liberty is die gemeenskaplike band.

"Nick is nie die eerste een nie. Ek is verbaas dat jy dit nie weet nie." Dit is 'n skaars verbloemde steek oor sy deeglikheid. "Braithwaite was die ander groot aandeelhouer. Hy is eerste vermoor. Die twee van hulle het saam genoeg aandele om die stem deurslaggewend te maak. En Ken Takahashi het ook vir Liberty gewerk. Dit maak drie moorde wat met Liberty verband hou. Alex Braithwaite, Ken Takahashi en nou Nick Racine."

"Daar mag dalk 'n verband wees," sê Platt teensinnig. "Hoekom sou iemand hulle wou doodmaak?"

Kat onderdruk die begeerte om hom aan te rand. Het hy die inligting wat sy hom gegee het toe hy haar ondervra het oor Takahashi geïgnoreer? Sy haal diep asem en verduidelik weer.

"Wie ook al vir Liberty wou hê wou hulle uit die pad hê. Alex Braithwaite en Nick Racine was die twee grootste aandeelhouers. Braithwaite was teen die oorname. Nick is geforseer om daarvoor te stem oor lenings om sy dobbelskuld te dek. Takahashi, as hoofgeoloog, moes uitgeskakel word omdat hy die gedokterde diamantfondse bevraagteken het."

"Watter nuwe inligting het jy oor Takahashi?"

"Ek het nou net vir jou vertel. Nick is die nuwe inligting."

"Katerina, hoekom het jy dit nie vir my by die marina vertel nie? Of oor die telefoon? Jy het my al die pad laat uitkom deur my te sê jy het nuwe bewyse in die Takahashi-saak."

Hulle stop by 'n oorgang, 'n halwe blok van die hotel af. Die lig is groen, maar 'n huurmotor voor hulle ry oor 'n rooi lig en hulle moet wag. Platt kyk 'n kind met *dreadlocks* kwaai aan, daag hom uit om die gevolge te dra as hy soveel as aan die windskerm raak. Hy gaan beslis nie opgewonde wees oor spitsverkeer nommer vier op pad na die McBarge as die aandeelhouers-vergadering verby is nie.

"Sersant, as ek jou enige ander manier vertel het, sou jy nie gekom het nie. In elk geval, dit ís oor Takahashi. Jy sal sien by die aandeelhouersvergadering." Sy vertel hom van Clara, haar vermomming as Susan en oor Ortega. Almal wat in die pad kom, word vermoor.

Platt is vir 'n oomblik stil. Die verkeer is oop en hulle beweeg weer.

"Waar pas jy in? Jy werk nie vir Liberty nie."

"Ek het, tot omtrent 'n week terug. Hulle het my aangestel om die Bryant-bedrog te ondersoek. Toe ek begin grawe, het ek van die gewaste diamante uitgevind. Dis toe Takahashi vermoor is."

"Hoekom het hulle jou ontvoer? Hoekom jou nie net ook doodmaak nie?"

"Hulle hét my probeer doodmaak toe ek van die pad af gedwing is. Toe dank hulle my af. En ek vat nie nee vir 'n antwoord nie. Toe ek Clara onbloot het, het hulle my ontvoer. Hulle wil my weghou van die aandeelhouersvergadering sodat die stem kan voortgaan."

"Hoekom het hulle jou nie saam met Nick doodgemaak nie?"

"Ek weet nie. Daar moet 'n rede wees." Die man is uitputtend. "Vra vir Cindy Wong."

HOOFSTUK 46

Kat haas haar deur die ingang, verby die oorblufte portier, en duik amper 'n ouerige vrou wat reg voor haar inloop, uit die pad uit. Sy mik na links, mis rakelings 'n koffietafel met 'n duur vaas daarop.

"Jammer!" skree sy, kyk terug na die vrou, wat na Kat beduie met haar sambreel.

"Stadiger, Juffrou! Toon 'n bietjie respek en kyk waar jy hardloop!"

Die ou vrou se stem sterf weg toe Kat by die trappe ophardloop na die Kristal-balsaal. Platt volg op 'n meer beskaafde afstand.

Die kandelare skitter en weerkaats in die spieëlmure, en dit neem Kat 'n oomblik om op te let dat al die sitplekke leeg is. Is sy vroeg? Sy kyk na haar horlosie, maar haar horlosie is toe met die Saran-kleef-plastiek. Die horlosie is nog op die McBarge, waar sy dit gelos het nadat sy deur die bandjie gesny het.

SSy hoef nie na Audrey te soek nie. Sy word omwalm deur Chanel No. 5 voordat Audrey in sig kom.

"O, my genade! Kyk net na jou." Audrey bekyk Kat van kop tot tone. "Is al jou ander klere in die was?"

"Ek kan verduidelik, Audrey. Ek is ontvoer en is omtrent 'n uur terug gered. Ek is gevange gehou op die McBarge en–"

"Die Mcwat? Laat ek raai. Die McMafia is te blameer hierdie keer?"

Kat kan haar nie blameer dat sy skepties is nie: sy sou haarself nie geglo het nie.

"Audrey, ek is nie mal nie. Maar toemaar. Wanneer begin die aandeelhouersvergadering?" Kat draai om, verdwaas. Waar is almal? Minder as 'n dosyn mense is uitgesprei deur die vertrek.

"Begin? Dit het twintig minute gelede klaargemaak."

Kat se hart sink. Die vergadering was vir tienuur geskeduleer. Sy het nie besef dat dit so laat is nie.

"Maar wie het namens Nick se aandele gestem?"

"Ek het."

"Ek hoop jy het "nee" gestem?"

"Ons het "ja" gestem."

Kat voel asof sy in die maag geslaan word. Hoe kon Audrey Liberty sonder slag of stoot opgee? Sy is te verstom om enigiets te sê.

Speursersant Platt kom uiteindelik te voorskyn, sy gesig rooi en oortrek van sweet. Hoewel hy skraal is, is Platt nie fiks nie, sien Kat met 'n tikkie tevredenheid. Hy haal diep asem en blaas dit deur sy mond uit, probeer om sy asemhaling stadiger te kry.

"Audrey Braithwaite, dit is speursersant–"

"Ons het ontmoet," sê Audrey styf, en draai dan na Platt. "Nie dat ek die laaste tyd baie van jou gehoor het nie."

PPlatt ondersoek seker Alex Braithwaite se moord ook. Duidelik is Audrey ook nie deel van Platt se *fan club* nie.

Audrey gooi 'n kasjmier sjaal om haar nek en stap verby hom, ignoreer sy uitgestrekte hand. Sy stap flink in die rigting van die dubbeldeur agter in die vertrek. Kat volg haar, vasbeslote om met haar te gesels.

"Audrey, Nick is vermoor." Kat sê die een ding waaraan sy kan dink om te keer dat Audrey die plek verlaat.

"Nee! Audrey se gesig is wit en sy staan vir 'n oomblik botstil in die gang, voordat sy in 'n sagte stoel neersak. Die stoel sluk haar in, laat haar nog kleiner as ooit voorkom. "Eers Alex en nou Nick? Dit verklaar hoekom hy nie by die vergadering was nie." Sy gryp die armleunings, maak haar reg vir nog slegte nuus. "Wat het gebeur?"

Kat gee haar 'n kort opsomming van die ontvoering en vertel tot waar Nick weggelei en geskiet word.

"Jy dink Susan sit hieragter óók?" vra Audrey.

Kat kan nie agterkom of Audrey haar glo of nie. Nie dat dit saak maak nie. Die stem beteken Liberty is nou veilig in Ortega se hande. Almal wat in sy pad gekom het, is stilgemaak.

"Miskien nie direk nie. Maar om van die grootste aandeelhouer ontslae te raak, het beslis nie seergemaak nie. Hy wou ook nie saamwerk nie. Sy vertel Audrey van Nick se dobbelprobleem en Ortega se poging tot afpersing.

"Wat gaan ek doen?" Audrey staan uit haar stoel uit op en haar oë flits in die gang rond. "Is ek volgende?"

"Ek sou nie daaroor bekommerd wees nie." Maar Audrey luister nie meer nie. Sy druk die hysbakknoppie en draai terug na Platt toe. Haar oë vernou terwyl sy hom aangluur.

"Jy was nie vreeslik van hulp nie. Werk jy enigsins aan my broer se saak?"

Juffrou Braithwaite, ons werk baie hard. Maar as mense inligting weerhou, hou dit die ondersoek op," sê hy en hy kyk beskuldigend na Kat. "As ons nie alles vertel word nie, kan ons nie daarop reageer nie."

Woedend onderbreek Kat hom.

"Ek het jou alles vertel, sersant. Maar jy het my geïgnoreer. Ek het jou gesê dat Alex Braithwaite se moord verband hou met Takahashi s'n. Jy kon Nick se dood verhoed het, asook my ontvoering. Hoekom het jy nie na my geluister nie? Jy het te lank op jou agterent gesit."

Die hysbakdeur gaan oop en Audrey stap in.

"Elke dag wat jy met niks vorendag kom, is nog 'n dag vir Alex se moordenaar om weg te kom, speurder Platt."

Die deur gaan toe voor Kat haar kan volg.

Nog 'n dag om met moord weg te kom.

HOOFSTUK 47

"Audrey – wag!" Kat haas haar met die trap af na die portaal, en volg haar neus agter die Chanel-spoor aan. Dit neem net 'n oomblik om Audrey op haar hoë hakkies 'n paar tree voor haar in te haal. Dit is te laat om enigiets te verander, maar sy moet weet. "Audrey, waarom het jy "ja" gestem?"

"Kat, wat is fout met jou? Het jy weer van plan verander?" Audrey kyk Kat 'n oomblik stil aan, en trek dan 'n paar handskoene oor haar Franse manikuur aan.

Kat is ietwat uit die veld geslaan: "Waarvan praat jy? Jy het Liberty pas aan 'n klomp misdadigers oorhandig."

"Nee, ons het nie. Ons het ten gunste van opposisie teen die oorname gestem. Die raad het 'n nuwe resolusie opgetrek om teen die oorname te stem. Ek het namens die trust se aandele gestem, en as volgemagtigde namens Nick s'n . Is dit nie wat jy wou gehad het nie?"

Tyd staan vir 'n oomblik stil, en dan sink dit in.

"Ja! O, Audrey, dankie!" Kat gryp Audrey en gee haar 'n druk. Liberty gaan nie in Ortega se hande beland nie! Een probleem opgelos. "So ek het jou oortuig?"

Audrey onttrek haar uit die omhelsing, vee haar pelsjas af. Duidelik hou Audrey nie van meer emosie as wat nodig is nie.

"Toe jy gesê het Susan se naam is eintlik Clara, het ek 'n bietjie gaan kyk. En wragtig, ek kry toe 'n koerantberig oor die Ortegas. Susan – ek bedoel, Clara – was in die foto saam met haar pa. Die storie was nie baie positief nie. Hulle is doodeenvoudig boewe. Toe bel ek al die verwysings op Susan Sullivan se CV. Nie een van hulle het al ooit van haar gehoor nie. Ek het toe eintlik al klaar besluit, en toe daag sy vandag nie vir die vergadering op nie–"

"Wat? Het sy nie opgedaag nie?" Kat se verstand werk oortyd. Hoekom sou Clara op so 'n kritieke oomblik weghardloop? Die geld is gevries: sy sou nie daarsonder gewaai het nie. Wat gaan aan? Sy moet by die kantoor uitkom en op haar skootrekenaar gaan seker maak dat die geld nog daar is.

"Jy het 'n stort nodig. Bel my vanmiddag. Ons het baie om oor te praat." Audrey glip sonder verdere omhaal in die swart Cadillac wat by die sypaadjie staan en wag.

HOOFSTUK 48

"Bryant?" Ortega snak na sy asem, maar herstel gou weer. Die man was veronderstel om al dood te wees.

"Bryant wie?" Ortega sê niks nie, maak of hy van niks bewus is nie. Hy vou sy hand oor die telefoon en waai sy nuutste sekretaresse, 'n Venezueliaanse skoonheid, weg. Háár talente sluit nie in om die telefoon te beantwoord of te tik nie. Maar vir Ortega raak sy nou uitputtend en die plastiese chirurgie al hoe duurder.

"Jy weet baie goed wie, mnr. Ortega," antwoord die stem aan die ander kant. "Luister nou mooi. Ek het iets wat jy wil hê."

"Ek stel nie belang nie. Ek is laat vir 'n vergadering." Hoekom de dôner lewe hy nog? Het Clara nie haar werk gedoen en hom laat verdwyn nie?

"Vergeet die vergadering – waaroor óns gaan gesels is baie belangriker."

Ortega span hom in om die agtergrondgeluide uit te maak. Bryant bel van 'n openbare plek af. Daar is uitsaai-aankondigings in die agtergrond, soos 'n lughawe of miskien 'n treinstasie. Hy moet uitvind waar Brynt is – ás hierdie arrogante vent regtig hy is.

"Wat op aarde sou ek met jou oor wou praat?" Benewens om die sondebok vir die gesteelde geld te wees, is Bryant van nul en gener waarde vir hom nie.

"Ek kan aan vyfmiljard redes dink hoekom jy met my moet praat."

Ortega huiwer voordat hy reageer. Bryant is besig om inligting uit hom te probeer kry. Natuurlik weet hy van die geld. Hy is na alles die sondebok gemaak daarvoor. Maar waar het Bryant sy telefoon-nommer gekry?

"Regtig? Noem een." Clara se glimlaggende gesig kyk op na hom vanuit 'n foto op die lessenaar. Hy sit dit gesig na onder neer. Sy is nie meer sy dogter nie.

"Ek het die geld."

Onmoontlik. Die Opal Holdings-rekening by Bancroft Richardson is steeds gevries deur die reguleerders. Dit opsigself bekommer Ortega nie. Enigiemand kan gekoop word as die prys reg is.

"Watter geld?" Ortega hou sy stem egalig, vasbeslote om nie sy woede te verraai nie. Sy kop klop terwyl hy voel hoe sy gesig warm word.

"Die vyfmiljard, poepol. Los die nonsens. Jy weet waarvan ek praat."

Ortega teken in op die Bancroft Richardson-webtuiste en snak na sy asem. Die geld is weg en bevestig Bryant se bewering. Dit is gister getrek in drie aparte oordragte. Elke sent. Maar daar moet 'n fout wees. Hy hou sy stem egalig en kalm terwyl die paniek sy liggaam deurtrek.

"Wat wil jy hê?"

"Vyftig persent. Die helfte van die vyfmiljard."

"Die helfte?" Ortega is verstom. Mense soos hy word nie beroof nie. Besef Bryant met wie hy te doen het? "Nee."

"Moenie te gou antwoord nie. Jy sal hieroor wil nadink. Weier my en jy gaan met niks opeindig nie."

"Hoekom sou ek met niks opeindig nie? Daardie geld is myne. Buitendien, die rekening is gevries op die oomblik." Daar moet 'n fout wees, een of ander soort deurmekaarspul. Maar wat is die kanse van 'n posfout met nog 'n miljarddollar-rekening?

"Dis glad nie gevries nie, mnr. Ortega. Die geld vloei nogal mooi op die oomblik, om die waarheid te sê."

Ortega hoor die grinnik agter Bryant se woorde.

"Hoekom sou ek jou glo?"

"Jy hoef nie. Kyk self. Ek hou aan.'

Ortega skakel die klank op sy foon vir 'n oomblik af.

"Luis! Kom hier!" Die uitgekerfde houtdeure na die buitenste kantoor gaan oop en Louis verskyn. Hy vee met sy hand oor sy bleek voorkop, herrangskik die min hare wat hy oor sy bles kam.

"Spoor hierdie oproep na. Vind uit waarvandaan hy bel."

Hy sal sy geld terugkry op een of ander manier. Bryant mag hom dalk na Clara toe ook lei.

Louis knik en tree terug in die gang om wie ook al te bel by die telefoonmaatskappy.

Ortega sit die klank weer aan.

"Hoe weet ek jy is wie jy sê jy is?"

"Nommer een: Ek weet van die geld. Nommer twee: Ek weet van jou. Niemand anders het daardie verband getrek nie. Nog nie. Dit behoort iets werd te wees."

"Dreig jy my, mnr Bryant?"

"Ek dreig nie mense nie, mnr Ortega. Ek het net gedink ons kan deel."

"Ek deel nie wat myne is nie."

"Dit is oop vir interpretasie. Die laaste keer toe ek gekyk het, het die geld aan Liberty Diamantmyne behoort."

"Ek mag dalk gewillig wees om jou iets te gee. Nie vyftig persent nie. Dis buite die kwessie."

"Jy's nie 'n baie goeie luisteraar nie, mnr Ortega. Ek het jou gesê wat ek wil hê. Vyftig persent. Nie-onderhandelbaar."

Ortega huiwer. Hy het lank gelede geleer om nie vinnige afleidings te maak nie. Waarom sou Bryant vra vir 'n gedeelte van die geld as hy klaar die geld het? Hy sou nie. Dit beteken hy het iets anders nodig om dit te kry. Wat is daar wat Bryant kort? Clara? Geld vir 'n goedgeplaaste omkoop? 'n Wagwoord?

"Ek het meer tyd nodig."

"Geen tyd soos die huidige nie, mnr Ortega."

"Mnr Bryant, jy het niks bewys nie. Wat daarvan as dit nie meer in die rekening is nie? Dit bewys nie dat jy dit het of weet waar dit is nie."

"Ek het gedink jy mag dalk dit sê. So, in 'n gebaar van welwillendheid het ek jou 'n deposito gestuur." Bryant lag. "Kyk in jou Libanontrustrekening. Sien jy die miljoen dollar?"

Ortega tik verwoed, sukkel om by sy ander rekening in te teken. Sy hande bewe terwyl hy wag vir die intekening. Daar is dit. 'n Deposito vir presies 'n miljoen dollar, gister gedateer.

"Sien jy dit? Dis 'n klein presentjie van my af. Noem dit 'n gebaar van welwillendheid."

Hoe het jy dit gedoen? Ortega is woedend. Waar het Bryant sy rekening-inligting gekry? Net Clara en sy boekhouer weet van hierdie een. Watter een van die twee het hom in die rug gesteek? Hoeveel van sy ander bankrekeninge is in gevaar? Watter ander inligting oor sy organisasie is ontbloot? Hy trek sy linnesakdoek uit en druk dit teen die sweetdruppels wat op sy voorkop pêrel.

"Maak dit saak?"

Ortega antwoord nie. Hy het tyd nodig om te dink.

"Jy weet, mnr Ortega, die meeste mense sou meer dankbaarheid toon teenoor iemand wat hulle 'n miljoen dollar gee. Die minste wat jy kan sê is dankie."

Ortega ontplof.

"Jou vuilgoed! Dis my geld! Jy het dit gesteel. Dis nie joune nie."

"Onderworpe aan interpretasie. Amptelik is ek die een wat dit gesteel het. Maar ons weet albei dit was jy."

Ortega dink hy hoor 'n glimlag in Bryant se stem. Hy geniet duidelik elke oomblik hiervan, rek sy woorde uit om hom so lank as moontlik te treiter.

"Mnr Ortega? Jy ken die ou gesegde – dis nie 'n misdaad om van 'n dief te steel nie? Dit beskryf ons tot op die letter, dink jy nie?"

Ortega antwoord nie – hy is geheel en al buite homself van woede en hy sukkel om nie te ontplof nie.

Hy voeg nog 'n naam by sy lys. Met of sonder die geld, Bryant is weg voor die week om is.

HOOFSTUK 49

"Bly weg van my af!" Kat gil terwyl sy by haar kantoor inhardloop met Cindy kort op haar hakke. "Ek bel die polisie!"

Sy gryp haar selfoon van haar lessenaar af en druk 911. Cindy se leerbedekte arm gryp hare en druk haar teen die lessenaar. Kat se kneukels kap teen die hout terwyl sy probeer om die selfoon stywer vas te hou. Sy verwens haarself vir haar onnoselheid. Natuurlik sou Cindy nou al van haar ontsnapping weet. Hoekom het sy nie net haar skootrekenaar gevat en geloop nie, in plaas van om vir Cindy te wag om met haar te kom afreken.

Eina! Jy maak my seer!" Kat se gewigsvoordeel is nutteloos teen Cindy se Oosterse gevegskunstoertjies.

"Kat! Hou op baklei en ek sal jou laat gaan. Wat de hel is fout met jou?"

Cindy se arm is bo-op hare, druk Kat se arm op die lessenaar vas soos 'n stoeikampioen. Sy hoor die 911-operateur se veraf stem terwyl sy sukkel om haar arm op en weg te trek. Uiteindelik het sy die selfoon in haar greep en sy probeer dat die lyn nie verbreek word nie.

"Dit is 911. Polisie, brand of ambulans?"

"Polisie! Help my!" Kat gil in die algemene rigting van haar foon.

Cindy trek haar vingers, probeer met haar vry hand die foon uit Kat se greep kry. Kat verstewig haar vingers om die foon om te keer dat Cindy die verbinding verbreek. Die stem is veraf, moeilik om te hoor met haar uitgestrekte arm 'n halwe meter weg.

"Bel u van 'n selfoon af? Van watter adres bel u?"

"Eina!" Kat skree van die pyn toe Cindy hard druk op 'n deel van haar palm. Haar vingers laat los die foon, Cindy gryp dit en beëindig die oproep. Die verbinding is verbreek.

"Kat – stop die histerie! Kan jy net vir 'n oomblik ontspan sodat ek kan verduidelik?"

Kat vryf haar palm. Die intense pyn wat sy 'n oomblik gelede gevoel het, is geheel en al weg, asof dit nooit gebeur het nie. Hoe maak Cindy so seer sonder blywende impak? Kat kom terug na die hede toe. Haar arm is los, maar sy is steeds alleen in die vertrek saam met 'n moordenaar.

"Gaan jy my nou doodmaak?"

"Natuurlik nie! Jy kry jouself in meer moeilikheid sonder om my betrokke te kry. Jy hardloop in donker verlate parke, sukkel met moordtonele, en dreig bendelede se dogters. Ek is die een wat jou gered het. Gus wou jou doodmaak!"

"Jy het my gered? Deur my te skop en vir dood agter te laat op die McBarge?" Kat vou haar arms en gluur Cindy aan. "Ek kon van bloot-stelling doodgegaan het."

"Wel, jy lyk vir my heel oukei. Jy het wel 'n stort nodig – jy ruik na seegras." Cindy wikkel haar neus. "As ek nie saam is na die McBarge toe nie, sou hulle jou op daardie oomblik doodgemaak het. Ek het Gus oortuig dat jy meer werd is lewendig as dood. Om jou en Nick te ontvoer was my idee, om jou uit gevaar te hou en om tyd te koop totdat ons hulle in hegtenis kon neem."

"Jy het nie vir Nick beskerm nie, jy het sy dood veroorsaak."

"Ontspan. Hy is veilig."

"Maar ek het 'n skoot gehoor."

"Dit is so opgestel. Nick het doodgespeel totdat ons aan wal gegaan het."

Dit klink moontlik. Miskien vertel Cindy die waarheid.

"Wat van Gus en Mitch?" vra Kat, en kyk Cindy aan vir enige teken van bedrog. Sy is nie haastig om enigeen van die twee weer te sien nie. Sy sit op die punt van haar stoel terwyl haar hartklop stadig terugkeer na normaal.

"In hegtenis, opgesluit tot môre." Cindy beweeg van die deur af weg en sak in die opgepofte leunstoel oorkant Kat se lessenaar neer. Sy lyk steeds soos 'n *biker girl* en niks gepla nie. "Kat, ek is 'n polisie-vrou. Ek moes realisties wees. Of my *cover* ontbloot. Dit sou ons albei in groot gevaar geplaas het."

"Wel, daardie skoppe was realisties genoeg. My rug gaan nooit herstel nie." 'n Spasma skiet met haar ruggraat op by die noem daarvan.

"Ek sal jou eerder kneus as laat doodgaan."

"Hoe onselfsugtig van jou." Kat vermy Cindy se blik. "Was dit regtig nodig om al jou gewig daaragter te sit?"

"Kat, hulle was onder opdrag om jou dood te maak. Dit moes oortuigend wees. Ek het hulle oorreed om te wag. Die Swart Skerpi-oene kon jou as 'n onderhandelings-instrument gebruik met Ortega."

Miskien is dit waar.

"Gestel ek glo jou. Wat nou?" Kat leun terug in die stoel, skielik baie moeg. Sy ontspan haar skouers en haal diep asem.

"Vertel my wat jy weet en ek sal dieselfde doen. Ek probeer dit nou al vir tien minute doen."

"Oukei. Maar niks meer karate-marteling en goeters nie." Kat bestudeer haar palm. Geen teken van Cindy se drukpunt-towerme-todes nie.

"*Deal.* En jy was reg oor Clara. Ortega het haar ingebring om Nick dop te hou. En jou suspisies oor die diamantwassery is ook waar."

"Ek het dit geweet. En noudat Ortega ontdek het hoe winsgewend dit is, het hy besluit om die maatskappy oor te neem." Kat bring Cindy op datum oor die Porter-oorname en Clara se afwesigheid by die aandeelhouersvergadering.

"Dink jy sy het gevlug?"

"Ek het nie gedink sy sou sonder die geld gaan nie. En dit is gevries, is dit nie?" Kat besef tot haar skok dat sy steeds ingeteken is by die Bancroft Richardson-webtuiste. Al wat Cindy moes doen is om óm die lessenaar te loop om te sien dat sy ingebreek het by die Opal Holdings-rekening. Sedert sy die wagwoord agtergekom het, het sy ingeteken om seker te maak die geld is nog daar. Net, hierdie keer is dit nie. Iemand het 'n oordrag gedoen. 'n Vyfmiljard dollar-oordrag. Dit is een van die drie bedrae op Clara se koffievleklys. Dit is ook presies dieselfde bedrag as wat gesteel is by Liberty.

"Reg so. Kat, hoekom staar jy so na my?"

"Hoe?"

"Asof jy iets gedoen het wat jy nie wil hê ek moet weet nie. Ek ken daai kyk."

Ek weet nie waarvan jy praat nie." Kat kliek met haar muis en teken uit die rekening uit. Maar die skerm is gevries, die Opal Holdings-rekening is duidelik sigbaar op haar rekenaarskerm. Sy trek haar asem in. Cindy die polisievrou sal baie ongelukkig wees dat sy die wet oortree het. En as dit Cindy die boef is, sal sy haar doodmaak. Sy kan haar dit nie laat sien nie.

"Hoekom sou sy sonder die geld gaan? Sy moes geweet het die oornamestem sou nie slaag nie." Cindy is nie bewus van die paniek wat Kat beleef nie. Sy hou aan herkou. "Miskien het Ortega haar self onttrek. Dinge het warm geraak met die Swart Skerpioene die laaste tyd. Ortega het 'n betaling gemis. Met opset. Die Swart Skerpioene het nie daarvan gehou nie."

Die Swart Skerpioene-bende het die oorhand oor die plaaslike dwelmhandel. Hulle handel ook in swartmarkwapens en word verdink van 'n aantal onopgeloste onderwêreld-skietvoorvalle.

"Hoe weet jy dit alles?" Kat druk elke sleutel, maar die skerm bly gevries. Sy probeer om nie haar panier te wys nie. Kan Cindy omge-koop word? "Werk jy ook vir Ortega?"

"Wel, nie amptelik nie."

Wat de hel beteken dit?" Kat se hart begin weer vinnig klop. Sy kyk na haar selfoon, wat Cindy pas op die lessenaar neergesit het. Selfs as sy dit kan bykom, is sy geen kompetisie vir Cindy nie, en haar skerm is steeds gevries.

"Kat, ek is al vir meer as twee jaar in die Swart Skerpioene. Ek is in beheer van logistiek, en dit beteken die produk in- en uitkry sonder om raakgesien te word. Dis hoe ek Ortega ontmoet het. Hy voorsien wapens in ruil vir ons – ek bedoel *hulle* – heroïen."

"En hy is in beheer? Kat draai haar skootrekenaar onderstebo. Sy haal die batterydeksel af en haal die battery uit. Sy móét die inkriminerende skerm afgesit kry.

"Nee. Hulle is sakevennote. Maar Ortega is 'n slim ou. Hy probeer altyd maniere kry om soveel wins moontlik te maak. So hy betaal my in die stilligheid. Ek gee hom 'n bietjie meer van die produk, en hy glip 'n bietjie geld my kant toe. En 'n bonus as alles goed gaan. Hoekom haal jy jou skootrekenaar uitmekaar?"

"Dit maak my so kwaad – dit hou aan vries. 'Goed gaan' beteken wat? Jy ontvoer mense? Maak hulle dood?"

"Ontspan. Dis alles deel van my werk onder die dekmantel. Ons keer voor dinge te ver gaan. Ek het die Swart Skerpioene geïnfiltreer sodat ons vir eens en altyd die heroïenhandel kan stop. Toe ons uitgevind het Ortega is betrokke, het die operasie 'n hele nuwe dimensie aangeneem oor sy internasionale terroriste- en georganiseerde misdaadkonneksies. Buiten die Swart Skerpioene, verskaf Ortega wapens aan die meeste van die wêreld se groot terroriste-organisasies. Ons werk saam met die polisie in Argentinië en Libanon om sy hele koninkryk inmekaar te laat tuimel.

"Was die Swart Skerpioene nie betrokke by al daardie bendemoorde nie? Om die ander bendes in 'n gebiedsoorlog uit te skakel nie?"

Cindy gelukkig nou nie meer sien wat op haar skerm aangaan nie. Sy sit die battery weer in en skakel weer haar rekenaar aan, wag en wonder of daar enige geld oor is.

"Ja, en hulle het die heroïenhandel hier redelik in 'n hoek. Ortega het so twee jaar gelede by hulle betrokke geraak."

"Kon jy my nie al hierdie goed vroeër vertel het nie?"

"Nee. Selfs as ek geweet het – wat ek nie het nie, sou dit my dekmantel ontbloot het. Ek verstaan nog nie hoe Liberty by al hierdie goed inpas nie?"

"Hmmm. Twee jaar gelede? Clara het by Liberty opgedaag

omtrent dieselfde tyd as wat jou bende-onderhandelings met Ortega begin het." Kat se brein werk oortyd. "Dis toe Nick anonieme doods- dreigemente gekry het. Toe ruil hy al sy aandele-opsies vir kontant en veroorsaak paniek onder die aandeelhouers. Hy het nooit gesê hoekom nie. Dit was 'n groot storie daai tyd."

"Hy moes die geld vir iets nodig gehad het. Het jy nie iets gesê van Nick wat 'n dobbel-gewoonte het nie?"

"Daar was gerugte dat hy te veel spandeer het by die casino." Meer as net gerugte, dink Kat. Almal het geweet hy was in die moei- likheid.

"Hy moes geld van die aandeel-opsies gebruik het om sy dobbels- kuld te betaal. Maar dit was nie genoeg nie. Hy het dus een *loan shark* afbetaal met 'n ander een?"

"Nie heeltemal nie," sê Kat. "Ortega moes sy skuld betaal het. Maar ouens soos Ortega is nie goeie Samaritane nie. En Ortega is te groot om in iets soos klein lenings betrokke te wees. As hy Nick uitge- help het, was dit om iets terug te kry. Nick moes vir hom iets in ruil gegee het."

"Soos wat?" Jy sê hy was bankrot."

"Selfs met niks geld nie, het hy nog steeds iets waardevol gehad. Hy beheer Liberty. Dit is iets werd."

"So hoe help dit Ortega?"

"Toegang. Skielik het Ortega ook toegang, veral met Clara wat as uitvoerende hoof aangestel is. Liberty myn diamante. Ortega is diamante. Daardie diamante wat jy getoets het, is van die Kongo en Sierra Leone, onthou jy?" Kat bestudeer haar rekenaarskerm. Sy moet weer by Opal Holdings by Bancroft Richardson inkom. Wie ook al die eerste twee oordragte gemaak het, kon dalk die res van die geld oorgedra het teen hierdie tyd. Maar met Cindy hier, kan sy dit nie waag om weer in te teken nie.

Kat, jy's briljant. So die vyfmiljard moet ook verband hou met die diamante?'

Kat antwoord nie. Sy kyk na Clara se koffievleklys van rekenaar- oordragte. Dit sou net 'n paar minute neem om die res van die geld oor te dra.

"Kat?"

"Mmmm? Kat is vasgenael op Clara se lys. Die ander twee oordragte op die lys is vir $23.4 en $21.6 miljoen. As die geld eers weg is, gaan dit vir altyd verlore wees.

"Kat, gee jy aandag?"

Kat besluit om dit te waag. Sy teken weer in, luister met 'n halwe oor na Cindy, wat praat oor die diamantwassery. Hierdie keer vergelyk sy die nommers op die lys met die op die skerm. Die eerste transaksie weerspieël die rekeningbesonderhede wat sy uit Clara se vullis uitgekrap het, maar met een verskil. Hierdie keer is die bank se naam gelys, 'n detail wat nie op Clara se kriptiese lys was nie. Die vyfmiljard is vanoggend oorgedra na die Caymanbank, omtrent dieselfde tyd as die Liberty aandeelhouersvergadering. Sy moet ontslae raak van Cindy.

Die volgende twee oordragte is na banke in die Kanaaleilande en Lichtenstein. Die oordragte is $49.9 miljard in totaal, amper al die geld in die Bancroft Richardson-rekening.

HOOFSTUK 50

"Hoe kon dit gebeur het? Sê vir my dis 'n fout, asseblief?"

Kat kan net Cindy se kant van die gesprek hoor, duidelik ongelukkig met wat die beller haar vertel. Kat gee nie om nie. Solank Cindy aanhou op haar selfoon praat, koop dit vir haar tyd. Haar brein werk oortyd.

Die geld mag dalk weg wees uit die Opal Holdings se Bancroft Richardson-rekening, maar ten minste het sy 'n goeie idee van waar dit mag wees. Sy skryf die Cayman-bank se rekeningnommer uit die transaksiebesonderhede op die skerm neer en vergelyk dit met die koffievlekpapier wat sy by Clara se huis in die stryd met die wasbeer uitgevis het. Die rekeningnommers is dieselfde. Al was sy nou moet doen, is om weer in te breek by Opal Holdings se Caymans-rekening. Dit klink maklik genoeg.

Cindy se stem raak weg in die gang af. Goed so. Sy het ten minste dertig sekondes sonder onderbrekings.

Sy tik versigtig die rekeningnommer in en kyk na die skerm, luister met 'n halwe oor na Cindy. Sy kan nie bekostig om selfs net een van haar intekenpogings te mors met agtelosige intikwerk nie, want sy kan net 'n paar keer die wagwoord raai.

Cindy se stem kom weer nader.

"Goed, bel my terug as jy weet. "Wat?

Cindy stap weer in die gang af.

Sy moet gou maak. Sy kan nie dat Cindy agterkom dat sy by ander mense se bankrekenings inbreek nie.

Volgende is die wagwoord. Het Clara weer Vicente se naam gebruik? Waarskynlik. Die meeste mense gebruik oral dieselfde wagwoord, en verander dit net wanneer hulle moet, soos om 'n nommer of hoofletter by te voeg soos vereis deur die rekenaarselsel of webtuiste. Wonderlik hoe andersins slim mense hulself so blootstel. Hulself ontbloot vir inbrekers, wat sy nou tegnies, op hierdie oomblik, is. Sy tik *vicente*, kyk hoe die wagwoord-blokkie gevul word met sewe sterretjies.

Cindy se stem en voetstappe word harder toe sy naderkom aan die kantoor. Kat se hande huiwer bokant die sleutelbord, 'n oomblik verlam terwyl sy luister na Cindy wat stry met die ongeïdentifiseerde beller.

"Wat bedoel jy, dit is weg? Wie het toestemming gegee om dit vry te stel?"

Cindy is net buitekant die deur.

Kat se vingers hang in die lug, gereed om tik of uit te teken, afhangend van wat Cindy volgende doen.

"O, ja? Wel, ek wil met hom praat." Cindy draai op haar hakke om en stap in die gang af in die rigting van Ontvangs. Haar stem sterf weg.

Kat druk enter en byt op haar lip.

Die Cayman-bankskerm kom te voorskyn en sy is in. Opal Holdings se rekeninginligting is voor haar op die monitor.

"Nee. Ek wag nie. Doen dit nou."

Cindy se stem raak harder en kwaaier. Kat huiwer en luister na haar hakke wat vinnig klik soos wat sy terugstap na Kat se kantoor. Sy stop net buite die deur.

Kat kyk terug na die skerm. Die mees onlangse transaksie is 'n deposito van vyfmiljard. Dit is die ander kant van die transaksie wat sy oomblikke gelede op die Bancroft Richardson-webtuiste gesien het. Sy sug van verligting en leun terug in die stoel. Al wat sy nou moet doen is om te keer dat dit iewers anders heen verdwyn.

Die maklikste manier is om die wagwoord te verander.

"Ek geen nie om wie se vergadering ek onderbreek nie. Dis belangrik!"

Kat luister hoe Cindy met iemand raas omdat sy nie vroeër gebel is nie. Wat sal sy as wagwoord gebruik? Sy tik "hurryhard" en druk *enter*.

Jou wagwoord is verander.

Sy klik weer terug na die rekeningtransaksiebladsy en staar geskok na die skerm. Die balans is nou naby nul. In die tyd wat dit geneem het om die wagwoord te verander, is die vyfmiljard weer geskuif, hierdie keer na die Bank van Liechtenstein. Iemand anders is ook nou besig met die geld! Dit moet Clara wees.

"Jy verstaan nie. Gus en Mitch is die sleutel hiertoe. As hulle losgelaat is, kan enigiets gebeur. Sonder hulle het ons nie 'n saak nie."

Wat? Kat dink skielik terug aan die dag toe Gus by die kantoor ingebreek het; daarna die aanval op die drafpaadjie. Sy voel skielik baie blootgestel. Wat keer Gus om terug te kom? Hy wou haar op die McBarge ook doodmaak, en hy weet waar om haar te kry.

"Ek wil hê jy moet hulle nóú gaan kry." Cindy marsjeer terug in die kantoor in en sak in die oorgroot leunstoel neer. "Moet my nie eens bel as hulle nog nie weer toegesluit is nie."

"Het Gus en Mitch ontsnap?"

"Nie heeltemal nie." Cindy laat rus haar kop in haar hande en vryf haar oë. "Hulle is per ongeluk vrygelaat. Verkeerde papierwerk."

"Wonderlik. Gaan hulle weer vir my kom?" Kat google die Bank van Liechtenstein en navigeer na die webblad toe. Haar kop draai.

"Miskien. Hulle het Ortega belowe."

Sy tik die rekeningnommer en wagwoord in en druk *enter*.

Ongeldige intekening. Probeer asseblief weer.

Sy verwens haarself vir haar haas. Sy het nou 'n waardevolle intekening gemors.

"Hom wat belowe?"

Cindy huiwer.

"Dat hulle jou sou doodmaak."

"Maar het jy hulle nie oorreed dat ek meer werd is lewendig as dood nie?"

"Ek het. Maar 'n mens sê nie 'nee' vir iemand soos Ortega nie."

"Cindy! Beskerm jy my of nie?"

"Ontspan. Ek sal seker maak jy's nie in gevaar nie. Moet net nie weer op jou eie iewers heen verdwyn en iets *studid* doen nie."

Kat lees weer die skerm, 'n bietjie stadiger hierdie keer.

Wagwoorde is sensitief vir hoofletters en kleinletters.

Vicente. Die eerste letter sal 'n hoofletter wees.

Sy tik dit weer met 'n hoofletter V en druk *enter*.

Dit werk. Die Bank van Liechtenstein het die vyfmiljard. Sy verander onmiddellik die wagwoord. Sy keer terug na die transaksie-besonderhede-bladsy en verfris die skerm. Hierdie keer is die balans onveranderd. Dit gee haar 'n bietjie tyd. Nou moet sy net dieselfde doen met die dosyn of wat ander banke op Clara se lys.

"Moet jy nie iewers wees nie?" Dit is moeilik om op die taak te konsentreer met Cindy wat oorkant haar sit.

"Nee. Nie nou nie." Cindy sit haar stewels op Kat se lessenaar. "Het jy koffie?"

"Op. Jy moet vir Gus en Mitch gaan vang, onthou?"

"Dis waar. Maar ek kan jou nie alleen hier los nie."

"Ja, jy kan. Ek sal oukei wees." Elke sekonde wat sy bestee om met Cindy te praat, is tyd wat Clara kan gebruik om die res van die geld te skuif. Sy moet ontslae raak van Cindy.

"Ek weet nie, Kat. Kan jy vir Jace bel?"

"Ja." Jace is op 'n soektog en redding uit, hierdie keer vir 'n Japannese uitruilstudent wat buite die grense van die ski-oord gaan ski het. Maar Cindy hoef dit nie te weet nie. Sy gee voor dat sy sy nommer bel en maak 'n gesprek op.

"Daar – als gedoen. Hy sal oor vyftien minute hier wees. Jy kan nou maar gaan."

"Ek wag liewer." Cindy leun terug in haar stoel en staar by die venster uit. "Om dinge in Platt se hande te laat, stel my nie eintlik gerus nie. Dis sy papierwerk wat hulle vrygelaat het in die eerste plek."

"Gaan nou, Cindy. Asseblief."

"Hoekom probeer jy van my ontslae raak?"

"Ek probeer nie. Ek wil net nie weer hê Gus moet by my uitkom nie.'

"Sal dit nie beter wees as ek hier by jou bly nie?'

"Cindy – Jacc gaan enige oomblik hier wees. Ek het baie om te doen. Ek wil nie meer vrae beantwoord of na enige van jou gesprekke luister oor Gus en Mitch wat ontsnap het nie. Na ek wat ek gedink het my laaste ure op aarde saam met Nick op 'n verlate barge bestee het, en waarna jy vir alle praktiese doeleindes my nek gebreek het, het ek genoeg gehad. Sal jy asseblief net gaan?"

Cindy hou haar hande uit verweer op.

"Ontspan, Kat. Ek verstaan. Te veel vir een dag. Hoekom sê jy nie net so nie?"

Cindy wag nie vir 'n antwoord nie.

"Bel my asseblief as jy huis toe gaan," sê sy toe sy opstaan. "En wanneer jy by die huis aankom."

"Goed.'

Kat hoor hoe Cindy se stewels in die gang af klik-klak.

"Ek sal die deur sluit. Moenie vergeet om my te bel nie."

Die tuimelaarslot klik in plek toe Cindy die deur agter haar beveilig.

Uiteindelik. Nou kan sy konsentreer daarop om vir Clara te vang.

As Clara uit haar rekening gesluit is, is die eerste ding wat sy sal doen, om haar bank te bel. Mense met Clara se geld is op eerste-naam-basis met hul private bankiers. Sy kyk na die horlosie op haar rekenaar. Vyf oor een. Dit ná toemaaktyd in die Caymans en die res van die Karibiese Eilande, maar dit is al die volgende oggend in Liechtenstein. Om die wagwoorde te verander het haar 'n bietjie tyd gekoop, maar dit is net 'n tydelike oplossing.

Die geld hoort terug by Bancroft Richardson. Maar deur dit terug te plaas in dieselfde rekening gee Clara net nog 'n geleentheid om dit te steel. Daar is net een ander oplossing. Sy tik die wagwoord. As iets met haar gebeur, sal Harry weet wat om te doen.

HOOFSTUK 51

Harry ry met die kronkelende oprit na die uitgespreide Tudor-stylhuis en parkeer voor. Kat weet uit hul vorige vergadering dat Audrey nooit getrou het nie. Sy het haar voorgestel dat Audrey in 'n onderdorpse *penthouse* sal woon, nie 'n groot landgoed op die buitewyke van Vancouver nie. Met 'n landgoed van hierdie grootte, sal Audrey personeel nodig hê. Kat wonder of hulle daar sal wees so vroeg in die oggend.

Sy klim uit die Lincoln Town-motor en stap oor die sirkeloprit na die voordeur, staan 'n oomblik stil om die landgoed te beskou. Links van haar is 'n perdekamp en stalle wat na agter uitloop op 'n oop veld. Geen perde wat sy kan sien nie, hoewel dit vroeg in die oggend is, en nog donker genoeg om met ligte aan te ry.

Die soet geur van winterjasmyn dryf van die lae heining wat die ingang omgrens af aan. Sy tik die brons deurkloppe en kyk terug na Harry. Hy is klaar besig om hom uit te wurm uit die Lincoln se bestuurdersitplek. Hoe lank sal sy hom in die motor en uit die moeilikheid kan hou? Hy vang haar blik.

"Seker jy wil nie hê ek moet uitklim nie?" vra Harry, in die hoop vir 'n laaste oomblik-genade.

Kat waai met haar hande om "nee" te sê. Sy het nie nodig dat hy dinge nog meer kompliseer met Audrey nie.

Harry het aangebied om haar te bring aangesien haar Celica steeds op die bodem van die Fraserrivier is en sy nie kan bekostig om dit te vervang nie. Na Clara se stink vullis, vertrou hy haar nie genoeg om weer die sleutels te oorhandig nie. Sy voel soos 'n kind wat afgelaai word vir 'n speel-afspraak.

Sy wag by die deur en ignoreer Harry wat steeds haar aandag probeer trek. Na 'n oomblik verras Audrey haar deur self die swaar eikehoutdeur oop te maak. Sy moes pas uit die stort geklim het, want haar hare is toegedraai in 'n handdoek wat presies pas by die hemelsblou satyn kamerjas. Sy is kaalvoet en hou 'n glas lemoensap vas, die pulp sigbaar in die glas. Hierdie plat-op-die-aarde Audrey is beslis in kontras met die pelsjas-en pêrels weergawe wat Kat by die aandeelhouersvergadering gesien het.

Audrey nooi haar nie in nie. Nie 'n goeie ding nie, want dit beteken dat Harry dalk die gesprek by die deur mag hoor. Kat ril ten spyte van haar *fleece*-baadjie, voel die oggendkoue. Sy kyk hoe haar asem in die lug hang as sy uitasem.

"Was dit nou nodig om 6:30 in die oggend hier op te daag? Jy sê jy het die geld. Dis al wat saak maak. Wat anders is daar om oor te praat. Audrey se hand bewe, en die vloeistof spoel naby die rant van die glas. Kat tree terug om nie raakgespat te word nie.

"Ek het die geld, soort van. Ek weet net nie wat om daarmee te maak nie."

"Sit dit terug. Wat anders?"

"Ek wens dit was so eenvoudig." Kat kyk terug na Harry, wat onbewus is daarvan dat sy netto waarde pas toegneem het tot amper vyftigmiljard dollar. Haar splitsekonde-besluit om die geld uit Clara se rekening oor te dra mag miskien 'n groot probeem opgelos het, maar dit skep ook 'n paar nuwes.

Audrey se half-geslote oë skiet skielik oop.

"Audrey, ek kan dit nie net terugsit in Opal Holdings-rekening by Bancroft Richardson nie. Clara was in staat om dit te steel reg onder die neuse van die reguleerders, ten spyte daarvan dat die rekening gevries was. As sy 'n manier kan kry om dit die eerste keer te doen, sal sy dit net weer vat. So ek moes dit iewers anders sit." Kat praat saggies sodat Harry nie kan hoor nie. Hoekom nooi Audrey haar nie in nie?

"Iewers? Wat beteken dit?" Audrey sluk die helfte van die lemoensap af en maak haar oë vir 'n oomblik toe. 'n Tevrede sug volg.

Moet die versterkte lemoensap wees.

"Ek moes vinnig dink. Ek het dit dus in Harry se rekening gesit."

"Harry?" Audrey se oë vernou.

Kat deins terug.

"Ja, dis ek." Met die noem van sy naam, spring Harry amper uit die Lincoln uit. Hy is vinniger by die deur as 'n honderdmeter naelloper op steroïede. "Aangenaam om u te ontmoet, Juf....?"

"Braithwaite. Audrey Braithwaite." Audrey gooi haar kop terug en sluk die oorblywende lemoensap in haar glas af. Wat sy ook al drink, kikker haar op soos 'n skoot kafeïen. Sy bestudeer Kat. "Jy het nie vir my gesê dat jy 'n gas bring nie."

"Dit was nie beplan nie. Jammer." Kat se oë vernou toe sy vir Harry met 'n dreigende blik aangluur. Hy weet baie goed wie Audrey is. Hy speel net dom om betrokke te raak by die gesprek, presies wat hy belowe het om nie te doen nie.

Harry ignoreer haar gluur doelbewus.

"So jy is die ou met al die geld." Audrey glimlag terwyl sy vir Harry beskou. Kat se maag maak 'n draai. Spot Audrey, of is sy net bly om te weet waar die geld is? Miskien is dit die gedokterde lemoenskap. Sy moet in alle geval die gesprek vinnig in 'n ander rigting stuur.

"Hoe sê? Ek veronderstel so. Ek was nog altyd spaarsamig. Spaar jou pennies en die dollers kyk na hulself." Harry glimlag, tevrede genoeg oor die kompliment sonder om die rede te besef.

"Oom Harry, het jy nie 'n oproep om te maak nie?"

"Aa, ja. Ek het amper vergeet. Aangename kennis, Audrey. As jy ooit–"

"Oom Harry?"

"Reg." Harry sug en draai om.

Kat kyk hoe hy terugstap na die Lincoln. Toe hy in die motor en buite hoorafstand is, draai sy terug na Audrey.

"Weet hy nie daarvan nie?"

Nog nie. Audrey, ek moes die geld elders oordra om dit buite Clara se bereik te kry."

"Sy jy gee die geld vir Harry, wat net toevallig jou oom is. Is dit nie bietjie ongewoon nie?"

"Dis nie hoe dit lyk nie. Ek het 'n splitsekonde gehad voordat die geld vir ewig sou verdwyn, en ek moes iets doen. Omdat Harry se rekening ook by Bancroft Richarson is, het ek gedink ek kan dit ten minste terugbring na dieselfde organisasie vanwaar dit gesteel is."

"Jy het vantevore vir my gejok, Kat. "Hoekom sal ek jou glo?" Jy het voorheen gesê jy werk vir Liberty toe jy alreeds afgedank is."

"Ek het nooit gesê dat ek vir Liberty werk op daardie oomblik nie. Al wat ek gesê het was dat Liberty my gehuur het om–"

'Semantiek. Jy het my mislei om te glo dat jy wel vir hulle werk, terwyl jy geweet het ek sou nooit andersins met jou gepraat het nie. Erken dit." Audrey kyk na haar glas en dan agter haar asof sy nog een oorweeg.

"Audrey, wat maak dit saak? Ek het die geld teruggekry. Ek kon dit net gevat het en die land verlaat het, soos Clara. Dan sou ek nie nou hier gestaan het nie. Bewys dit nie dat ek eerlik is nie?" Wat moes sy nog doen om weer Audrey se vertroue te wen?

"Ek veronderstel so."

Sy voel hoe die woede in haar opwel.

"En, ja, Liberty het my afgedank. Clara se trawante het ook probeer om my dood te maak, my kar verwoes, my kat doodgemaak en ten spyte van dit alles, het ek steeds aan die saak gewerk. Ek kry nie 'n pennie vir my pogings nie. Ek is op die punt om uit my huis gesit te word, want ek kan nie my huur betaal nie. Miskien moet ek net vlug met die geld."

"Jy is reg." sê Audrey teensinnig. "Ek is jammer. Jy is waarskynlik die enigste eerlike mens wat ek op die oomblik ken."

"Dit is verdomp reg, ek is. Ek het gekeer dat Clara met die geld wegkom, en ek het die moorde van jou broer en Ken Takahashi in verband gebring met die diamantwassery by Liberty. En nou het ek

Liberty van bankrotskap gered – amper. Ek moet net die geld terugkry by Liberty."

"Kan jy dit nie net weer oordra na die Liberty-bankrekening nie?"

"Dis nie so eenvoudig nie. Daar sal vrae wees oor hoe ek in die eerste plek die geld gekry het. Mense gaan aanneem dat ek betrokke was by die diefstal."

"Hoe het jy dit presies gekry?"

Kat gee 'n opsomming van hoe Clara die vyfmiljard gebruik het as saaikapitaal om Liberty se aandele kort te verkoop en nog 'n vyf-en-veertigmiljard wins te maak. Sy vertel hoe sy die lys in Clara se vullis gekry het en toe die wagwoord geraai het en by die rekeninge ingebreek het.

"Jy is regtig 'n geen-nonsens meisie, is jy nie?" Audrey verlaag haar stem. "Is dit nie onwettig nie?"

"Eties wen wettig in my boek. Die geld moet terug na die regmatige eienaars. Om die letter van die wet te volg sou oponthoud veroorsaak het wat Clara in staat sou stel om met die geld te ontsnap.

"Wat wil jy hê moet ek doen?"

"Praat met die owerhede namens my. Wees my tussenganger. Die prokureurs en die sekuriteitereguleerders sien dinge in swart en wit. Ek wil hê hulle moet die hele storie ken voordat ek met hulle vergader. Dis die enigste manier waarop hulle sal luister."

"Maar hoe doen ek dit? Dit is buite my veld."

"Ek sal vir jou sê wat om te sê. Sal jy my help?"

"Kan jy nie net die geld oordra nie?"

Nie sonder 'n verduideliking nie. Hulle moet die geldspoor verstaan en hoe om dit te ontrafel. Anders gaan die geld vir jare gevries wees. Liberty sal bankrot raak terwyl julle wag, en hulle mag dink ek was betrokke."

"Hoekom het jy nie net iemand gebel en vir hulle gesê waar die geld is nie. Laat die polisie dit hanteer."

"Ek moes vinnig optree. Dit was na-ure en ek moes Clara stop voor die geld vir ewig verlore was. Teen die tyd wat die polisie 'n hofbevel sou kry, sou die geld al verdwyn het."

Die son het opgekom en is nou laag op die horison. Die Bancroft

Richardson-personeel is waarskynlik besig om nou hul rekenaars aan te skakel, op die punt om al die geldoordragte wat dwarsdeur die nag plaasgevind het, te ontdek.

"Jy praat van vyftigmiljard doller! En nou wil jy my in jou bedrog insleep?" Audrey se blik val na haar leë glas toe. "Bel net die polisie. Ek wil nie meer hoor nie."

"Audrey, jy moet my help. Wil jy hê Clara en haar pa moet wegkom hiermee? Ons moet dit deursien. Die geld lei na hulle toe, en daarmee kan ek bewys dat hulle betrokke is by die moorde."

"Alex se moord?" Audrey se stem stok, haar emosies nog rou oor die feit dat sy haar broer verloor het.

"Ja, Audrey," sê Kat. "Hoekom dink jy is hy vermoor?" Hy wou nie Liberty sonder baklei opgee nie. Takahashi was dieselfde. Hy is dood terwyl hy probeer het om die diamantwassery te ontbloot. Kan ek op jou staatmaak?

Audrey staar Kat aan, haar oë is waterig en haar onderlip bewe.

"Wat wil jy hê moet ek doen?"

Kat verduidelik.

HOOFSTUK 52

"Genoeg!" Ortega slaan sy plomp vuis op die swaar houtlessenaar, hard genoeg om die leë Wedgwood-teekoppie en piering op die hardehoutvloer daaronder te laat val. Luis was besig met nog 'n flou verskoning waarom hy nie vir Clara en die geld kon opspoor nie. Dit is die nuutste van 'n lang string verskonings, en Ortega is moeg om dit te hoor. Moet hy dan alles self doen?

Baas – ek het gekyk soos jy gesê het. Die geld–"

Luis versit ongemaklik van een voet na die ander, asof hy op die punt is om homself nat te maak.

"Hoekom de hel het jy my nie gesê die balans verskil nie?" Ortega besef skielik dat hy ook nie die ekstra geld opgemerk het nie. Toe hy gister ingeteken het terwyl hy met Bryant gepraat het, het hy net aandag gegee aan die laaste drie oordragte. Nie aan die nege-en veertig miljard-plus wat die vorige aand oorgedra is uit die rekening uit nie. Natuurlik gaan hy dit nie aan Luis erken nie.

"Maar, baas, jy het my gevra om te kyk dat al die geld geskuif is. Ek het gemaak soos jy gevra het. Al die geld in die rekening is uit die rekening uit geskuif . Jy het nie gesê hoeveel nie." Luis wag onge-maklik vir 'n antwoord.

Ortega gooi sy hande in die lug.

"Idioot! Jy het geweet dit was vyfmiljard. Het jy nie gewonder hoekom dit skielik gegroei het tot vyftig miljard nie?"

"Ek – ek het gedink jy weet. Is dit nie 'n goeie ding nie? Meer geld?"

"Nee, jou idioot. Dit beteken iemand volg nie die plan nie." Spesifiek Clara. Waarmee is sy besig? Iets is verkeerd. En wanneer iets verkeerd is, moet jy my sê."

Ortega skakel Clara se nommer weer, die derde keer binne 'n uur. Steeds geen antwoord nie.

Luis staan stil voor Ortega, baie ongemaklik.

"Wat is fout met jou? Hoekom bel jy nie die bank nie? Kry daai geld voor dit vir altyd weg is!"

"Onmiddellik, baas." Luis lyk verlig toe hy omdraai en amper uit die kantoor uit hardloop.

Miskien is sy op 'n strand iewers, geniet sy haar nuwe vergrote bankbalans en lag sy as sy sy desperate pogings sien om haar te kontak. Allerhande gedagtes jaag deur sy kop. Wat as al die geld weg is? Nee, dit maak nie sin nie. Clara is nie 'n dobbelaar nie. Veral nie met ander mense se geld nie. Steeds, hy beter die geld terugkry.

Hy het die Opal Holdings-rekening nou op sy skerm. Die ander oordragte is almal na dieselfde bank in die Caymans gemaak. Hy slaak 'n sug van verligting.

"Luis?"

"Ek bel hulle nou."

"Louis, kom terug hierheen!"

Louis verskyn in die deur. Hy is uitasem en sy toutjieshare is vasgepleister aan sy sweterige voorkop.

"Ek het dit gekry. Dit is na die Caymans-rekening toe."

Luis helder sigbaar op en lyk verlig – asof hy tog nie sy dood tegemoet gaan nie.

"Gaan terug na jou lessenaar toe en kry ons bankier op die lyn." Hierdie keer doen hy dit self. Hy gaan dit oordra na 'n rekening wat niemand anders van weet nie; vir Clara die skrik op die lyf jaag en haar 'n les leer. Luis is binne oomblikke weer terug.

"Baas?"

"Nou wat nou? Ek het jou gesê om hom op die lyn te kry."

"Ek – ek het. Mev. Covington sê daar is niks geld in die rekening nie." Louis fokus op die mat voor Ortega se lessenaar, vermy doelbewus oogkontak.

"Wat bedoel jy, niks geld nie? Dit is vanoggend gedeponeer."

"Ja, maar dit is weer uit die rekening onttrek." Luis gaan sit.

"Onmoontlik!" Is dit? Eers Bryant se oproep en nou is Clara weg. Hou die twee op 'n manier verband? Bryant moes die geld van iewers af gekry het, hoewel Ortega nie 'n miljoendoller oordrag kan insien nie.

Hy het steeds die band van Bryant se telefoonoproep van gister. Hy neem al sy oproepe op. 'n Mens weet nooit wanneer jy dit kan nodig kry nie – of dit nou vir bewyse of afpersing is. Hy druk speel en luister, en woede wel in sy binneste op toe hy Bryant se domastrante stemtoon hoor.

Hy wring sy hande terwyl sy verstand oortyd werk met al die moontlikhede. Clara is weg. Die geld is weg. En Bryant sê hy het dit. Het Clara dit ook? As dit regtig hy is, hoekom het Clara hom nie net geëlimineer soos wat sy opdrag gekry het om te doen nie?

Clara moes die aandeelhouersvergadering bygewoon het en dadelik daarna vertrek het. Dit was die plan. Was sy by die vergadering?

Hy besef skielik dat hy nie alleen is nie.

"Luis? Hoekom staan jy daar met daai dom uitdrukking op jou gesig? Bel die bank terug – nou!" Hy herinner homself om Luis te vervang met iemand wat nie stap-vir-stap instruksies nodig het nie.

"Onmiddellik, baas." Louis begin wegstap deur toe.

'O, en Luis?" Ortega hou sy stem kalm en egalig.

"Baas?"

"Kry daai geld terug. En kry vir Clara. Vandag. Nie môre nie. Of anders..." Ortega se stem val tot 'n fluistering toe hy die snybeweging oor sy keel maak. Sy sin hang in die lug, onvoltooid. Hy waai vir Luis weg, maar nie voor Luis die betekenis gesnap het nie.

Luis sluip uit die kantoor uit, maak die deur agter hom toe.

Ortega gee weer aandag aan die band.

Natuurlik. Hoekom het hy dit nie vroeer opgemerk nie? Hy speel weer die opname terug, luister fyn na die agtergrondgeraas. Nou het hy dit. Die openbare aankondiging is in Spaans. Ten minste beteken dit Bryant het nie van 'n openbare plek in Kanada af gebel nie. Waar dan? Hy draai weer die band terug en luister weer, hierdie keer met die volume baie hard.

"-departing to Rosario."

Hy ken net een Rosario, en dit is in Argentinië. Dit beteken Bryant is hier. Hy mag dalk selfs van die Buenos Aires-lughawe af gebel het. Hy is nou seker dat Bryant en Clara kop in een mus is. Hoe anders ken Bryant sy privaat telefoonnommer en sy bankbesonderhede?

HOOFSTUK 53

Clara se wysvinger rus op die veiligheidspen, tevrede om die einde uit te rek wat sy soveel keer vantevore in haar gedagtes laat afspeel het. Sy leef haar in die oomblik in, neem uiteindelik wraak vir Vicente, haar ma, en die ontelbare ander wreedhede wat haar pa oor die jare gepleeg het.

Haar eerste herinnering van haar pa se brutaliteit is toe hy Bingo geskiet het en sy karkas in die voorste veld, wat sy vanuit haar kamervenster kon sien, gelos het om te verrot. Dit het vir weke daar gelê, elke oggend kleiner en kleiner gelyk soos wat aasdiere deur die nag besoek afgelê het.

Was dit haar of die perd se skuld dat hulle 'n sprong gemis het? Sy weet nie. Hy het nie die moeite gedoen om dit aan 'n agtjarige, en spesifiek 'n meisie, te verduidelik nie. Sy onthou hoe hy haar weggetrek het van haar eerste skouperd, 'n verjaarsdaggeskenk, en haar aan een van sy manne oorhandig het wat altyd in die agtergrond van hulle lewe rondgehang het. Maar nie voor hy haar laat kyk het en gesê het dis 'n les in selfstandigheid nie. Moet nooit te geheg raak aan enigiets of enigiemand behalwe jouself nie. Sy het die boodskap gekry.

Tog het sy steeds probeer om hom te plesier, gehoop sy kon sy teleurstelling in die feit dat sy vroulik gebore is, verander. Die enigste goeie ding oor haar pa, is dat sy deur hom vir Vicente ontmoet het. Hy was een van die wagte van die Ortega-landgoed. Al daardie mans was in Clara geïnteresseerd, maar net oor sy sy dogter was. Vicente was die enigste een wat haar as mens raakgesien het.

Hulle is getroud toe sy agtien geword het. Clara het Vicente as 'n ontsnaproete gesien, 'n einde aan haar pa se greep op haar lot. In plaas daarvan het haar pa sy houvas verstewig, omdat hy Vicente net soveel beheer het as vir haar. Toe maak hy hom dood, uit weerwraak omdat hy 'n gedeelte van die geld uit 'n diamanttransaksie gevat het. Dit is hoe haar pa dinge gesien het: wit en swart, lewe of dood.

Nou is sy die een wat daardie keuse maak. Sy haal die veiligheidspen af terwyl sy na die mans op die teer onder haar kyk. Sy is weggesteek in die bome bo-op 'n klein voorgebergte aan die verste punt van die lughawe, wat oor die aanloopbaan uitkyk.

Sy het direk hierheen gekom van die lughaweterminaal af. Sy het geweet haar pa sou hier opdaag om te ontsnap. Die geldspoor lei na hom toe. Sy wag nie lank nie. Sy swart sedan arriveer en is nou geparkeer op die aanloopbaan, minder as 60 meter van haar af.

Clara se gesig verhard in 'n frons toe sy kyk hoe haar pa oor die teer na die luierende Cessna toe hardloop. Dis die enigste vliegtuig op die aanloopbaan. Na die oostekant toe is die hooflughawe waarvandaan sy pas gekom het. In die verte sien sy klein figuurtjies en trokke met vragtreilers heen en weer weef rondom die passasiersvliegtuie. Hierdie aanloopbaan is stiller, 'n gedeelte van die oorspronklike lughawe wat vandag net gebruik word deur die klein Cessnas en Pipers, die voorkeur van die ryk *porteños*.

Tevrede dat niemand kyk nie, beskou sy weer haar pa en sy gevolg. Kort ledemate spruit uit sy plomp liggaam soos takkies uit 'n sneeuman. Ten spyte van sy grootte, is hy steeds 'n goeie vyf meter voor die ander vier mans. Altyd haastig. Haastig om die beste tafel by 'n restaurant te kry, die grootste gedeelte uit 'n wapentransaksie, of om mag te hê oor die magtigste ouens in die regering. Sy sien hoe hy hardloop om te ontsnap, en sy voel niks behalwe haat en afsku nie. Dié keer vlug hy met niks nie. Sy het al die geld.

Luis is kort op sy hakke, sy oorgekamde hare swiep oor sy skedel soos 'n vlag wat in die wind wapper. Hy word teruggehou deur 'n tas in elke hand, waarskynlik die kontant waarmee haar pa altyd reis. Dit gaan nie lank hou nie.

Kort agter hulle is Rodriguez. Sy haat hom – haat hom vir sy verraad teenoor Vicente en vir sy witvoetjiesoekery by haar pa as Vicente se plaasvervanger. Rodriguez sal op almal, ook haar pa, trap in sy strewe na die boonste sport. Hoekom kan hy, van alle mense, nie raaksien dat almal gekoop kan word nie? Maar haar pa is verbasend blind vir die menslike natuur wanneer dit op homself van toepassing is.

Twee stewige mans in donkter pakke vorm die agterhoede. Clara herken hulle nie, maar sy weet hulle is haar pa se nuutste lyfwagte, gereed om enigiemand te skiet wat te naby kom en 'n bedreiging is – egte of verbeelde bedreigings.

Om met 'n vals paspoort Argentinië binne te kom, was maklik. Om haar pa se netwerk van spioene op die lughawe te vermy sonder dat sy raakgesien word, was meer van 'n uitdaging, maar nie te veel nie. Hulle is oral in Buenos Aires, maar sy weet hoe om hulle uit te ken. Op die oomblik lyk dit asof hulle aandag elders is, asof iemand hulle gewaarsku het oor iets anders.

Haar hand is stil om haar wapen gevou terwyl sy sy ongeduldige mars aanskou. Sy wag vir hom om die vliegtuig se trappies te bereik en terug te draai na die manne. Sy mond gaan oop, maar die klank word deur die wind verdring. Hy is ongetwyfeld besig om op hulle te vloek omdat hulle so stadig is, te beledig soos wat hy altyd maak. Verbysterend dat hulle hom verdra vir 'n vet salaris en 'n wettelose bestaan.

Terwyl sy haarself gereed maak, verstil haar pa skielik en kyk verby die manne, asof hy haar kan sien. Maar dit is belaglik. Sy is geheel en al gekamoefleer agter die blare. Haar wysvinger is gereed op die sneller.

Sy mik. Sy wil sy gesig sien as dit gebeur.

Dan trek sy die sneller.

Hulle hoor nie die skoot, wat met 'n knaldemper uitegedoof is nie.

Sy skiet geheel en al mis, tref niks wat hulle op haar teenwoordigheid attent kan maak nie. Sy is nie bekommerd nie. Daar is oorgenoeg tyd om haar teiken te tref. Met 'n misskiet kom die risiko van ontdekking, maar ook 'n stroom adrenalien, omdat sy weet dat sy dit kan uitrek vir so lank as wat sy wil. Dis 'n speletjie wat sy nie wil hê moet tot 'n einde kom nie. Maar, sy wil ook nie haar kanse verspeel nie. Sy haal weer oor en vuur nog 'n rondte af.

Die tweede koeël vind sy teiken. Sy kyk hoe hy inmekaarsak op die grond, soos 'n opblaasspeelding met 'n gaatjie in. Dit voel soos 'n eienaardige antiklimaks terwyl sy kyk hoe die lewe uit hom uit vloei.

Louis laat val die tasse en hardloop na haar pa toe. 'n Donker kol begin net onder haar pa se skouer op sy wit hemp versprei. Sy kyk hoe Louis haar pa regop stut, en vinnig probeer om die bloedverlies te keer. Die donker kol op haar pa se hemp raak vinnig groter.

Moet sy vir Louis ook skiet? Hy weet van die geld, ken al haar pa se geheime. Nee. Louis is niks werd sonder haar pa nie. Sy laat hom eerder stadig wegkwyn en doodgaan. Sy voel amper jammer vir hom, nog 'n lewe gemors in die wentelbaan van haar pa se wêreld. Die ander mans? Beter om hulle te laat leef om die verhaal te vertel.

Sy haal diep asem en voel hoe haar skouers ligter word. Die magtigste man in Argentinië is tot sy einde gebring deur 'n blote vrou. Wat sal hulle dink?

Sy het op haar eie die vyfmiljard tien maal vermeerder. Dit was haar idee om die Liberty-aandele kort te verkoop, omdat sy geweet het die Bryant-skandaal sou die aandeleprys laat tuimel. Sy het dit vir hom geheim gehou, geweet dat hy enige van haar idees sou afskiet. Toe die ekstra geld in die Opal Holdings-rekening ontdek is, het hy onder sy trawante die krediet daarvoor geneem. Nie een keer het hy vir haar erkenning gegee vir haar briljantheid nie. Selfs die geforseerde oorname van Liberty was haar idee. Hy het haar daarvoor ook geen krediet gegee nie. Dit was onfeilbaar: hy kon Liberty teen 'n reuseprofyt verkoop – óf dit hou as 'n betroubare manier om sy vuil diamante te was.

Dit sou perfek gewees het, as daai moroon van 'n makelaar nie haar verhandelinge gedupliseer het en die aandag op Opal gevestig het nie. Haar pa sou dalk nooit eers geweet het van die ekstra geld as die Bancroft Richardson-rekening nie gevries is nie. Toe hy die vyftig-miljard in die Opal Holdings-rekening ontdek, het hy daaraan gedink om haar geluk te wens? Wat is die kans! Al wat hy gedoen het, is om haar te skel omdat sy aandag getrek het. Toe probeer hy dit vir homself steel. Maar sy het hom , die reguleerders, en almal anders uitoorlê. Sy is op pad na 'n nuwe lewe in 'n land waar sy onbekend is, waar niemand haar dophou nie, en na 'n plek waar haar rykdom nie aandag sou trek nie. Sy gaan vry wees om haar nuwe lewe te leef met meer geld as wat sy in 'n leeftyd kan bestee.

Dan ruk haar nek vorentoe, en haar liggaam tol in die rondte toe 'n koeël haar tref. Sy probeer haar balans aanpas, maar sy kan nie meer haar bene onder haar voel nie. 'n Spasma skiet deur haar arm toe die wapen uit haar greep vrykom en nutteloos met die rotse afklater tot op die rantjie van die teer. Sy lê daar in die vuilte, nie in staat om te roer nie. Alles om haar is swart. Nie in die skakerings van die nag wat naderkom nie, maar die totale donkerte van algehele blindheid.

Maar sy kan nog hoor. Sy luister hoe die skieter nader kom, die maat van sy voeteval op die droë blare.

Toe verstaan sy. Al die geld het niks verander nie. Sy is steeds 'n gevangene van haar pa se dophouers. Hulle is oral – ontwykende, oppertunistiese parasiete wat betaal is om haar dop te hou waar sy ook al is, selfs by Liberty. In daardie oomblik weet sy: die slagoffer het hom nie sommer net so laat slag nie.

HOOFSTUK 54

"Paul, dank die Vader jy's hier. Kry my by die hospitaal." Clara praat in 'n fluisterstem terwyl sy sukkel om asem te haal. "Asseblief, help my."

"Hoekom? Jy was van plan om al die geld vir jouself te hou, was jy nie?"

Clara was veronderstel om die geld na die nuwe rekening te skuif wat hulle in Guernsey oopgemaak het, maar sy het dit na haar eie Caymans-rekening geskuif en hom uitgesny. Bryant weet dit, want hy het 'n afskrif van haar bankinligting gehou en 'n wagwoordspioenasie-program op haar rekenaar geïnstalleer. Hy is nie 'n vertrouende mens nie.

"Dis nie waar nie. Ek was van plan om jou te bel." Sy raak stil. Dis te veel moeite om te praat.

"Wanneer, Clara? 'n Jaar van nou af? Nadat ek aangekla en in die tronk was vir die diefstal van die geld?"

Hy verwag nie 'n antwoord nie, en hy kry nie een nie. Clara se bleek vel begin blou word, haar lang hare gekoek deur die poel bloed wat stol in die grond onder haar. Is dit regtig net weke gelede sedert hulle die diefstal saam beplan het? Sy het hom net nooit die res van haar plan vertel nie: die gewaste diamante, die kortverkoop van die aandele, en die plan om hom te vermoor as sy eers die geld gehad het.

Hy voel vreemd afsydig, asof dit iemand anders is as die vrou wat hy liefgehad het. Nie die een saam met wie hy 'n ontsnapping beplan het, die een vir wie hy sy loopbaan opgegee het nie. Dit is nou vir hom duidelik. Hy sou nie kon teruggaan nie. Hy is reeds aangekla dat hy die geld gesteel het, of dit waar is of nie. Sy het seker gemaak daarvan; hom aangewys as die sondebok, bevlek met skuld, maak nie saak hoe dinge uitdraai nie.

Al daardie gewag en bekommernis in Brussels, als vir niks. Een dag het verskeie geword, en toe is dit 'n week. Sy moet nog 'n paar dae wag, het sy gesê, voor sy die geld kon kry. Toe ontdek die owerhede die Opal Holdings-rekening en Clara moet sonder die geld vlug. Dit is wat sy vir hóm gesê het.

Twee mans – blas mans in pakke en sonbrille, soos lyfwagte vir belangrike persone, het omtrent dieselfde tyd by die hotel opgedaag. Hy het skielik besef hoekom hulle so bekend voorgekom het. Hulle was dieselfde mans wat Clara in Vancouver mee gepraat het. Een oproep en dit is bevestig: Clara was weg. Nie op pad Brussels toe soos hulle beplan het nie, maar op pad na Argentinië.

Hy is lughawe toe sonder om na sy kamer terug te keer om sy goed te kry of om haar volgende slagoffer te word. Hy was net betyds in Buenos Aires om te sien hoe Clara haar pa skiet. Sy was nooit van plan om hom te volg nie.

Nie dat dit nou saak maak nie. Hy weet presies waar die geld is, veilig gedeponeer in die Caymans Bank. Hy het daarvan seker gemaak voordat hy haar geskiet het. Hy sal dit later vandag skuif na sy nuwe rekening in Guernsey. Maar eers moet hy seker maak sy is uit die pad uit.

Hy is verbaas dat hy niks voel nie. Hul twee jaar saam is betekenisloos, uitgewis deur die haat wat sy agtervolging al die pad na Buenos Aires aangevuur het. Hy kyk hoe sy sukkel om asem te haal. Hoekom het hy ooit in haar geglo?

"Help my," fluister sy, meer van 'n smeking as 'n opdrag.

Hy sê niks. Hy is tevrede om haar te sien ly waar hy geboë oor haar staan.

Die namiddagson sak laer op die horison, maak nie meer die aarde warm waar sy lê nie.

"Jy kan die geld kry. Ek sal jou sê waar dit is."

"Ek weet klaar waar dit is."

"Paul, help my net. Ek sal jou enigiets gee wat jy wil hê." Clara gorrel terwyl sy probeer praat.

Haar gesig, nie meer pragtig nie, staar op na hom met siglose oë. Hy kan dit nie weerstaan nie.

"Ek het al klaar alles wat ek moontlik kan wil hê. Ek het die geld." Hy trek die laaste woord uit, hoop dit maak seer. "En jy het gekry wat jy verdien het."

Toe is dit verby. Haar liggaam sidder een keer en lê toe stil.

Bryant sug tevrede toe hy die wapen in sy gordel steek. Hy draai op sy hakke om en stap terug in die rigting van die pad, sug tevrede. Dit was 'n produktiewe dag. Hy het nog nooit vantevore iets doodgemaak nie.

HOOFSTUK 55

"Maak gou, Kat!"

"Ek probeer," skree Kat terug. Sy hardloop deur die lughawe, verby die Haida Gwai Jade Canoe, kort op Cindy se hakke. Die mitiese wesens roei gelyk na hul bestemming, anders as Kat, wat ontspoor is van hare.

Ten minste is Bryant op heterdaad betrap. Cindy se polisiebronne het dit 'n uur gelede bevestig, en die storie is reeds hoofnuus op die internet. Die Argentynse polisie het Ortega dopgehou; toe Clara se koeël hom tref, het hulle die trajek gevolg en op Bryant afgekom. Was hulle regtig te laat om Bryant se snellervinger te keer? Of was dit net makliker as om 'n kartélbaas se dogter aan te kla? Sy sal nooit weet nie.

Cindy se onbeplande draai kon nie op 'n slegter tyd gekom het nie. Hulle was enkele minute van Liberty af, toe Platt se oproep inkom. Hy het daarop aangedring om hulle op die lughawe te ontmoet, en Cindy vertrou hom nie genoeg om dit nie te doen nie.

Kat moet vir Audrey oor minder as 15 minute by Liberty ontmoet om vir Nick te konfronteer. Selfs as hulle nóú omdraai, gaan dit hulle 'n halfuur neem om daar te kom. Kat is oortuig dat Nick sy ontsnapping beplan noudat die nuus oor Clara, Ortega en Bryant uit is.

Cindy is amper by sekuriteit toe sy omkyk en iets sê wat Kat nie oor die lughawegeraas kan hoor nie.

"Wat?" Maar Cindy het klaar teruggedraai. Sy gaan deur haar sakke en flits iets vir die twee sekuriteitswagte wat by die deur staan. Die swaar een, wat lyk asof hy veels te veel basketbal-steaks eet, knik en waai vir Cindy deur. Hy lyk veel groter toe Kat nader kom en sy die skuur-skuur van sy basketbalbroekspype teen mekaar kan hoor. Hy kom op haar af soos 'n regop seeleeu en stop direk voor haar.

Kat wys na Cindy, maar 'n plomp arm keer haar ferm voor.

"Ho-nou, stop net daar, dame. Wys my jou instapkaart."

Kat se oë fokus op sy dubbele ken. Dit skud op en af terwyl sy woorde in 'n stadige amegtige draling uitkom.

"Wat?"

"Jy't my gehoor. Jou instapkaart. Geen pas beteken geen toegang." Hy trek die laaste klankgreep uit, lag vir sy eie skerpsinnigheid. "Nou toe. Waar is dit?"

"Ek het nie 'n instapkaart nie. Ek is saam met die polisie – die vrou wat jy nou net deurgelaat het." Kon Cindy nie net 'n paar sekondes langer gewag het nie!

Basketbal-steak kyk na sy vriend en rol sy oë. Sy vriend is benerig en gelerig, asof hy optop met koffie en nikotien.

"ID?" Beendere, duidelik die meer senior een van die twee waai sy hand voor haar.

"Ek het nie een nie." Ek is nie 'n polisievrou nie. Ek is deel van die ondersoek na–"

"Ek ken jou soort. Julle *dink* julle is belangriker as almal anders. Dit beteken nie julle is nie. Beplan volgende keer vooruit soos die res van ons." Hy reik vir sy koffiebeker en kyk oor die rant na Kat.

"Maar ek is saam met die polisie. Jy moet my deurlaat."

Hoekom kon Cindy nie net gewag het nie?

"Ek het gesê néé. Geen instapkaart, geen ID. Jy het niks hier verloor nie." Beendere kyk Kat op en af, geniet duidelik die mag wat hy oor haar het. "My werk is om mense soos jy te keer."

"Jy verstaan nie. Ek is 'n forensiese rekeningkundige. Jy moet my net deurlaat – dis 'n noodgeval." Dit klink dom, maar Kat weet nie wat anders om te sê nie.

Beendere draai na basketbal-steak.

"George, hoor jy dit? Lewensbedreigende rekeningkundige probleem! Wat is dit? Dood weens 'n duisend debiete?"

"Nee... Kyk, ek probeer nie moeilik wees nie, maar ek moet daardie polisievrou volg."

"Staan eenkant toe – laat hierdie mense deur."

Basketbal-steak glimlag vriendelik vir die ouerige paartjie. Hulle het hul passe gereed – net die soort mense waarvan hy hou. Kat se gedagtes keer terug na Audrey. Sy is waarskynlik reeds by Liberty en wonder waar sy is. Om Nick alleen te konfronteer kan gevaarlik wees. Cindy se ompad het hul plan in gevaar gestel.

Sy druk verby Basketbal-steak, net toe hy die paartjie hul passe teruggee.

"Hei! Kom terug hierheen!"

Maar Kat is deur, verby die wagte en by die vertrekterminaal in. Sy hardloop vinnig agter Cindy, wat nou tweehonderd meter voor haar is, aan.

"Cindy – wag! Waarheen gaan ons?"

Cindy kyk om en wuif woordeloos vir Kat sonder om haar pas te verslap. Kat spring eenkant toe om 'n kop-aan-kop botsing met 'n passasierstrem te vermy.

"Hey – kyk waar jy loop!" Die stewige drywer swets vir haar toe hy uitswaai.

Sy twee ouerige vroulike passasiers gee Kat 'n afkeurende kyk.

"Jy gaan 'n ongeluk veroorsaak, meisie. Pasop!"

Haar selfoon begin vibreer net toe Cindy links in 'n gang afdraai. Sy stap stadiger om te antwoord.

"Hallo?" Niemand antwoord nie, maar sy kan 'n geraas op die lyn hoor, asof die foon laat val is of rondval.

"Wie's daar?" Kat span haar ore in om bo-oor die kakofonie van stemme in die lughawe iets uit te maak. Sy hoor twee stemme, 'n man en 'n vrou wat argumenteer.

"Wat was dit?" vra die mansstem.

Kat bereik uiteindelik die gang en draai af. Geen teken van Cindy nie.

"Hallo?" Kat skree harder, hoop om iemand se aandag te trek.

"Daar is dit weer – 'n stem," sê die man.

"Ek hoor niks nie."

Dit is Audrey. Te wyte aan die dowwe klank moes Audrey se selfoon per ongeluk teen iets in haar handsak geraak het en Kat se nommer geskakel het. Of miskien het Audrey met opset gebel en beoog sy om Nick op haar eie te konfronteer?

"Die geld is weg, Nick, die hele vyfmiljard."

"Waarvan praat jy? Dis gevries by Bancroft Richardson."

"Sedert laas nag nie meer nie. Dis alles weg. Kyk hier. Clara moes 'n ryk vrou doodgegaan het."

'Gee hier!"

Kat hoor papier ritsel.

"Waar kry jy dit? Dit moet 'n fout wees."

Kat kan elke enkele transaksie op die Bancroft Richardson-staat voor haar oë sien soos wat Nick dit nou sien: vyftigmiljard doller uit die rekening onttrek. Haar plan was om dit saam met Audrey vir Nick te wys om hom te laat skrik sodat hy bieg. Maar Audrey was nie veronderstel om hom alleen te konfronteer nie.

"Dis nie 'n fout nie, Nick. Ek het dit met Bancroft Richardson bevestig vanoggend. Die geld is alles weg."

"Wat de hel het gebeur?"

"Sê jy vir my. Jy het geweet wat Clara wou doen. Hoe kon jy toelaat dat dit gebeur?"

Stilte. Toe 'n harde stampgeluid, gevolg deur kreune en 'n geswets.

"Om die muur te slaan, is so kinderagtig, Nick. Was dit die moeite werd?

"Was wat die moeite werd? Ek het nie die geld gevat nie!"

"Jy was deel daarvan. Jy het my broer doodgemaak. Vir wat? 'n Deel van die geld?"

Kat snak onwillekeurig na haar asem. Audrey stel haarself in gevaar.

"Ek het nie vir Alex doodgemaak nie. Ek het niks daarmee te doen gehad nie."

"Jy was by hom. Die twee van julle is saam gesien die aand wat hy dood is."

"Dis 'n leuen. Ek het hom die hele dag glad nie gesien nie. Wie het jou dit gesê? Sê my!"

"Stop dit, Nick! Jy maak my seer!"

Kat bereik die einde van die gang en kom by 'n vensterlose deur gemerk "Polisie". Sy maak die deur oop en storm in met net een doel voor oë: om Cindy uit te kry en by Liberty te kom voor dit te laat is vir Audrey. En te keer dat Nick vir altyd verdwyn.

Sy kom in haar spore tot stilstand, onseker wat om volgende te doen. Dis soos die nag van die McBarge weer van voor af.

HOOFSTUK 56

"Ons het hulle!" Cindy staan by die ingang van 'n tweede kantoor, glimlag vir Kat. Die voorste kantoor is leeg, maar uit die een agter Cindy gluur Gus na haar deur 'n glas-en-draadvenster. Sy hoop maar net die vertrek waar hy sit, het 'n slot aan die deur. Platt loop op en af voor die venster, terwyl hy met hom praat. Platt vang Kat se oog en kom by die kantoor uit, slaan die deur agter hom toe.

"Katerina – jy's nie meer 'n verdagte nie. Ons het Gustav Eriksen en Michael Jamieson vir die moord op Ken Takahashi in hegtenis geneem."

"Geluk dat julle dit uit*gefigure* het. Wat was die leidraad?"

"Ons het van hulle hare by Takahashi se huis gekry. Forensies het Takahashi se plek weer deursoek en vingerafdrukke gekry. Hulle kon net nie–"... Platt stop in die middel van sy sin, skielik bewus van Kat se sarkasme.

Hy skuld haar 'n verskoning, maar duidelik gaan sy dit nie kry nie. Kat het in elk geval nie tyd daarvoor nie. Sy draai na Cindy.

"Cindy, kom ons gaan. Audrey is alleen by Nick. Hy mag dalk iets aanvang."

"Reg," onderbreek Cindy haar. "Platt – is jy seker jy kan dit hierdie keer hanteer?"

"Ja. Dit sal nie weer gebeur nie."

Goed so. Ek sien jou later."

Cindy en Kat mik vir die deur.

"Ek het hom nie doodgemaak nie!"

Alle oë fokus op Kat se selfoon op haar heup.

"Waar kom daai stem vandaan?" vra Cindy.

Kat hou 'n vinger teen haar mond vir stilte.

"Daar is dit weer – 'n stem. Wat de – haai! Dit kom van jou handsak af! Gee dit hier!"

"Los!" skree Audrey. "Hoe durf jy! Jy maak my seer!"

Cindy leun nader aan Kat, luister na Audrey en Nick wat stry.

"Gee my daardie handsak – nou!"

Die agtergrondgeraas raak harder en Kat sien die toutrekstryd tussen Audrey en Nick in haar geestesoog.

"Cindy!" fluister Kat dringend. "Kom ons gaan!"

Platt kan vir Gus en Mitch hanteer.

"Haal jou hande van my af, Nick! Gaan jy my ook doodmaak?"

"Moenie belaglik wees nie. Ek het nie vir Alex of enigiemand doodgemaak nie."

"Leuenaar. Miskien het jy nie die sneller getrek nie, maar jy het hom laat doodmaak. Jy het hom na die rivier toe gelok, vir hom gejok oor 'n geheime ontmoeting met Takahashi. Jy het nie gedink hy sou iemand vertel van die ontmoeting nie, het jy? Alex het jou nooit vertrou nie. Nou weet ek hoekom."

Nick antwoord nie – nie sover Kat kan hoor nie.

Gus frons en gee Kat die vinger toe hy opstaan uit sy stoel. Hy ruk skielik agtertoe. 'n Uniformpolisieman hardloop in die gang af, maak die deur oop en gaan in.

"Moenie oor Gus bekommer nie," sê Platt. "Hy is aan die tafel geboei. Mitch is klaar op pad na die polisiestasie."

"Ons moet gaan," mimiek Kat met haar mond vir Cindy.

Cindy knik en maak die kantoordeur oop. Kat volg, maar nie voor sy stop en vir Gus 'n soentjie waai nie. Hy grom 'n antwoord in haar rigting.

Hulle is halfpad met die gang af toe hulle weer Audrey se stem hoor.

"Antwoord my, Nick! Jy was daar – erken dit."

"Jy't nie bewyse nie."

"Jy is verkeerd. Daar is 'n getuie. Iemand het jou saam met Alex gesien voor hy doodgemaak is."

"Dis onmoontlik, want ek was nie daar nie. Wie?

"Kat Carter het jou gesien. Sy het gesien hoe julle saam by Liberty weg is."

Kat deins terug. Sy het hulle vroeër die dag saam gesien, maar niks meer nie. Sy hoop Audrey se blufpoging werk. Hulle is uiteindelik by die lughaweterminaal uit, hardloop oor die teerparkeerarea na Cindy se motor toe.

"Weer sy?" Nick snork minagtend. "Dáár is nou iemand wat maar mee weggedoen kan word. Sy's niks meer as 'n onkapabele oorlas nie."

Kat kan nie Audrey se antwoord hoor nie.

"Haai, wat maak jy hier?"

Audrey skree.

Iemand anders is in die kantoor saam met Audrey en Nick. Die telefoonlyn gaan dood.

HOOFSTUK 57

Cindy trek by Liberty se ondergrondse parkering in, stamp-stamp oor die spoedhobbels. Kat se maag draai onderstebo toe sy uit die kar spring en vir die hysbak hardloop. Miskien moes sy nie aangeneem het dat Audrey en Nick by Liberty is nie. Dit was die oorspronklike plan, ja, maar Audrey se selfoonoproep kon van enige plek af gewees het.

Kat druk die hysbakknoppie herhaaldelik toe Cindy haar inhaal. Uiteindelik maak die hysbak oop. Hoewel sy bly is dat Gus en Mitch weer in hegtenis is, wonder sy of die ompad belangriker was as Audrey se veiligheid.

Sy druk die knoppie vir die twee-en-twintigste vloer. Dit werk nie, en sy probeer weer. Toe besef sy – die hysbak word na-ure gesluit, en daar is geen manier om in te kom nie.

"Cindy, die hysbak is gesluit, want dis naweek. Ons sal by die hoofingang moet ingaan en hoop die sekuriteitswag is daar."

Hulle hardloop by die hysbak uit en oor die parkeerarea, by die oprit uit en in die laning in. Kat voel of sy al ten minste vyf kilo's afgelê het – as sy die lughawe inreken. Hulle hardloop óm die gebou en tot by die ontvangslokaal se glasdeure.

Gesluit. Kat loer deur die glas, maar sy sien niemand nie. Die

sekuriteitswag moet op sy rondtes wees. Hoe kan sy hom hier terug-
kry? Miskien die alarm laat afgaan? Sy kyk na die betonpalletjies,
soek vir 'n rots om teen die glasdeur te gooi terwyl Cindy haar
selfoon oopslaan.

'n Minuut later kom die sekuriteitswag by een van die hysbakke
uit. Hy lyk of hy in sy sestigs kan wees, sy skraalheid duidelik onder
sy heldergeel Securicor-baadjie. Hy haas hom na die deur en maak
dit oop. Cindy flits haar wapen.

"Ons moet op die twee-en-twintigste vloer kom – gou!"

Minder as 'n minuut later kom die drie van hulle by Liberty se
ontvangs aan, net om weer 'n geskree te hoor – hierdie keer Nick s'n.

Die sekuriteitswag kyk na Cindy vir leiding, maar sy ignoreer
hom. Hy bly by die ontvangstoonbank en trek sy selfoon uit, terwyl
Kat en Cindy in die gang af hardloop.

"Haal jou hande van my af! Nick se stem donder in die gang af.

"Kry hom!" gil Audrey.

Met wie praat Audrey?

Toe hulle by die hoekkantoor inhardloop, tref hulle twee mans
stoeiend op die vloer aan.

Audrey staan by die deur, en lyk gepas weerloos in 'n casjmiertop
en donker broek. Sy kom nog kleiner voor sonder haar pelsjas.

"Dankie tog julle is hier!" Audrey beduie vir Kat en Cindy om in
te kom. "Hierdie jong man het uit die niet gekom en my lewe gered!"

Dit neem Kat 'n oomblik om hom daar waar hy Nick in 'n stoei-
greep beet het, te herken. Jace.

"Nie eintlik van nêrens af nie – ek het buite gewag, maar toe julle
nie opdaag nie, het ek gedink ek moet saam met Audrey gaan en
seker maak dat sy veilig is." Jace grinnik vir hulle terwyl hy vir Nick
stewig in 'n kopgreep op die vloer vashou. "Ek het in die ander
kantoor weggekruip totdat Audrey vir my die teken gegee het."

"Maar hoe het jy geweet?"

"Audrey het huis toe gebel en vir jou gesoek. Toe ek besef dat jy by
Cindy is, het ek geweet jy sal nie betyds wees nie," sê Jace en wag vir
Cindy se reaksie.

"Wat beteken dit nou eintlik?" vra Cindy vir Jace.

"Net dat jy dikwels op die nippertjie opdaag."

Touché, dink Kat. Eendag gaan Cindy se op-die-nippertjie-ompaaie nie uitwerk nie. Sy is bly en verlig dat hierdie een wel uitgewerk het.

"Ek moes geweet het jy's betrokke," sê Nick, sy gesig rooi van woede. "Jy gaan hiervoor betaal. Om my van moord te beskuldig – en soos 'n misdadiger te behandel!"

"Jy is 'n misdadiger, Nick," sê Kat. "Jy het toegelaat dat Ortega vyfmiljard van Liberty steel. Het hy jou 'n aandeel belowe?"

"Jy is so 'n idioot. Dit is hoekom Clara jou in die eerste plek aangestel het. Jy was te dom om uit te *figure* wat sy besig is om te doen. Sy wou gehad het dit moet lyk asof Bryant die geld gevat het, maar sy het hom net gebruik," sê Nick terwyl Cindy sy hande agter sy rug boei. Hy sit op die vloer, knieë teen sy bors. Hy leun teen die leerrusbank met dieselfde arrogante uitdrukking op sy gesig. "Haal hierdie boeie van my af!"

Nick is skynbaar nie bewus van Bryant se uiteindelik wraak op Clara nie.

"Nie 'n kans nie, Nick. Clara mag dalk die een wees wat met die geld opgeëindig het, maar sy is nie die een wat die misdaad geïnisieer het nie. Jy het. Jy het 'n *deal* met haar pa gemaak om sy vuil diamante te was. Ortega het Clara ingebring om jou dop te hou, en jy het nie daarvan gehou nie. Het jy nie gedink hy sou betaling wou hê vir die diamante wat hy na Liberty toe gebring het nie? Die *deal* het nie heeltemal uitgewerk soos jy gedink het nie, né?"

Ek weet nie waarvan jy praat nie."

"Moenie jou dom hou nie. Ortega het uitgevind dat hy baie geld kan kry vir sy konflikdiamante as hy hulle op 'n manier wettig kon maak. Deur hulle deur Liberty te tregter kon hy presies dit doen. Jy het ingestem omdat dit 'n moeitelose manier was om Liberty se verdienste te vermeerder en die aandeelprys te verhoog. 'n Hoër aandeelprys het jou ryker gemaak. Die enigste probleem was dat Ortega besef het Liberty is die perfekte metode om sy diamante te was, en jy was in die pad. Om die aandele te *short* net voordat dit weggeraak het, het hom selfs nog meer geld in die sak gebring. Die

Porter-oorname was veronderstel om die finale stap te wees vir Ortega om Liberty vir eie gebruik oor te neem. Ek het die plan in die wiele gery toe ek Susan ontmasker het as Clara. Wie is nóú *stupid*?"

Nick staar na die vloer en antwoord nie dadelik nie. Dit lyk of hy sy opsies oorweeg. Dan praat hy.

"Dis malligheid. Hoekom sou ek vuil diamante vat en voorgee dat hulle deur Liberty gemyn word?"

"Sodat jy 'n toegemaakte myn kon laat lyk soos 'n produserende een en dit gebruik om Liberty se verdienste te lig," sê Cindy. "Ons het van die diamante getoets wat julle gesê het van Mystic Lake af kom. Hulle het dieselfde vingerafdruk as diamante van die myne van die Ivoorkus en die Demokratiese Republiek van die Kongo. Eienaardig genoeg, is hulle dieselfde as die diamante wat by Takahashi se huis gekry is toe hy vermoor is."

"Ek het niks daarmee te doen gehad nie. Clara se manne het hom doodgemaak."

"Ons het telefoonrekords ook, Nick," sê Cindy. "Jy het met Ortega afgespreek om van Kat ontslae te raak."

"Dit was sy idee, nie myne nie. Ek het nooit ingestem nie."

"So jy erken dat jy hom ken," sê Kat. "Jy het nooit verwag dat Ortega die aandeelprys sou afjaag deur die geld te steel en die aandele te *short* nie, het jy? Teen die tyd wat hy die maatskappy in die hande wou kry, was dit te laat."

"Clara is die een wat die vyfmiljard gesteel het." Nick se stem raak al hoe sagter, die desperaatheid duidelik hoorbaar.

"Dit was betaling vir die diamante," sê Kat. "Het jy gedink dit sou sonder enige stertjies kom? Die geld was veronderstel om deur Opal Holdings getregter te word en terug na Ortega. Maar dit was te veel van 'n versoeking vir Clara, wat die geld probeer steel het van haar pa."

"Ek wil 'n prokureur hê. Ek praat nie meer met julle nie."

"Soos jy wil," sê Kat.

Die sekuriteitswag daag met twee univormpolisiemanne op. Hulle trek Nick op sy voete en begelei hom na die deur.

Toe Nick verby Kat loop, vang sy die peperment op sy asem terwyl hy haar toesnou, "Ek dink nog steeds jy's 'n idioot. Niks van hierdie goed maak saak nie, want jy kon steeds nie die geld terugkry nie," sê hy. "Dis jou skuld dat Liberty bankrot is."

Kat wens sy kan Nick alles vertel, dit invryf hoe sy elke sent terug-gekry het plus Clara se kriminele winste. Maar sy byt op haar lip. Soveel as wat sy hom verkeerd wil bewys, weet Cindy nog nie dat sy die geld gekry het nie.

Peperment. Sy wonder of Nick sy eindelose voorraad pepermente in die tronk sou kon aanhou.

Skielik maak Verna se briefie sin. Nie 'n ment-plantjie nie, maar peperment. Dit was Nick wat vir Buddy doodgemaak het.

HOOFSTUK 58

Cindy en Kat sit in Kat se kantoor. Dit is moeilik om te glo dat dit 'n week is sedert haar eerste vergadering by Liberty. Dit is donker en die sneeu val liggies buite – laat en buite seisoen vir Maart. Kat kyk hoe die sneeuvlokkies in stadige aksie draai, en voel meer ontspanne as in 'n lang tyd. Audrey is veilig, Nick is in die tronk, en sy sien uit daarna om weer geld in die bank te hê. Audrey het daarop aangedring om haar 'n stewige bonus, wat sy noem *danger pay*, te gee. En Cindy is weer die regte Cindy.

"Jy't dit gedoen, Kat. Selfs al het jy nie die geld gekry nie, het jy gehelp om Ortega se organisasie te infiltreer en om Gus en Mitch gearresteer te kry vir Takahashi se moord. En Nick se bekentenis beteken ons kan die boek toemaak op Braithwaite se moord."

Kat is op die punt om oor die geld te bieg, toe Harry instap.

"Kat, kan ek weer my bankbalans sien? Elsie glo my nie. Ek het haar gesê ek is 'n miljardêr.

"Oom Harry, nie nou nie." Kat waai hom met haar hand weg.

"Maar dit gaan môre weg wees. Ek wil 'n afskrif uitdruk. Ek sal nooit weer sulke soort geld sien nie."

"Harry, waarvan praat jy?" vra Cindy.

"Het Kat jou nie vertel nie? Sy het al die geld van Clara af teruggekry, elke sent. Is dit nie wonderlik nie? En sy het dit vir my gegee om dit veilig te hou."

Cindy kyk na Kat. "Sê my dis nie waar nie." Sy spring uit haar stoel uit op.

"Ek is 'n miljardêr, Cindy. Om die waarheid te sê, ek is op pad om 'n triljardêr te word. Kat het by Clara se rekeninge ingebreek en alles na my toe oorgedra."

"Jy het WAT?" Cindy word rooi. "Dis onwettig."

"Cindy, ek móés. Die geld sou vir ewig weg gewees het."

"Miskien nie. Clara is dood. En die Argentynse polisie het vir Bryant opgesluit."

"Dis waar, maar ek het dit nie toe geweet nie. Al wat ek geweet het, is dat sy verdwyn het, saam met die geld. Toe ek dit kry, was Clara al vir ure weg. Ek moes dit iewers veilig heen oordra. Is dit so 'n slegte ding?"

"Dis nie wat jy gedoen het nie – dis hóé jy dit gedoen het." Cindy vou haar arms, haar gesig rooi.

"Cindy, selfs al is Bryant, Clara en haar pa uit die prentjie, sou die geld vir maande of selfs jare gevries gewees het terwyl al die wetlike geheen-en-weer plaasgevind het. In die tussentyd sou Liberty moontlik bankrot gespeel het."

"Dis waar. Maar die manier, Kat. Dit gaan moeilik wees om te verduidelik."

"Ontspan. Ek het klaar daarvoor gesorg." Audrey het met die reguleerders by die bank gepraat. Harry se rekening is tydelik gevries tot Maandag, wanneer hulle gaan begin werk daaraan om die Liberty-transaksies om te keer en die oorblywende geld in 'n beleggersvergoedingsfonds te plaas.

"Hoe? Niemand gaan jou 'n kans gee om te verduidelik nie. Jy lyk soos 'n krimineel. Hoe gaan jy jou hieruit verduidelik?"

"Jace?"

Jace kom by die kantoor in met 'n eksemplaar van die koerant. Hy laat val dit op die lessenaar voor Cindy. Harry se koppie glimlag vir hulle van die voorblad af.

"Oggendblad. Dit gaan oor 'n paar uur uit wees. Die storie gaan

290

COLLEEN CROSS

vir Kat baie kliënte wen. En Harry gaan 'n *celebrity* wees," sê Jace. "Ek het nog 'n halfdosyn stories hieruit gekry. Die Ortega-organisasie, die diamantwassery, en die Liberty-oorname, om mee te begin. Dit gaan 'n reeks wees. En 'n mensestorie oor ons miljardêr hier."

Kat sien hoe Cindy se mondhoekie spring, soos wat dit altyd maak as sy gestres is oor iets.

"Cindy, ek het Bancroft Richardson vanmiddag gebel. Hulle het reeds die geld uit Harry se rekening oorgedra na 'n trustrekening. Ek het net nodig dat jy dinge hanteer sodat Harry nie aangekla word van enigiets nie. Die geld het die volle sirkel gekom. Al wat oorbly is om dit terug oor te dra na Liberty toe."

"Hoekom is jy altyd so onortodoks, Kat? Jy kon net iemand gebel het om die geld te vries."

"Twee-uur in die oggend? Selfs as ek iemand gebel het, sou hulle my nie geglo het nie. Ek kon nie die geld net gelos het en die kans gevat het dat dit nog daar sou wees nie."

"Jy het jouself in hierdie dilemma gekry. Hoekom met ek jou daaruit help?"

"Jy skuld my, Cindy. Al daardie skoppe? Om my net daar op die McBarge te los met Nick? Dis die minste wat jy kan doen."

"Ek moet bieg jy het my gehelp om by Ortega se organisasie in te breek. Toe ek eers van die diamantwassery weet, het ek Ortega oortuig dat ek meer kan doen en die klippies vir hom kan skuif. Toe het Gus en Mitch hulself geïnkrimineer deur te spog oor Takahashi en Braithwaite se moorde. En Nick het uiteindelik vir ons genoeg bewyse gegee om homself te inkrimineer as 'n medepligtige. Clara mag dalk die sneller getrek het, maar hy was instrumenteel daarin om dit te reël. Ek wens net jy was 'n bietjie meer ... normaal in die manier hoe jy dinge doen."

"Dit herinner my," sê Jace. "Verna het nóg 'n briefie gelos."

Hy gee die koevert vir Kat. Sy laat haar vinger onder die koevert-flap ingly en maak dit oop.

Liewe Versorger,

Ek het besluit om verder te reis. Praag is pragtig hierdie tyd van die jaar.
Kyk asseblief mooi na die tuin.
Die seringblomme het vanjaar 'n goeie snoei nodig.
Kom ons plant Calla-lelies in die lente.
Verna

Het jy *Uittreestrategie* geniet? Kry *Spelteorie*, die volgende boek in die reeks.

Of gaan loer <u>hier</u> na al Colleen se boeke
www.colleencross.com

Nuwe vrystellings-kennisgewings
http://eepurl.com/dKxV6o

SKRYWERSNOTA

Die plekke in *Uittreestrategie* is eg, hoewel ek kleiner besonderhede verander of daarop geborduur het om dinge interessanter te maak. 'n Voorbeeld hiervan is die uitsig vanuit Kat se kantoorvenster. Hoewel die plekke eg is, is die karakters fiktief. Hulle het in my verbeelding ontspring voordat hulle 'n lewe van hul eie gekry het en my plot in rigtings gestuur het wat ek nooit verwag het nie.

Konflikdiamante, geldwassery en bedrog beïnvloed ons almal. Delf onder die oppervlak rond en jy sal sien dat dit die pryse wat ons betaal en ons lewenstandaard beïnvloed. In die ergste graad, is daar lande en mense se lewens wat uitgebuit en geruïneer word, net om enkele persone te verryk. Witboordjiemisdaad is alles behalwe slag-offerloos.

Besoek my webtuiste by www.colleencross.com vir meer agter-grond oor *Uittreestrategie* (*Exit Strategy*), konflikdiamante en bedrog oor die algemeen.

As jy van *Uittreestrategie* gehou het en wil seker maak dat jy nie 'n nuwe vrystelling misloop nie, besoek my webtuiste by http://www.-colleencross.com en teken in op my nuwe vrystellings-nuusbrief (wat 1–2 maal per jaar uitgestuur word).

Nuwe vrystellings-kennisgewings
http://eepurl.com/dKxV6o

COLLEEN CROSS –
MISDAADROMANSKRYWER

Colleen Cross is die skrywer van drie topverkoper-misdaadreekse. Haar jongste reeks, die Hekse van Westwick is 'n ligte, paranormale misdaadreeks wat afspeel in 'n klein dorpie met die naam Westwick Corners, amper 'n spookdorpie waar daar nooit iets gebeur nie... behalwe wanneer die hekse betrokke raak!

Haar tweede, gewilde misdaadreeks het Katerina Carter, 'n straatwys, forensiese boekhouer en bedrogspeurder as hoofkarakter. Sy doen altyd die regte ding, hoewel haar onortodokse metodes die hare 'n bietjie laat rys en die hart amper tot stilstand bring.

Colleen skryf ook niefiksie oor witboordjie-misdaad. *Anatomy of a ponzi: scams past and present* ontbloot die grootste ponzi-skemas van alle tye en beskryf hoe die skuldiges met hul misdaad wegkom. Sy voorspel die presiese tyd en plek van die blootlegging van die grootste ponzi-skema ooit – en dit is binnekort!

Besoek haar webblad by www.colleencross.com en teken in om kennisgewings van nuwe vrystellings en spesiale aanbiedinge te ontvang.

www.colleencross.com

OOK DEUR COLLEEN CROSS

Katerina Carter bedrog-misdaadromanreeks

Uittreestrategie

Spelteorie

Uitbarsting

www.ingramcontent.com/pod-product-compliance
Lightning Source LLC
Chambersburg PA
CBHW030804210726
48290CB00002B/422